TAKE
SHOBO

皇帝陛下と将来を誓い合いましたが、神託により愛妾になりました

臣桜

Illustration
天路ゆうつづ

JN052820

MOON DROPS

皇帝陛下と将来を誓い合いましたが、
神託により愛妾になりました

Contents

イラスト／天路ゆうつづ

皇帝陛下と将来を誓い合いましたが、神託により愛妾になりました

MOON DROPS

序章　運命の乙女、妾《めかけ》になる

「俺の妾にならないか？」

「え……」

愛するリカルドから言われたその言葉は、マレーネを失意の底に叩《たた》き落とすのに、十分な威力を持っていた。

（冗談……でしょう？　からかって……）

自分に言い聞かせようとするも、リカルドのアイスブルーの目は真剣に、まっすぐ彼女を見据えている。

（妾……、めかけ……）

妾、とはリカルドの正式な妻にはなれない、という意味だ。

彼には愛される。けれど、彼の隣には別の誰かが常にいる事になる。

二人がいるのはティグリシア神聖帝国の、中央宮殿前の庭園だ。

この世のすべての植物と動物があると言われ、庭園を形作る噴水や人工の池、橋や柱なども、すべて一流の職人たちが集まって作り上げた。

誰もが帝国の庭園に敵う場所はないと賛美し、地上の楽園とされている。

マレーネはリカルドと共に春の庭園を歩き、ガゼボにあるベンチに座って香りのいいお茶を飲んでいた。

愛する人が側にいて、目に映るのは世界で一番美しい庭。

自分はなんて幸せなのだろうと、心の底から思っていた矢先にこう言われてしまった。

三月の風が吹き、マレーネの頬を緩くかすってゆく。

（私……、何か良くない事をしたかしら……）

風にさらわれてサラサラと肩口から零れるまっすぐな黒髪を押さえ、マレーネは青い目を細め、自分とリカルドの出会いから今までを思いだした。

＊＊

マレーネはティグリシア神聖帝国の、四大侯爵家一つであるリージェット侯爵の長女だ。

帝国の政治は、神殿と密接な関係にある。

頂点に立つ皇帝は神託によって決められる存在で、地上における神の代行者とすら言われていた。

絶対的な権力があるのは確かなのだが、皇帝はあくまで人である。

また歴史の中で貴族たちによる議会も作られたので、政治が皇帝個人の意見だけに左右される事はない。

四大侯爵家と呼ばれる家の者は代々役割が決まっていて、リージェット家は議会と神殿のパイプ役を担っていた。

他にも宰相を排出する家や、財務を司る家、軍事を担う家などがある。

侯爵家は複数あるのだが、近年勢力を維持し、幅を利かせているのが現在の四大侯爵家だ。

十六歳の時、マレーネはリージェット侯の領地でリカルドと出会った。

忘れもしない早緑が美しい季節だった。

長い冬が明け、マレーネは屋敷の中で抑圧されていた鬱憤を晴らすように、毎日散歩へ出ていた。

その日は、森の中で金色に光る宝物を見つける夢を見たので、何かいい事があるかもしれないと思っていた。

彼女が歩くのは屋敷の周囲だけで、供をする者がいても侍女ぐらいだ。

けれどその日、侍女はマレーネにお使いを頼まれていて、彼女は一人で広い敷地内を歩いていた。

彼女は人工的な物よりも、自然そのものを愛していた。

その日も木立から差し込む日差しに目を細め、夏に向けて葉を茂らせる緑の美しさに静かな感動を抱いていた。

彼女が自然の生命を愛するようになったのは、子供の頃に体が丈夫ではなく、医者に「あまり長く生きられないかもしれません」と言われた事による。

大切に育てられた事もあり、十六歳になる今までマレーネは大きな病気をせずに済んだ。風邪を引くと普通の人より寝込みがちにはなるが、命に関わるほどの重症にはなった事はない。

それでもマレーネは日々を丁寧に過ごし、いつ最期が訪れても後悔のないように生きたいと思っていた。

日傘を差し木立の中をゆっくり歩いていると、晴天と思っていたのにいつの間にかポツポツと雨が降り出してきた。

(急いで帰らないと、濡《ぬ》れてしまうわ)

慌てて来た道を戻っているうちに、雨は本降りになってきた。

マレーネが着ているアイボリーのデイドレスのスカートはすっかり濡れ、裾の方は泥が跳ねてしまっている。

五月はまだ天候が急変しやすく、帝都より北にあるリージェット侯爵の土地では、雪が降る事もある。

この土地で生まれ育ったマレーネだからこそ、どの季節で天気がどう崩れれば危険が及ぶか理解していた。

(屋敷までは間に合わないかもしれない。森番の小屋でやり過ごしましょう)

足元にはすでに水たまりができ、編み上げ靴の底から水が浸みこんで冷たい。

吐き出す息は白くなり、彼女は危機感を抱きながら道を急いだ。

(足が……冷たい)

つま先が凍ったように感じられ、歩みがどんどん遅くなる。

気が付けば彼女は近くにあった木の幹に手を当て、呼吸を荒らげ動けなくなっていた。

(どうしよう……)

日傘は薄い布地でできているので、雨を吸って重たくなっていた。

差している意味があるのか分からない。

かといって日傘を差すのをやめれば、直接雨に降られてしまう。

——と、遠くから「大丈夫か⁉」と人の声がした。

顔を上げると、一人の男性がこちらに向かって走ってくるところだった。

若い男性で、着ているジュストコールは刺繍《ししゅう》がふんだんに入っている上等な物だ。

後ろから追いかけてくるのは、御者か従者だろうか。

「誰……」

呟《つぶや》きながら、手足を冷やしたマレーネは、ズルズルとその場にしゃがみ込んでしまった。

(お召し物が汚れてしまうわ)

泥を跳ねさせてまっすぐ走ってくる男性は、自身の高価な靴や服が汚れても構わないようだった。

「君、大丈夫か？」

彼はマレーネのもとに辿《たど》り着くと、しゃがみ込み顔を覗《のぞ》き込んできた。

「あ……」

自分を心配してくれた人にせめて礼を……と顔を上げた途端、マレーネの体の奥でドクンッと何かが脈動した。

完璧なまでに整った顔を美しいと思う気持ちもあったが、彼の存在そのものがマレーネの魂に何かを訴えかけてくる。

アイスブルーの瞳は黒い瞳孔が引き立ち、まるで狼《おおかみ》を思わせる。

サラサラとした髪は金と銀が混じったような色味で、とても色素が薄い。

まるで雪国で生きる孤高の狼王のような印象を抱き、マレーネはしばし彼を見つめたまま放心していた。

——好き。

胸の奥に、ごく単純で明快な感情が湧き起こる。

一目惚《ぼ》れというには、あまりに運命的すぎた。

雨が降っているのも失念し、マレーネは男性を見つめ呼吸すら忘れていた。

一方、男性もマレーネの顔を見たとたん、驚いたように目を見開き固まっていた。

不可視の力で二人は強く引き合い、互いから目を逸らせずにいる。

——と、急に陽が差して二人の顔を照らし、マレーネと男性は同時に空を見た。

土砂降りと言っていい降り方だったのに、今は物凄い勢いで雲が引き太陽が顔を出している。

木漏れ日に雨粒が煌《きら》めき、濡れた葉が風に吹かれて光る。

（綺麗《きれい》……）

雨に支配されていた灰色の世界が、息を吹き返して色を取り戻したように思えた。

遙《はる》か向こうには、空に大きな七色の橋が架かっている。

雨が降っている間、どこかに身を潜めていた小鳥たちが囀《さえず》り始め、世界の美しさを訴えかけてきた。

まるでこの男性と出会ったタイミングで雨が止んだように思え、マレーネは改めて彼を見る。

（この方がいる世界は、なんて綺麗なのかしら）

今までもこの世界を美しいと思っていたが、彼が目の前にいるだけで、何十倍も色鮮やかになり、輝いているように見える。

男性も不思議そうに周囲を見ていたが、マレーネの視線に気付き困ったように笑いかけてきた。

「あなたは、どうやらとてつもない晴れ女のようだな？」

この不思議な偶然がなんと自分が晴れ女であるせいにされ、マレーネは思わず破顔した。

「いやですわ。あなたこそ、太陽神の化身では？」

冗談を言い合い、二人は明るく笑う。

心配してくれた礼を言おうと思って立ち上がろうとするも、マレーネの体は冷えきっていた。

立とうと足に力を入れるが体がふらつき、木の幹に手をつく。

「あぁ、無理をするんじゃない」

「すみませ……、きゃっ」

男性がマレーネの背中と膝の裏に手を当てたかと思うと、グッと抱き上げられた。

マレーネがしっかり首に腕を回したのを確認し、男性は歩き出す。

地面に落ちていた日傘は、側で控えていた彼の従者が拾ってくれた。

「君の家は？」

「あ……、こ、この敷地内にあるリージェット侯爵家です。そこの……長女のマレーネと申します」

マレーネの自己紹介を聞き、男性は「あぁ……」と何かに思い当たった表情をする。

そのあと、彼は柔らかく微笑んで名を名乗った。

「俺はティグリシア神聖帝国皇太子、リカルド。君の父君に用事があってここまでやって来た」

「えっ……。こ、皇太子殿下……!?」

抱き上げられているのは不敬だと思い、マレーネは脚をばたつかせ下りようとする。

「大人しくしていてくれ」

だがリカルドに言われて、言葉に従った。

美しい皇太子と体を密着させ、彼女は胸を高鳴らせる。

(どうしてこんな事に……)

動揺しきったまま、マレーネはリカルドの馬車に乗せられた。

従者も乗り込み、御者がドアを閉めたあと、馬車は静かに走り出す。

馬車が動くや否や、リカルドが熱っぽい目で見つめてきた。

「……驚かないで聞いてほしい。君の姿を見た瞬間、『助けなければ！』と心の奥底から衝動が迸《ほとばし》った。そして君の顔を見て運命を感じた。この世にこんなに綺麗な女性がいるなんて思わなかったと、魂を震わせるほどの衝撃を受けた」

皇太子殿下と一緒にいるというだけで畏れ多いというのに、初対面で好意を露わにされてマレーネは戸惑う。

「あぁ、違うんだ。君の外見のみに惹《ひ》かれた訳ではなくて……」

恐れ多いまでの賛美もされ、嬉《うれ》しいのだがどう対応すればいいのか分からない。

本音を言えば、マレーネだってリカルドを素敵だと思い、運命を感じた。

衝動的に、己の気持ちを打ち明けたいとすら思った。

しかし彼が皇太子だと知って、恋の感情よりも不敬ではなかったかと心配する気持ちが上回った。

「君は？　運命を感じたのは俺だけか？」

けれど優しく尋ねられ、おずおずと自分が感じた事を伝える。

「私も……、殿下を見た瞬間、胸の奥に強い衝撃を受けました。うまく言えないのですが、あなたに……、とても、……惹かれました」

果たして初対面の皇太子に、こんな事を言っていいのだろうか。

怯《おび》えながら、マレーネは求められるがままに自分の気持ちを口にした。

すると、リカルドは笑いながら息をついた。

「良かった……。俺だけじゃなかったんだ」

安堵《あんど》した様子を見て、胸の奥が甘く締め付けられる。

（どうして？　出会ったばかりなのに、この方は本当に私を想ってくださっているの？）

期待がマレーネの胸を彩り、ときめかせる。

（でも、皇太子殿下の気まぐれかもしれないし、期待しすぎるのは良くないわ）

しかし男性に免疫のないマレーネは、どうしてもリカルドを特別視せざるを得なかった。

「体調が悪そうだし、このまま屋敷まで送ろう」

「ありがとうございます」

屋敷に着いてしまえば、リカルドと別れてそれっきりになる事を彼女は恐れる。

（何か言わないと……。でも、初めてお会いした方に何を？　変に気を引こうとしても、おかしな女と思われて終わってしまうわ）

唇を開いては息を吸って何か言いかけ、言葉を呑《の》み込む。

何度もそれを繰り返しているうち、座面に置いていたマレーネの手をリカルドが握ってきた。

「…………っ」

ドキッと胸を高鳴らせ、マレーネは微かに体を緊張させる。

不安と期待を瞳に宿し、彼女はそろりとリカルドを見た。

すると彼は困ったような表情をし、曖昧に笑っている。

「その……、自分でもおかしな事を言うと自覚している。だからもし不気味だと思ったら、遠慮せずそう言ってくれて構わない」

リカルドは前置きをし、マレーネは「はい」と頷《うなず》く。

「今日は本当に偶然、用事があってここへ来た。このまま所用を終えて普通に帰るのでは、もう君に会えない気がする。帝都の舞踏会で君を見た事がなかったから、恐らく君はデビュー前なのだろう」

「はい、来年の初夏にデビューします」

「それまで待てる自信がない」

「え……」

こちらを見つめるリカルドの目に、強い熱が宿っている。

「今日だけの関係にしたくない。君とまた会って、将来を考えた付き合いをしていきたい」

彼の潔癖そうな唇が紡いだ言葉に、マレーネは目を丸くする。

(だって……、今日会ったばかりで……。両親に出会ったことすら話せていないのに……)

マレーネの動揺と心の声を悟ったように、リカルドはつけ加える。

「君が考えている事は分かるつもりだ。突然だし、皇太子とはいえ初対面の男が、急に結婚を前提にだなんて怪しすぎる」

「い、いえ……。怪しいだなんて……」

思っていた事を言い当てられ、マレーネはドキリとして目を逸らす。

「君も俺と同じように、さっきの出会いに運命を感じてくれたと信じている」

リカルドの指が、マレーネの手に絡む。

雨で手は冷えていたはずなのに、リカルドに触れられた場所がやけに熱を持っているように思えた。

「君なら社交界デビューしてすぐに、大勢の男に声を掛けられるだろう。そうなる前に、俺と仲を深めてほしい」

(どうして……)

戸惑いと喜びを胸に、マレーネはリカルドを見つめる。

彼はアイスブルーの目を優しく細め、マレーネの手を自身の胸板に押しつけた。

「信じてほしい。この短時間でと疑う気持ちも分かるが、俺は君に恋をした」

「…………っ」

（私……も……）

ドクドクと鼓動が速まり、マレーネは耳まで真っ赤になる。

「彼がここまで心を曝《さら》け出してくれているなら、私も何か言わないと」と思うのに、あと一歩の勇気が出ない。

「またここに来たら、会ってくれるか？」

「……はい」

思い切って、彼女は自分からリカルドの手を握り返した。

「私も……、また殿下にお会いしたいです」

異性に対して積極的になった事がないため、緊張のあまり声がひどく震えてしまった。

「本当か？　……嬉しい」

リカルドは囁《ささや》くように言い、そっとマレーネを抱き締めてきた。

頬にしっとりと濡れた服の感触がし、リカルドから立ち上る香水の匂いが、鼻腔《びくう》をくすぐる。

「俺の事は殿下とよそよそしく呼ばず、名前で呼んでくれ」

「……では、……リ、リカルド……様」

「ああ。そう呼んでくれ」

生まれて始めて異性に抱擁され、マレーネは思わず体を緊張させる。

（はしたないのかもしれない。でも、いま素直になっておかないと後悔しそう）

勇気を出し、マレーネは自分からもリカルドの体に腕を回し、抱き締め返した。その腕も体も震えていたが、リカルドはからかわず、ただ優しく包み込んでくれていた。

やがて馬車が屋敷につくと、そこには出迎えの両親と弟妹、使用人たちがいた。本来ならリカルドが着く前にマレーネは散歩から帰っていたはずだった。強い雨が降ったのに戻って来ない娘に、両親は気を揉《も》み使用人に探させていた。だというのに馬車からリカルドと共にマレーネが出てきたものだから、家族も屋敷に残っていた使用人たちも目を丸くする。

リカルドはマレーネと出会った経緯を話し、ひとまず所用を済ますために父と応接室に向かった。

はるばる帝都からやって来たので、用事が済んだらトンボ帰りする訳ではない。リカルドは五日ほど屋敷に滞在し、領地の様子を父と一緒に見る予定だという。

領地はもちろんリージェット侯が治めるものだが、帝都より北にあり川の上流に位置しているので、水位の変化などを確認するのも重要だ。

国土そのものの災害になりそうな変化は、あらかじめ領主が協力者と調べて予測をつけておく。

協力者は本来なら担当の貴族がいるのだが、今回は所用のついでに行くからと、リカルドが足を運んだようだった。

「マレーネ」

夜に部屋のドアがノックされ、侍女のティアに応じてもらうと父のウォルレッドが入ってきた。

「お父様」

父は室内にあるソファに座ったので、マレーネも向かいに腰掛ける。

「どうなさったのですか？」

娘の問いに、父はしばし黙っていたが、何かを決意したように口を開いた。

「単刀直入に聞くが、殿下とお付き合いする気はあるのか？」

その問いを聞き、マレーネはリカルドがすでに、父に自分とのこれからを話していると察した。

「……はい。突然の出会いですが、殿下の事はとても素敵な方だと思っています。殿下さえ私を望んでくださるのなら、……喜んでお付き合いしたいと思っています」

「そうか……」

娘の返事を聞き、父は腕組みをして考え込む。

不安になりながら様子を窺《うかが》っていると、ウォルレッドは顔を上げ微笑んだ。

「この上ないご縁だと思うから、家を挙げて応援しよう」

「ありがとうございます……！」

何より父が頷いてくれた事で、マレーネの中にあった不安が一気に晴れた。

「社交界デビューしたあとは、お相手を探す前にすでに殿下と懇意になっている事で、令嬢たちから嫉妬されるかもしれない。だが私も殿下もお前の味方だ。殿下は皇帝陛下にもお前との将来を考えていると、はっきりお伝えすると仰っている。後ろ盾はしっかりしているから、お前は何があっても前を向いて堂々としていなさい」

「分かりました」

勿論《もちろん》、父が危惧した問題は考えていた。

いまだ「これは夢なのだろうか？」と思う気持ちはあるものの、マレーネは天から与えられた運命の糸をしっかり握るつもりだ。

家族に反対される問題はなくなったが、マレーネの胸には一つだけ不安があった。

ティグリシア神聖帝国では、貴族の子女は十歳になると神殿に向かい、神からの祝福があるかの適正を見られる。

そこでほんの僅かでも不思議の力の片鱗《へんりん》があると判断された者は、社交界デビューする直前の十六歳まで、神殿で仮初めの巫女《みこ》として過ごす事になっている。

巫女といっても、神の教えを学ぶ一方で、一般的な知識や教養を行儀見習いの意味合いが強い。

仮初めの巫女となった子女たちは、嫁いだ家を繁栄させ、幸福を呼ぶとされていた。

そのため、神殿を出た令嬢には、こぞって結婚の申し込みがある。

だがマレーネは十歳の時に神殿に行っても、仮初めの巫女の適性はないとされていた。

皇帝に嫁ぐほどの女性なら、神殿に入った経験があるのが当たり前と言われないだろうか。

亡くなった皇妃も正夢を見る特別な力があり、皇帝に何度も助言をしていたと聞いた。

(私にはそれができない。特別な力が何もない普通の女なのに、周りの方々は許してくれるのかしら)

リカルドの愛を疑っている訳ではないが、彼にこの事を話したら、自分への興味を失ってしまうかもしれない。

心に不安を抱えつつも、マレーネはリカルドに惹かれる自分を止められないでいた。


リカルドと出会ったのは五月の上旬だった。

次に会えるのはいつだろうと思っていたが、彼は帝都に戻ってすぐ手紙を書いてくれた。

あの時の熱気そのままに、皇室の紋章が入った便箋には流麗な文字でマレーネへの愛が綴《つづ》られている。

(ちゃんと覚えてくださっている……)

彼の想いを疑っていた訳ではない。

だがどうしても、突然過ぎる出会いはマレーネに多少の不安を与えていた。

「でも、こうして文通ができるのなら……」

マレーネは元から文章を書くのが好きだったので、帝都に行った時に様々な種類の便箋や封筒などを買い集めていた。

親戚や友人には沢山手紙を書いたが、異性への愛の手紙は初めてでドキドキする。

「ねぇ、ティア。良いお手紙の書き方ってあるかしら？」

部屋に控えていた侍女に質問をすると、彼女はクスッと笑った。

「お嬢様のお好きなように書かれて良いのですよ。殿下だって格式張ったお返事をお望みではないと思います。離れた場所でお嬢様がどのように過ごし、何を考え、殿下の事をどう想われているかを、素直に書くのが一番だと思います」

「ありがとう。そうするわ」

日差しの当たる窓辺のデスクで、マレーネはガラス製のペンを動かし、コリコリと思いのままに文字を綴っていく。

リカルドに話したい事を思い浮かべると、次から次に言葉が出てきて、初めての手紙だというのに大作になってしまった。

厚みのある手紙を郵便配達人に託し、「今ごろ帝都に届いたかしら？」と想いを馳《は》せているとすぐに、リカルドからの返事があった。

彼は文字が綺麗なだけでなく、紡ぐ言葉も美しい。

詩を書いている訳ではないのに、想いを伝える文章が豊富な語彙に溢《あふ》れていて、一つの作品のような印象を受けた。

顔が見られない分、マレーネは初めて会った時の彼の表情、声、温もりや抱き締められた時の感触を懸命に思い出す。

想えば想うほど気持ちが高まり、恋愛小説のように彼にキスをされたら……と考え、一人で赤面してしまう事もあった。

(でもきっと、帝都には綺麗な女性が大勢いるのだわ)

今まで恋のライバルとして他の女性を意識した事はなかった。

しかし今は彼が誰と過ごしているのか、気になって仕方がない。

せっかく夢の中でリカルドに会えたのに、顔の分からない、けれど美女と分かる金髪の女性が現れ、彼は行ってしまう……。

そんな悪夢を何度となく見て、枕を涙で濡らす事もあった。

離れているからこそ、マレーネは想いを募らせてゆく。

——私は、リカルド様が好き。

だから早く会いたいと、今まで以上に強い想いを胸に秘めて日々を過ごしていた。

そして五月の末に、またリカルドがリージェット領を訪れた。

屋敷の前で家族や使用人たちとリカルドを待っていたマレーネは、空色のドレスを身に纏《まと》いドキドキと胸を高鳴らせる。

遠くにある門を通り、馬車がこちらにやって来る。やがて五分ほど経って、リカルドがマレーネたちの前に降り立った。

緊張が最高潮になったマレーネは、唇を震わせながら、スカートを摘まんで深くお辞儀をした。

「きゃっ⁉」

だが挨拶の言葉を口にする前に、マレーネは力強い腕に抱き締められた。

「会いたかった……！」

顔を上げると、こちらを見て嬉しそうに目を細めているリカルドがいる。

そんな顔を見てしまえば、キュンッと胸の奥が疼《うず》き、恋心が止まらなくなる。

せっかく丁寧に皇太子を出迎えようとしていたのに、突然抱き締められてマレーネの思考は停止した。

「っはは！　殿下、それほどまでにマレーネへの想いを募らせてくださっていたのですか？」

父が相好を崩し、他の者も笑っている。

急に恥ずかしくなったマレーネは、そっとリカルドの腕から抜け出ようとしたが、彼は離してくれない。

「リージェット侯、もてなしはあとで受ける。まずはマレーネと散歩を楽しんでいいか？」

「勿論でございます」

父がニッコリ笑って返事をし、母が「日傘を持ってお行きなさい」と言うと、執事がすぐにマレーネの日傘を差し出した。

「で、では……。行って参ります」

マレーネは真っ赤になって挨拶をし、リカルドに手を引かれて歩き始めた。


「元気だったか？」

「はい。健康そのものですよ」

返事をすると、リカルドが手を握る力を強める。

「君は生まれつき体が強くないと侯から聞いた。だから離れている間に何かあったら……と思うと、不安でならなかった。手紙ではいつも幸せそうに近況を教えてくれるが、無理をしているのではないかと思って……」

「まぁ、心配のしすぎですわ。ですが、ありがとうございます」

二人は広大な庭園の芝生を踏み、ゆっくりと一番近くにあるアザレアの花壇に向かっている。

後ろをチラリと見ると、家族や使用人たちは邪魔をしてはいけないと思ったのか、もう屋敷の中に入っていた。

「なら良かった」

ピンクのアザレアが咲き誇っている前で立ち止まったリカルドは、マレーネを抱き締めてきた。

「……来る日も来る日も、君の事ばかりを考えて過ごしていた。毎日の執務も、これを日々こなしていけば今日が訪れると自分を奮い立たせていた。……君は？」

最後に尋ねる時、リカルドは少し体を離し、見つめてくる。

熱っぽい視線に晒《さら》され、マレーネは赤面しながら懸命に彼を見つめ返した。

「……お、……お会い、したかった……です」

本当は、こんな一言では済まない気持ちを抱えている。

「ずっと、リカルド様を想って……」

笑顔で自分の気持ちを伝えたかったのに、マレーネの目からポロッと涙が零れてしまった。

「あれっ？　……す、すみません、私……」

一人で妄想を募らせて嫉妬し、ようやくリカルドに会えて感情の収拾がつかなくなってしまっての事だった。

「すみません。すぐに……」

ポケットからハンカチを出そうとしたが、その前にリカルドが指で彼女の涙を拭った。

「……君もずっと俺を想ってくれていたと自惚れていいのか？」

見つめられ、マレーネは真っ赤になって小さく頷いた。

リカルドはチラッと屋敷の方を見たあと、屋敷に背を向け、自分の体の陰にマレーネを隠した。そして彼女の顎をつまみ、顔を上向かせる。

「……キスがしたい」

いきなり言われて戸惑うものの、マレーネは赤面しながら小さく頷いた。

目を閉じると、リカルドが頬に触れてくる。

トクトクと鼓動が速めてジッとしていると、柔らかいものが唇を覆った。

生まれて始めての唇へのキスは、信じられないほど甘美だった。

温かな唇が馴染《なじ》んだあと、はむ、はむと啄《ついば》まれて多幸感で頭の芯が甘く痺《しび》れていく。

唇の内側を軽く舐《な》められた時は、驚きと恥ずかしさで肩がビクッと跳ねた。

時を忘れるほど唇を押し付け吸い合いながら、マレーネは彼の香りをそっと吸い込んだ。

やがて唇を離し切ない吐息をついたあと、二人は熱っぽい目で見つめ合う。

不思議な事に、あれほど切なく高まっていた感情が、キスをしたあとは穏やかになっている。

「落ち着いたか？」

「……はい」

自分の心を見透かされた気持ちになり、マレーネは恥じらう。

「言葉は便利だ。本を読み様々な語彙を身につけると、考えている事を相手に説明しやすくなる。だが恋心で不安になっている時は、こうして抱き締めてキスをした方が、早く安心できる場合もある」

「……分かり、ます」

たった一回のキスで、こんなに満たされている。

キスの魔力に驚いたマレーネは、クシャリと笑って頷いた。

「おいで。歩きながらもっと話をしよう」

リカルドに再び手を取られ、マレーネは幸せな気持ちでまた歩き始めた。


出会って十か月が経つ頃になると、リカルドはリージェット家の家族たちとすっかり仲良くなっていた。親戚を招いたパーティーでも、心の底から楽しそうな笑顔を見せている。

マレーネがリカルドの婚約者である事は、まだ社交界デビュー前なので世間には知られていない。

下手に広まると、よその娘に取られる前に自分の娘を……と画策する者が、よからぬ行動を起こすかもしれない。

なので二人の関係は、信頼の置ける者だけが知る秘密となっていた。

帝都を中心とした社交シーズンは、気候的な理由から五月から十一月の半ばだ。

マレーネの社交界デビュー、そして婚約発表までは、あと三か月。

期待がある反面、もちろん不安もある。

日に日にマレーネは、自分が神殿に入っていない事について思い悩むようになっていた。

「どうした？　マレーネ」

三月になり、リージェット侯爵家の庭園には、東国から取り寄せた桜が満開になっていた。

全員で夕食をとったあと、マレーネはショールを羽織り、リカルドと夜の庭園を散歩していた。

浮かない顔で月明かりのもと幻想的に咲き誇る桜を見上げていたからか、リカルドが声を掛けてきた。

「え……。あ、……いいえ」

マレーネは心配をかけまいと懸命に笑う。

本人は上手に笑えたつもりでも、リカルドの目はごまかせない。

「心配事があるのなら、何でも言ってくれ。俺は君を妻として迎えたいと思っている。だからこそ、隠し事のない仲になりたい」

真摯に見つめられ、マレーネは小さく息をついた。

「……リカルド様から見れば、笑い飛ばすほどの些事《さじ》なのです」

「でも君にとっては、憂い顔になるほどの悩みだろう？」

スルリと頬を撫《な》でられ、マレーネは彼を見上げた。

リカルドはどこまでも慈愛に満ちた目で、こちらを見つめている。

その奥に揺るぎない愛情を感じ、それなら……と、彼女は口を開いた。

「……神殿に入っていない事で、周囲の方々が『相応しくない』と言わないだろうかと心配なのです。私のお母様は仮初めの巫女の経験があり、それによりリージェット家は繁栄したと言われています。それなのに、私は……」

「その事で、君の俺への愛情は薄れるのか？」

「っ！　いいえ！」

とんでもない、とマレーネは目を見開き、弾かれたように返事をした。

彼女の様子を見て、リカルドはにっこり微笑む。

「なら、大丈夫だ。俺は君を〝条件〟で好きになっていない。出会った時に感じた強い運命、それに手紙から伝わる繊細な心遣い、真心、加えてこうして何度も会って、君が如何に優しくて心の綺麗な女性なのかを知った。何より気が合うし、優しくて清廉な印象の奥に凛《りん》とした強さがあるところも好きだ」

リカルドに褒められ、マレーネは頬を染めた。

いつも褒めてくれるし、散歩をしていて美しいと思った景色や花々の印象なども、ピタリと好みが合う。

　それらを嬉しく思っていたものの、改めて「好きな所」と言われると、彼が本当に自分んを好きでいてくれていると実感できる。

「……私も、リカルド様をお慕いしています。あなたほど好きになれる方は、この先現れないと思っています」

　はにかんで想いを返したマレーネの頬に、リカルドはそっとキスをした。

「不安になる気持ちは分かる。でも、君を妻にすると決めた俺の事も信じてくれ。必ず君を守り切る」

「……はい！」

　春の夜、満開の桜がハラハラと花びらを零《こぼ》すなか、二人は見つめ合って微笑み、甘美なキスをした。


　それから十七歳になるまで、マレーネはリカルドと逢瀬を重ねていった。

　出会った当時リカルドは二十四歳で、周囲からそろそろ結婚相手を探さなければ……と言われていたそうだ。

　皇帝であったリカルドの父は、愛する妻を病で喪ったあと体調を崩しがちになり、床に臥《ふ》せる事が多くなっていた。

リカルドが皇位継承するのも時間の問題とされ、周囲の貴族たちは、自分の娘をリカルドと結婚させるために、あらゆる手を使っていた。

彼はそのドロドロとした思惑の果て、好きでもない相手と結婚するのを非常に嫌がっていた。

出会った当時、多忙なリカルド自らウォルレッドのもとに訪れていたのは、息抜きの意味もあったらしい。

そこで運命的にマレーネと出会い、「この女性しかいない！」と天啓を受けた気持ちになったという。


父が心配した通り、マレーネが社交界デビューすると、様々な人から敵意の籠もった目を向けられた。

予想していた通り、神殿に入っていない事から酷い侮辱を受けたりもした。

だが自分はリカルドに愛されているし、家族や皇帝までもが味方をしてくれている。

そう思っていたのだが、彼女が十八歳になろうとした時にリカルドの父が崩御した。

リカルドは葬式の準備などに追われ、勿論マレーネは「待っていますから、ご自分の事をなさって」と理解を示した。

その年、リカルドは皇帝となり政治や国際的な催しに追われ多忙な日々を送っていた。

リカルドの身辺が落ち着いたのは、出会いから三年、マレーネが十九歳になった年だ。

ずっと〝待ちぼうけの侯爵令嬢〞と周囲に揶揄《やゆ》されていたが、彼女は耐え続けた。

三年の間、侯爵家の娘として宮殿に行く事もあり、ずっと会えていない訳ではなかった。

それでも、以前のように二人きりで自由な時間を過ごせていないのは確かだった。


そして現在、三年待ってようやくリカルドと以前のように個人的に会えるようになった……と思った矢先、彼から愛妾にならないかと言われたのだ。

苦悩したリカルドの表情を見て、マレーネはこの申し出が彼にとって本意ではないと知る。

――けど、どうして？

あれだけ想いを通じ合わせたと思っていたのに、三年も待ち続けたのに、いきなり愛妾になれだなんて酷すぎる。

（やはり神殿を出ていない私では駄目だったの？　それとも、他国の姫君と政略結婚の話が出た？　それとも、何か妻となるのに相応しくない事をしてしまったのかしら？）

ガゼボの屋根が陽光を遮っているからか、やけに寒い。

一気に気持ちが暗くなったマレーネは、自分が天に見放されたように思うのだった。

第一章　影嫁

「……マレーネ」

手を握られて、マレーネはハッと意識を現実に引き戻す。

テーブルを挟んで向かいに座っていたはずのリカルドが、いつの間にか目の前にしゃがみ、顔を覗き込んでいた。

「ショックを受けただろう。すまない。……事情があるから聞いてくれるか？」

彼がまず謝ってくれたので、安堵を覚えた。

これでもし一方的に婚約破棄など言われたなら、一生立ち直れないかもしれなかった。

「……事情があるのなら、お聞きします」

(リカルド様は理由もなしに私を傷付け、約束を反故にする方ではないわ)

マレーネは自分に言い聞かせ、ぎこちないながらも微笑んでみせた。

「良かった……」

安堵の笑みを浮かべ、リカルドはマレーネの頬にキスをする。

それから立ち上がり、また向かいに座った。

溜《た》め息をついて髪を掻《か》き上げた彼は、疲れを滲《にじ》ませている。

浮かない顔で遠くを見て、最初にどう切り出すか言葉を探しているようだった。

（いつもご多忙なのに、私に時間を割いてくださっている。癒しの存在となるはずの私が、リカルド様を困らせてはいけないわ）

自分に活を入れ、マレーネは背筋を伸ばし座り直した。

いつものように優雅に微笑み、全身で「あなたの事をお支えします」という想いを伝えようとする。

それでもマレーネの胸の奥は、ズキズキと痛んでいた。

こちらに顔を戻したリカルドは、マレーネがいつもの雰囲気に戻ったからか、苦く笑った。

「無理をして元気に振る舞わなくていい。俺が君を傷付けたのは、事実なんだから」

気遣ってくれるリカルドの気持ちが嬉しくて、彼女は微笑む。

「きちんとした理由があると仰るのなら、最後までお聞きします。そして私情を挟まず、冷静な判断を下したいと思います」

平常心を努め、マレーネは己の誇りを胸に掲げる。

「……君って人は……」

リカルドは思わず笑い、彼女の態度に心癒されたという表情になった。

それからもう一度息をつき、本題を切り出す。

染みだ。


「エリスを知っているだろう？」

「はい。アグティット家のご令嬢ですよね？」

リカルドが口にした名は、四大侯爵家の代々宰相を排出している家の令嬢で、彼の幼馴染みだ。

マレーネより二つ年上の二十一歳で、蜂蜜色の金髪に青い目をしている。

二十一歳は悪く言ってしまえば、社交界では嫁き遅れとされる年齢だ。

マレーネも嫉妬から陰口を言われているものの、エリスの陰口もどこからか耳に入ってくる。

アグティット家の令嬢な上に、リカルドの幼馴染みで容姿も美しいので、嫉妬されているのだろうと思っていた。

加えてエリスは温厚で平和主義だ。彼女の、言ってしまえば気の弱いところにつけ込んで、口さがない事を言う者が後を絶たない。

マレーネはリカルドの婚約者で、エリスは幼馴染み。

二人とも侯爵令嬢な上、皇帝であるリカルドと親しい。

二人が側にいるリカルドが若く美しく、独身である事が元凶となっていた。

「俺は彼女に幼馴染み以上の感情を抱いていない。勿論、美しく成長したとは思っているし、侯爵令嬢としての品もある魅力的な女性だ。しかし俺が夢中なのは君だけだ。どれだけ家柄が良く美しい女性がいたとしても、決して恋愛対象として見ない」

リカルドがキッパリと言い切ったからか、マレーネの心は軽くなる。

「はい、信じます」

まっすぐにリカルドの目を見て頷いたマレーネに、彼は満足気に頷く。

が、少し表情を曇らせ、僅かに視線を逸らした。

「……神託が出た」

神託という単語が出て、マレーネの胸がドクッと嫌な音を立てた。

リカルドは視線を逸らしたまま、悩ましげな顔でしばし沈黙する。

だが決意したかのようにまたまっすぐマレーネを見ると、現実を告げてきた。

「神託によると、『皇帝はアグティット家のエリスと結婚すべき』との事だ。それだけなら断る事ができただろう。しかし俺と結ばれなければ、エリスの命が危ないという」

苦悩に満ちたリカルドの表情を見て、マレーネは胸いっぱいの悲しみを感じる。

同時に、彼が苦しみながらも〝愛妾〟の言葉を口にした理由を理解した。

(彼は優しい方だもの)

自分に言い聞かせるものの、納得しきれない。

エリスとマレーネは、特に仲がいいとは言えない。

そもそも、公の場や侯爵家同士で挨拶をし、会話をする事はあっても、エリスはとても奥ゆかしい性格をしていて、あまり会話が弾まなかったからだ。

しかし彼女は誰かを人前で悪く言う性格ではなく、文字通りの箱入りお嬢様なのだと思っている。だからマレーネとしても、特に彼女を嫌う理由はない。

リカルドにとってエリスは幼馴染みで、「命が危ない」と聞けば救いたいと思うのは当たり前だろう。

それは人として理解する。

けれど……。

マレーネは唇を引き結ぶ。

そして息をゆっくり吸い、深く長く吐いていく。

どう返事をすればいいのか分からない。

（そう言われても素直に『ではエリス様と結婚してください。私は愛妾になりますね』など言えないわ。私だってエリス様には及ばないけれど、リカルド様と積み重ねた時間がある。求婚されて三年待った今、やっと幸せな結婚式を迎えられるのだと信じていた）

自分を哀れむ気持ちが最初にこみ上げ、彼女は必死に「いけない」と己を律する。

（でも神託は絶対だわ。今までだって神託が示した警告などは的中していた。だとしたら、神託を無視してしまえば、エリス様が亡くなられてしまう未来だってあり得るかもしれない）

心の中でマレーネは自分の恋心とエリスの命を天秤《てんびん》にかける。

——勿論、傾いたのは彼女の命だ。

努めて微笑んでいるマレーネの目から、涙がポロッと零れた。

（人の命は何より尊く重く、優先されるべきもの）

決断したはずなのに、「愛妾になります」と頷くのがとてもつらい。

白磁の頬を伝う涙を見てリカルドは唇を引き結び、微かに震える声で謝る。

「……すまない」

彼はまた立ち上がると、再びマレーネの前に跪《ひざまず》いた。

白く小さな手を両手で包み、気持ちを込めて手の甲にキスをしてくる。

そしてリカルドの方こそ泣きそうな顔で、彼女の涙を拭ってきた。

「君を愛してる」

地に膝をついた神の代行者が、自分の無力さを噛み締めながら苦く笑う。

「――――っ……」

堪らなくなったマレーネは、リカルドの頭を抱き締めた。

体を震わせ、嗚咽《おえつ》を必死に押し殺す。

マレーネは愛しい人の存在を確かめるかのように、リカルドの色素の薄い髪や逞《たくま》しい背中を撫でる。

（この方は、私のものなのに……っ）

涙と共に胸の奥から溢れたのは、あまりに我が儘《まま》な感情だった。

（三年、この方と結ばれる事を夢見て待ち続けたのに……っ）

本当なら迸る想いを口に出してしまいたいが、リカルドを困らせるだけだ。

誰よりも彼本人が悲しみ、皇帝でありながら神託には逆らえない自分を情けなく思っているはずだ。

だからマレーネは、強く歯を食いしばり言葉を押し殺した。

「う……っ、――――ぅ、ふ……っぅ、……うっ」

愛しい人を抱き締め、マレーネは体を震わせる。

自分だけが彼の匂いと温もりを知っているのだと自負していた。

けれど、その独占欲も今日までだ。

リカルドはエリスと結ばれる。

ウエディングドレスを着て「誓います」と口にするのはエリスで、自分は彼女のヴェールを持って付き従うのかもしれない。

――悔しい。

リカルドだけを想って、いつか彼とキス以上の事をすると信じていた。

しかし彼が初夜の褥《しとね》で口づけ、抱擁するのはエリスなのだ。

「う……っ、うぅ……っ。……っ、あなたをっ、愛しているんです……っ」

わななく唇の間から涙で歪《ゆが》んだ声が漏れる。

嗚咽のあまり呼吸が乱れ、懸命に息を吸おうとすると「ひぃ……っ」と喉の奥から引き攣《つ》れた音が出た。

「分かっている。俺が愛しているのも、生涯君だけだ」

応えるリカルドの声も微かに震えている。

「私が……っ、適性がないと判断されたからですか……っ？　もし私にリカルド様を幸せにできる力があれば……っ」

「そんな事、関係ない！」

リカルドが強い口調で言い、マレーネを強く抱き締めてくる。

彼を困らせてはいけないのに、次々に涙が零れた。

栄華を誇る大国の皇帝と、権力の権化と呼ばれる四大侯爵家の娘。

誰にも羨まれ、叶《かな》わない願いなどないと思われている二人が、広大な庭園の片隅でうずくまり、無力さを噛み締めていた。


ジュストコールの肩がすっかり涙で濡れた頃、マレーネはようやく落ち着きを取り戻した。

そしてリカルドに背後から包まれるようにして、ベンチに座って庭園を眺めていた。

「……エリス様が亡くなられるというのは、どうしてですか？」

泣きすぎてややかすれた声で、マレーネは尋ねる。

「主神のヴァイス神は恋多き神だ。妻であるエロイーズ神に愛を示すため、心臓を取りだし捧《ささ》げたという逸話もある」

それは誰でも知っている話なので、マレーネは頷いた。

「選ばれた乙女が皇帝の妻となって帝国を反映させていく事が、神々の喜びとなる。それを拒否すれば、乙女は供物となって捧げられる」

神々の力が関わっているのなら、人がどうこうしようとしても無駄だ。

「人為的な理由で命の危機があるのなら、徹底的に警護する。しかし彼女はどんどん衰弱して、いずれ血を吐き死んでしまうらしい」

マレーネは唇を引き結ぶ。

神託の通りにすれば、エリスがリカルドの妻になってしまう。

勿論、悔しいし悲しい。

エリスさえいなければ、自分がこのままリカルドと結婚していたのに……と思う。

だがマレーネはエリスに対し、個人的な恨みを何も持っていない。

同じ四大侯爵家の娘で、陰であれこれ比べられたり、勝手にライバル関係にされてしまったりもした。

だが本人同士はいたって友好的で、ハッキリ言えば特別な感情を持つほどの関わりすらない。

マレーネは侯爵家の娘として、周囲に礼儀正しく当たり障りない態度を取っている。

恐らくエリスも同じだ。

リカルドの幼馴染みという事で、多少彼女を羨ましく思う時はある。

だがそれを言ってしまえば、自分はリカルドの恋人で婚約者だ。

マレーネと彼の関係を羨む令嬢たちは大勢いるだろう。

自分一人がつらい思いをしている訳ではない。

人は皆、自分と他者を比べ、誰かを羨んで生きている。

エリスに嫉妬心は抱いているが、彼女が死んでいい理由にはならない。

もし自分たちが結婚してエリスが死んでしまったら、マレーネもリカルドも、一生後悔するだろう。

「……命は、大切です」

そして周囲からも、「エリスを犠牲にして結婚した」と言われ続ける。

「エリス様は、この事をご存知なのですか？」

「俺のもとに知らせが来たのが昨日だ。遅くても今日か明日には、アグティット侯ダグラスが娘に伝えるだろう」

「どのような内容だったのか、詳細をご存知ですか？」

「神託はいつも水鏡に映り、それを神官が読み解く。近年、俺はマレーネとの結婚を進めたいと周囲に言い、ようやく議会を通り、神官が神に是非を問う段階までいった」

知らない間にリカルドが結婚について働きかけてくれていたと知り、マレーネは彼の愛が揺るぎないものだと確信した。

待ち続けていた三年は、決して無駄ではなかった。

「水鏡には、四大侯爵家を示す文字と、アグティット家の家紋が現れたそうだ。さらに暗い色味の金髪の女性を示していたらしい」

「エリス様には妹君がいらっしゃいましたよね。そして妹君は、エリス様より明るい色の金髪だと聞いた覚えがあります」

言いながら、マレーネは無意識に自分の髪に触っていた。

マレーネの髪はまっすぐな黒髪だ。金髪という単語にかすりもしない。

（やっぱり、神様が決められたお相手は、エリス様なのだわ）

神が決めた相手という立場を持ってこられたら、太刀打ちできなくなる。

「俺はエリスを死なせたくない。恋愛感情はないが、ずっと妹のように接してきた」

「はい。お気持ちは分かります」

泣きやんだはずなのに、マレーネは泣き笑いの表情で笑う。

救いだったのは、リカルドに後ろから抱かれていて、顔を見られなかった事だ。

「だから、一旦この話を受けようと思っている」

リカルドの決意を聞き、マレーネは静かに涙を流す。

「はい」

けれど今度は、しっかりと同意した。

脳裏には、先ほどリカルドが口にした言葉が蘇《よみがえ》る。

『俺の妾にならないか？』

リカルドだって、何の覚悟もなくあのように言ったのではないと、今なら分かる。

神託が絡んだとはいえ、四大侯爵家の娘を娶《めと》り、愛妾に迎えるなど前代未聞だ。

エリスだって快く思わないだろうし、マレーネの家族だってリカルドに裏切られた気持ちになるだろう。

リカルドはリージェット家だけでなく、他の貴族まで敵に回す恐れがある。

それを押してでも、彼はマレーネを側に置く決意をした。

——たとえそれが愛妾という立場であっても。

(私も、覚悟を決めなければいけない)

顎まで届いた涙の雫《しずく》をそっと拭い、マレーネは青い瞳の奥に決意を宿す。

「だが、最後まで足掻いてみようと思う」

けれどそう言われ、マレーネは「えっ？」と思わずリカルドを振り向いた。

リカルドはアイスブルーの目を悪戯っぽく細め、頼もしげに微笑んでいる。

「大神官は父の代からの付き合いで信頼できる相手だ。公にマレーネとの結婚を進めている状況下で、エリスとの結婚を強引に促す神託が出るのは、些《いささ》か不自然に感じられる。だからあらゆる面でおかしな所がないか、再度調査させようと思っている」

「……はい！」

彼はまだ諦めていないと知り、マレーネの目に再び生き生きとした光が宿る。

(まだ手を打てるなら私も頑張らないと。どうにもならなくなったら、その時に覚悟すれ

ばいいのだわ）

　表情を引き締めたマレーネに、リカルドは勇気づけるように頷いてみせた。

「今後、君と挙げるつもりで進めていた結婚式の準備が、エリスとのものに変わるだろう。その関係でとても嫌な思いをするかもしれない」

「構いません」

　マレーネはきっぱりと言い切る。

　今はただ、少しでもリカルドに協力して、彼がしたい事すべてを叶えてあげたかった。

「ほんの僅かでも可能性があるのなら、最後まで諦めません」

「それでこそ、俺が見込んだ女性だ」

　リカルドは甘やかに、けれど切なげに微笑むと、顔を傾けてキスをしてきた。

＊＊

　数日後、心の準備をしていたマレーネのもとに、一通の手紙が届いた。

　その送り主はなんとエリスだった。

『お話したい事があるので、お会いできませんか？』

　文面は短く、日時を指定し、アグティット家のタウンハウスへ招待するとある。

（いずれ、この件についてお話しなければと思っていたわ。それが少し早まっただけ）

リカルドからは「何かあったらすぐ言うように」と言われていたが、わざわざ報告するまでもないだろう。

大きなショックはもう受けた。

ならばあとは腹を括って、自分にできることを精一杯やっていくのみ。

すぐにエリスと会うと決めたマレーネは、羽根ペンを取り、便箋にサラサラと返事を書き始めた。


アグティット家のタウンハウスに向かいエリスと会ったのは、リカルドと話をした一週間後だった。

美しい装飾で家紋が刻まれた鉄の門を通ると、屋敷に至るまでのアプローチの間に女神像を中心とした大きな噴水がある。

左右対称に芝生と花壇があり、色を統一されたバラや百合が美しい。

いつもならそれらをうっとりと見る心の余裕があっただろうが、今のマレーネは緊張していてそれどころではない。

エリスの性格から攻撃的な態度をとられる事はないだろうが、状況が状況なのでどうなるか分からない。

玄関前で馬車が停まると、御者がマレーネのためにステップを引き出した。

それを踏み馬車から降りると、エリス、それに家令や使用人たちがズラリと並んでマレーネを出迎えた。

薄いブルーのドレスを纏ったマレーネと、淡いピンクのドレスを纏ったエリスがお辞儀をし合う。

「ようこそいらっしゃいました、マレーネ様」

エリスは華奢《きゃしゃ》な体型をしていて、穏やかな笑顔も相まって庇護《ひご》欲を掻き立てられる。

身長もマレーネより低く、可愛らしい印象だ。

蜂蜜色の髪をコテで綺麗に巻き、白いレースのリボンと花の簪《かんざし》とで纏めている。

「お入りになって。お菓子を用意していますわ」

「ありがとうございます」

エリスに導かれ豪奢な邸内に入ると、あとから使用人たちも入り、後ろで扉が閉ざされる。

(ここは私の戦場なのだわ)

胸の奥で呟き、マレーネは静かに深呼吸すると背筋を伸ばした。

執事がお茶を淹《い》れて退室したあとは、人払いをしたのか、まったく人の気配を感じなかった。

掛ける。


「召し上がってください」

「いただきます」

マレーネは一言断りを入れ、可憐《かれん》な花の絵付けがされたティーカップのハンドルに指を掛ける。

上等な茶葉の香りを楽しんで温かい紅茶を一口飲むと、緊張がやや解れた気がした。

その後、呼び出したエリスから何か言うものだと思い、彼女の言葉を待った。

だがエリスは口元をもごもごさせたまま、落ち着きなく視線をさまよわせている。

ティーカップと揃《そろ》いのプレートに、綺麗に並べられたクッキーやメレンゲ菓子を勧められ、マレーネはお菓子をつまむ。

「美味しいですね」とマレーネから話のきっかけを作っても、エリスはいつまでも曖昧に相槌を打つだけで、表情を強張らせたまま本題を切り出そうとしなかった。

(これでは、埒《らち》があかないわ)

心の中で溜め息をつき、マレーネは自分から話題を振った。

「今日、ご招待頂いたのは、リカルド様の事ですよね？」

そう言うと、エリスは目に見えて震えた。

「すっ、すみません！」

とっさに彼女の口から謝罪の言葉が漏れ、マレーネは彼女の立場と感情を悟った。

「……陛下はマレーネ様をご寵愛《ちょうあい》していると、何年も前からお聞きしていました。そ、それが……、私のせいで……」

彼女は俯《うつむ》いて早口に言い、心底申し訳なさそうにしている。

「エリス様。私は怒っていませんから、どうかそのように謝らないでください」

落ち着かせるように、マレーネは穏やかに微笑みゆったりとした口調で語りかける。

「リカルド様から神託についてお聞きしました。神様が決められたのなら、私もリカルド様も逆らえません」

口にしていてとてもつらいが、エリスはエリスで板挟みになり、別の苦しみを味わっているのだろう。

(苦しいのは誰も同じなのだわ。私だけが特別じゃない)

哀れなほど怯えている彼女を見れば、そう思わざるを得ない。

だから自分たちの誰が悪い訳ではなく、皆等しく神託の犠牲者なのだと伝えたかった。

だがエリスはまだ何かを気にしているらしく、腿《もも》の上で手を組み、親指をせわしなく動かしている。

「……まだ、何かありますか？　何でも仰ってください」

今回の招待は神託ではなく、他の話題だと悟ったマレーネは、穏やかに話し掛けた。

またしばらく沈黙が続いたが、エリスはマレーネを盗み見したあと、声を震わせながら口を開く。

「マ、マレーネ様は……、陛下と想い合っていますよね？」

「……は、はい」

結婚相手となったエリスの前で正直に言うのは憚《はばか》られるが、ひとまず頷く。

「で、では……。か、体を重ねるのも嫌……ではありませんよね？」

「えっ？」

思いも寄らない事を言われ、マレーネの口から素の声が漏れた。

「すっ、すみません！」

だがその反応を怒ったと取ったのか、エリスはいっそう恐縮してしまった。

「ご、ごめんなさい。驚いてしまったものだから……。どういう事なのか、お話してくださいますか？　私、エリス様が仰ろうとしている事を理解できていないのです。不機嫌になどなりませんから、まずすべてを教えてください」

自分は今、何も分かっていないのだと打ち明けると、エリスはおずおずと口を開いた。

「……陛下と式を挙げる前に、新郎新婦となる二人で儀式をしなければいけないと、神殿に言われたのです」

「儀式？」

儀式など、リカルドからも聞いておらず初耳だ。

エリスは俯いたまま頷き、続きを話す。

「結婚式を挙げる前に、新郎新婦となる二人は、神像の前で契っているところを三度見せなければいけないのです」

「契るって……」

「だ、男女の営みの事です。神官様が仰るには、神様の前で『この方が神様が決められた相手です』と示すために、奉納の意味も込めて契るそうです」

顔を赤くしたエリスはすべてを言い切ったあと、横を向いて溜め息をつく。

マレーネはリカルドがエリスと契る場面を思い浮かべ、気が遠くなった。

胸の奥が切なく締め付けられ、今にも涙を零してしまいそうになる。だが泣いてしまえばエリスを困らせるので、懸命に堪えた。

マレーネの様子を見てエリスは居心地の悪そうな顔をし、すぐにつけ加える。

「その相手を、新婦が選んだ〝影嫁《かげよめ》〟なら代わりにこなせるのです」

「え……？」

今度は本当に困惑した声を出し、マレーネはエリスの真意を測るため彼女の顔を見る。

エリスはギュッと身を縮込まらせたまま、必死にマレーネの目を見つめ返してきた。

「私は……っ、結婚しても陛下と体を繋《つな》げたくないのです。今回のお話を聞き、それだけは……と思ってあらゆる方法を調べました。結果、正妃に何かしらの理由があった場合、影嫁が儀式に臨み、子を産む例があったと知りました。恐らく、正妃となった女性が強く皇帝陛下を拒んだのだと思います」

（エリス様はリカルド様が好きじゃないの？　だって……）

今まで舞踏会や公の場で何度も、親しげにしている二人の姿を見てきたことを思い出す。

同じ場にい合わせるといつも、彼女を差し置いてリカルドに話し掛けられていていいのだろうか、という後ろめたさを味わった。

（女性が全員リカルド様に恋をするなんて言わないけれど、彼はとても魅力的な方だわ）

リカルドが幼馴染みなら、彼を好きに決まっている。

……とは思ってしまう。

疑っている顔をしていたからか、エリスはぎこちなく笑ってつけ加えた。

「……色々、身体的な理由があるのです」

「あぁ……、……はい」

彼女の真意を知り、マレーネは息を吐いた。

「……つまり、私に影嫁になれ、と仰りたいのですね」

エリスの意図を理解し、マレーネは苦く笑う。

先ほどからマレーネの気分を害さないように、常に下手に出て謝ってばかりのエリスだったが、今ばかりは何も否定しなかった。

「影嫁とは、正式にどのような役割を果たすのですか？」

話をきちんと最後まで聞こうと思い、マレーネは尋ねる。

本題を伝えたからか、エリスはもう言葉を詰まらせなかった。

「言ってしまえば、愛妾と同じ扱いになります。皇妃という地位こそありませんが、陛下のご寵愛を受け、抱かれ、子を産めます」

（リカルド様はこの事を仰りたかったのね）

影嫁は愛妾であると知り、マレーネはリカルドが「愛妾にならないか？」と言った真の理由を察した。

「エリス様はそれでいいのですか？」

問いかけたが、エリスは苦く笑って首を横に振る。

「陛下は私を好きではありませんもの。陛下とマレーネ様が想い合っているのは、周知の事実です。私は邪魔者になりたくありません。私は命が助かるのならそれで良いのです。陛下の愛を受け、子を授かるのはマレーネ様であって構いません」

エリスの立場、主張を知り、マレーネは深く息をついた。

（私にとっては都合のいい提案だけれど……）

エリスが正妃になると知った時、リカルドが彼女を抱くと想像しただけで、胸が引き裂かれそうな想いを味わった。

この先ずっとあのようなつらさに晒され、いずれ二人の間に世継ぎが誕生する……と考えると、気がおかしくなってしまうのではと思った。

影嫁にならなければ、マレーネはリカルドの側にいられないどころか、彼を想ったまま好きでもない相手に嫁ぐ可能性だってある。

それこそ、本当の地獄だ。

（嫌……。リカルド様以外の男性に、指一本だって触られたくない）

有力貴族の娘として生まれた以上、いつかは嫁がなければいけない。

父は自分とリカルドが懇意になっているのを、心の底から喜んでくれていた。

皇帝と侯爵令嬢という立場だけでなく、二人は恋愛をした果てに結婚しようとしていた。

父とて嫌がる娘を別の男性に嫁がせるなど、望まないだろう。

(なら……)

マレーネは腿の上で拳を握る。

(リカルド様はまだ調査されると仰っていたわ。今後、状況が変わる可能性だってある。

私が影嫁になれば、あの方のお側に居続けられる……。それなら)

「そのお話、お受けします」

唇を引き結んだあと、マレーネはにっこり微笑んだ。

「えっ……」

エリスは表情を明るくして顔を上げた。

分かりやすい反応に、マレーネは思わず笑みを零す。

(素直な方だわ)

「お互い、利害が一致していると思うのです。ですから、お受けします」

「ありがとうございます！」

エリスは頭を下げ、礼を言う。

「ですが一つだけ。リカルド様からお聞きしているか分かりませんが、あの方は今回の神託を疑っておいでです。エリス様に問題があるのではなく、神託が出た時期的に、不自然さを感じると仰っていたのです。ですから、もしかしたら今後リカルド様の調査次第で、私たちの立場が変わる可能性があります。それを念頭に置いた上で、お互いの役割を果たしていきましょう」

「分かりました」

エリスは真剣な顔で頷く。それから緊張の糸が切れたように、ソファの背もたれに身を預けた。

「あぁ……、良かった。てっきりマレーネ様に嫌われていると思っていたのです。その上、こんなお願いをしたので、私……」

安堵のあまり泣きそうな表情になっている彼女に、マレーネは微笑みかける。

「安心なさって。私はエリス様に敵意など抱いていません。確かに現状を悲しく思う気持ちはありますが、影嫁になるというお慈悲も頂けました。今後、他の男性に嫁がなくていいのなら、それで十分です」

「……マレーネ様は、本当に健気な方なのですね」

エリスは立ち上がり、隣に座ると両手を握ってきた。

「お互い、微妙な立場になってしまいますが、私はずっとあなたの味方です」

真摯な目で見つめられ、マレーネも頷いてエリスの気持ちを受け取る。

「二人でリカルド様をお支えしましょう」

微笑み合った二人は、そのあと普通にお茶を楽しんだ。

温《ぬる》くなったお茶を淹れ替えてもらい、改めて女同士のおしゃべりに花を咲かせたあと、屋敷を辞した。

＊＊

後日、マレーネはリカルドに連れられて、エリスと共に神殿域に向かっていた。

神殿域は宮殿の広大な敷地内にあるが、強固な門によって俗世と隔絶されている。

宮殿から神殿域に繋がる門まで移動し、門番が開いた間を通る。

神殿域には神官や巫女の住まいがある他、貴族たちなど外部の者を招き入れ、客人としてもてなす建物もある。

奥まった所には、神官や巫女が祈りを捧げる拝殿や、儀式を行う拝殿もあった。

さらに奥は秘匿中の秘匿で、大神官や限られた上層部の神官しか立ち入れない神託の神殿がある。

出迎えた下級神官に先導され、三人はもてなしの館に向かった。

途中、敷地内にはびわの木が沢山植えられていて、たわわに実がなっているのが印象的だった。

「ようこそいらっしゃいました」

そう言って出てきたのは、グァハナという副神殿長だ。

神官、巫女ともに身分の高さを表す色があり、さらにその中で一位から五位まで細分化されている。

グァハナは最高位の黄金一位の神官だ。

先帝の頃から交流のある大神官は、老齢のルガラという男性だが、現在は体調を崩している。

年齢的にそろそろ世代交代をという話は聞いていたので、これからはグァハナが神殿を取り仕切っていくのだろう。

グァハナは五十歳ほどの美貌の男性だ。

聞けば出身は名のある貴族なのだが、強い信仰心ゆえに神殿に入ったらしい。

神官になるのは、家督を継げない次男以下の貴族が多い。

また巫女の場合、信仰心のは勿論だが、事情があって世俗を捨てた者がなる事もあった。

しかし貴族の子女がなる仮初めの巫女は、聖職者としての巫女とは扱いが別だ。

「陛下、素晴らしいご活躍の数々は聞き及んでおります。本日お運びいただき、光栄に思っております」

ソファに座るとグァハナが挨拶をしてきて、リカルドが軽く会釈をする。

「エリス様はお久しぶりですね。その後、うまくやっていらっしゃいますか？」

グァハナは彼女に人当たり良く話し掛ける。

「はい、お陰様で。生まれ持っての性格はあまり変わっていないのですが、ここでグァハナ様に色々ご助言いただけたお陰で、以前よりほんの少しですが堂々と生きられています」

エリスは神殿にいただけあり、彼と親交があったようだ。

「そして、あなたがマレーネ様ですね。母君のエルレーネ様の事は存じ上げています。……して、陛下。お話とは？」

茶金髪の髪を撫で、グァハナはブルーグレーの目で軽く笑む。

リカルドはチラッとマレーネを見てから、口を開いた。

「神託によるエリスとの結婚についてだが、リージェット家のマレーネを影嫁とする事を許可してほしい」

影嫁になるには神殿の許可がいる。

それを今回、当事者三人そろって申し出にきたのだ。

エリスと話したあと、マレーネはリカルドに会って影嫁になると決意した事を伝えた。

するとリカルドは決まり悪そうにして、自分も影嫁の事はすでに知っていたと白状した。

だがマレーネには影嫁と言わず、あえて〝愛妾〟という包み隠さない言葉を使って覚悟を示してみせたのだという。

確かに〝嫁〟などついていると、影でありながらも正妻と同様に扱ってもらえるかもしれないと、期待したかもしれない。

なのでリカルドが最初から『妾にならないか』と言った事については、今は逆にありがたいとすら思っていた。

マレーネが少し前の事を思いだしている間、グァハナがリカルドに返事をする。

「当事者たちで影嫁をもうけると決め、帝国議会も通ったのでしたら、これから急ぎ神殿内でも話し合いましょう」

「そうしてもらえると助かる」

そのあとリカルドはさりげなくグァハナに神託の様子を尋ね、間違いがないか確認した。

「神託を読み取ったのは私です。大神官が床に臥せっている現状、力は及びませんが私が神殿を取り仕切っています。神託を読み取る力につきましても、大神官に次ぐ力量を持っていると自負しております」

グァハナは疑われて怒る素振りは見せなかったが、自分が間違えるなどないと主張する。

「そうか、疑ってすまなかった。それではマレーネが正式に影嫁となったあと、滞りなく儀式を執り行えるよう、諸々の手配を頼む」

「かしこまりました」

世間話をする相手でもないので、その日は要件のみを話して神殿を辞した。


グァハナは客人が立ち去ったあと、補佐官に今後の予定を尋ねる。

リカルドは思ったより早めに帰ったので、空いた時間は水鏡を見て過ごす事にした。

神託の神殿は、他より柱頭などの細工が細かく、使われている石も白く滑らかだ。許された者のみが入れる美しい神殿の中を、グァハナは勝手知ったる足取りで歩いていく。

やがて奥にある美しい細工が施された扉を開き、彼は前方にある全能神ヴァイスの大きな立像を見上げた。

その部屋は円形になっていて、壁は透かし彫りになり、窪《くぼ》みにはヴァイスの僕《しもべ》である神々の立像がある。

足元はターコイズブルーのタイルが敷かれ、中央に円筒状の台座があった。

その上に大人が数人で、やっと持ち上げられる大きさの水盆が置かれてある。

年に数回清められているこの水盆は、聖水を満たして初めて儀式のための水鏡となる。

水鏡の前に立ち、グァハナは先ほど皇帝と一緒に自分を訪れた女性の顔を思い出す。

すると水鏡の中に落ちている影が揺らめき、在りし日の〝彼女〟を映した。

艶やかで長くまっすぐな黒髪に、青い目。

美しく整った顔立ちに、しなやかな手脚。

己を律し世俗の欲を忘れるための白い巫女の衣なのに、〝彼女〟が纏っているだけで女神のように神々しく、それでいてどこか妖艶に思えた。

「……エルレーネ」

〝彼女〟の名前を呟き、グァハナは溜め息をつく。

胸の中にあるのは憧憬の思いだけではない。

後悔がよぎった途端、水鏡には金髪の男の影がちらつく。

(陛下も金髪だったな。……色味こそ違うが)

だからなのか、先ほど二人が同じ部屋にいる姿を見て、ずっと気持ちが落ち着かなかった。

息をつき、グァハナは手をかざすと水鏡の上で円を描き、ギュッと拳を握る。

すると揺らめいていた水面が次第に落ち着き、元の色に戻っていく。

気持ちを整え、グァハナは主神ヴァイスへの祈りの言葉を唱え、神に問いかける。

また水面が揺らめき、天井の半透明の石から差し込む光が、浅い水盆に落ちるとは思えない深い影の狭間に未来を映し出す。

その中に濃い赤――血と、倒れている女性の姿を見て、グァハナは目を細めた。

第二章　影嫁の試練

その後、無事マレーネが影嫁となる事が認められた。

諸々の支度が終わったあと、彼女は宮殿に移り住むようになる。

三度の契りの儀式は満月に執り行われるため、全てを終えるのに三か月が掛かる。

リカルドとエリスの結婚式は四か月後とされ、その準備は着々と進められていた。

悲しいのは、エリスはリカルドも住んでいる中央宮殿に部屋を与えられたというのに、マレーネは影嫁専用の月の離宮に住まなければいけない事だ。

（これはかりは仕方がないわね。離宮に愛妾がいれば、皇帝陛下が訪《おとな》いやすいのは事実だわ）

息をついたマレーネは、室内を見回す。

離宮と言っても中央宮殿から徒歩十分ほどの距離で、内装もとても綺麗だ。

周りには離宮専用の庭が整えられていて、マレーネの好きな白百合やピンクの薔薇《ばら》が植えられているのが嬉しい。

窓の外には小鳥の餌台があり、毎朝窓を開けると色とりどりの小鳥たちがせわしなく餌を食べにきて、美しく囀っているのが聞こえる。

少し離れた場所には木立があり、そこにもリスなどの小動物が時々見られた。

離宮で出される食事も素晴らしく、家具や調度品なども贅《ぜい》を凝らした物だ。

チェストに入っているドレスも、侯爵令嬢のマレーネが着ていた物と遜色なく、それ以上に美しい物も沢山ある。

(私は優遇されている。それはきちんと自覚しなければ)

自分に言い聞かせるものの、長椅子に座りクッションに身を預けているマレーネの口からは、溜め息が漏れた。

サロンから直接外に出られるガラスのドアは開け放たれ、緩い風にレースのカーテンがひらめている。

外は日差しが差し庭の緑が眩《まぶ》しい。

小鳥たちの囀りも楽しげで、世界は明るく輝いて見えるのに……。

(他でもない私が影嫁になると承諾したのに、いつまでも落ち込んでいられないわ)

気分転換をしようと、サロン内にあるピアノに目を向けた時、侍女のティアが声を掛けてきた。

「お嬢様、お客様です」

「どちら様？」

座り直したマレーネは問い返すが、ティアの後ろから現れた人物を見て目を丸くした。

「ダグラス様……！」

彼はエリスの父で宰相であり、アグティット家の当主だ。

恰幅のいい男性で、何事にも旺盛な欲のありそうな雰囲気をしている。

何か文句を言われるのだろうかと身構えていると、思いの外柔らかな口調で話し掛けられた。

「突然訪問してすみません。お忙しかったですか？」

「いえ。そんな事はありません」

本音を言えば暇を持て余していたので、来客はありがたい。

「ティア、お茶をお出しして」

「はい、お嬢様」

侍女はすぐに動いてくれ、マレーネはダグラスにソファを勧める。

彼の従者は、後方で立ったまま控えていた。

ダグラスは離宮での生活に不便がないか、心境の変化などを尋ねてきた。

しかし正直を言えばここに移ったばかりなので、漠然とした不安があるだけでこれといって詳細に話せる事はない。

お茶を飲みながらたわいのない話をしていると、ダグラスが「ところで……」と話題を変え、従者に合図を送る。

するとと従者は腰に結わえていた革袋の一つから、巾着を取りだした。

「影嫁として神殿で儀式を執り行う以上、清らかな体でいなければなりません」

ダグラスはそう言って、テーブルの上に巾着を置いた。

「開けても……？」

「どうぞ」

不思議に思いながら巾着を開くと、中には折り畳まれた薬包紙が入っていた。

中身を零さないように慎重に薬包紙を開くと、中には粉がある。

その粉から、独特な甘い匂いがフワッと香った。

「グァハナ様から言伝を受け、神殿の畑で栽培している聖なるびわの葉から作った粉を持って来ました。びわの葉はお茶としても飲まれています。お茶に混ぜて毎日寝る前に飲んでください。毎朝食後に使いがその日の分を届けに参ります」

「分かりました。どのような効能が？」

身を清らかにするために飲むお茶といわれても、いまいちピンとこない。

するとダグラスは苦笑いして、少し体を前屈みにすると、声を潜めて言う。

「本当の事を言いますと、特に効果のない物です。ただ、帝国の歴史で影嫁が飲んでいた物だと文献に載っていました。それならば、伝統に則る他はありません」

「確かにそうですね」

マレーネはクスッと笑う。

古くから重んじられている慣習や伝統の中には、本当はあまり意味のないものもあると分かっている。

形だけと分かると、得体の知れない粉に対する不安もなくなった。

（エリス様のお父様だから緊張したけれど、こうして一対一で話してみると気さくな方だわ）

終始楽しくダグラスと会話をしたあと、彼は娘を宜しく頼むと告げ、長居しないうちに月の離宮を去っていった。

＊＊

ダグラスに言われた通り、マレーネは毎晩寝る前にその粉をお茶に入れて飲んだ。

粉は独特な甘い匂いがする。

ケーキなどのスイーツなら好きなのだが、どうしてもその香りが好きになれない。

人間誰しも、生理的に合わない匂いというものはある。

初めは「リカルド様と儀式をするためにお茶を飲むぐらい、全然平気」と思っていたが、次第に憂鬱になってきた。

「マレーネ様、最近元気がないように見えるのは気のせいですか？」

エリスに尋ねられたのは、週に三回ある彼女とのお茶会の席でだった。

「そんな事はありませんよ？」

マレーネは元気を表すために、にっこり笑ってみせる。

影嫁になる事を了承したのは自分だが、この話を持ちかけたエリスが気にしていない訳がない。

お茶会でもそれとなく気遣ってくるので、繊細なエリスを心配させてはいけないと思い、いつも元気に振る舞っていた。

「ですが、どことなく最近、表情が曇っているように思えるのです」

エリスは自分の勘が当たっていると思い込み、引き下がらない。

影嫁となる事を悩んでいないと言えば嘘になる。

しかしそれを口にしてしまえば、エリスが気に病むのは目に見えている。

「実は、影嫁のお勤めとして、毎晩飲むようにと言われている粉があるのです」

マレーネは自分が憂い顔なのを、あの粉末のせいにする事にした。

あの独特の匂いが苦手なのは本当だから、嘘にはならない。

「まぁ、粉？　どんな粉ですか？」

「甘い匂いのする粉で、神殿のびわの葉から作られた物です。古くからの慣習で飲まれているらしく、大した効能はないそうなのです」

大した効能……のくだりを聞き、エリスもクスッと笑う。

「その粉がどうかしましたか？」

「それが……。甘いお菓子は好きなのですが、その粉を混ぜたお茶の、独特な甘い匂いがどうにも苦手で……」

「分かります。私、実はジャスミン茶の香りが得意ではないのです。お花の香りそのものは好きなのですが、そういうのってありますよね」

女性二人、共感しあう所を見つけて話が盛り上がる。

「それでマレーネ様は、お顔を曇らせていたのですか？」

エリスはマレーネの憂鬱の原因が自分とリカルド、影嫁についてではないと分かり、心底安心した表情をしている。

彼女の様子に多少の罪悪感を覚えつつも、マレーネは「そうなのです」と苦笑いしてみせた。

すると、エリスが立ち上がってマレーネの両手を握ってきた。

「では、私がその粉を代わりに飲みます！」

「えっ？」

こうなるとは思わず、マレーネは目を丸くする。

「影嫁のお務めの一つなのでしょうけれど、意味がないも同然なのですよね？　形だけお茶を飲むぐらいなら、こっそり代わっても構わないと思うのです」

「ですが……」

「やらせてください！　私、マレーネ様が望んでいたものを横取りしてしまって、本当に申し訳なく思っているのです。あなたはお優しいので私を責めません。ですが、その優しさが余計にやるせなくなるのです」

先ほどまでの少し悪戯っぽい表情とは打って変わって、エリスは痛切な顔でマレーネを見つめてくる。

「微力ながらお役に立ちたいです。そうしたら私の罪悪感が薄れる……という、とても利己的な話なのですが、それでいいのなら何か……」

懸命に訴えるエリスを見て、マレーネは「お茶ぐらいなら……」という気持ちになった。

「本当にいいのですか？」

「ぜひ、飲ませてください！」

エリスは少しでもマレーネの役に立てるのならと、表情を輝かせる。

彼女の善意しかない態度に、思わず笑み崩れた。

「では、お願いします。こっそりティアに届けさせますね」

「はい！」

嬉しそうに笑うエリスを見て、マレーネの胸の奥が鈍く痛む。

（私はこんなに純真なエリス様を、一時的にでも酷く羨んでしまったのだわ）

今でも「神託の相手が自分なら……」と思う気持ちはある。

だが今は影嫁としての義務を果たす事を考えていた。

エリスよりも先に彼と体を繋げるのだから、もしかしたらいつか子を授かるかもしれない。

その時は彼女にとてもつらい想いをさせるだろう。

けれど自分とエリスの性格、相性ならば、ギスギスした雰囲気にならず、共にリカルド、そして帝国を支えていけるのではないかと考えていた。

だが主人たちは打ち解けていても、周囲の者はそういかないようだった。

＊＊

「ティア、どうしたの⁉」

ある日、侍女のティアがずぶ濡れになって戻って来た。

マレーネは仰天し、メイドたちが慌てて持ってきた布で彼女を包む。

「何でもございません。近道をしようとしたら、滑って池に落ちてしまったのです」

ティアはそう言うものの、様子がおかしい。

彼女は分かりやすい性格で、侍女という立場であっても主人にハッキリものを言う。

そんな彼女が歯切れ悪く返事をする様子を見て、何か隠していると直感したのだ。

「ねぇ、何があったの？　確かに途中に池はあるけれど、あそこは〝足を滑らせて〟落ちる所じゃないと思うの」

ティアの顔を覗き込み尋ねるマレーネに、彼女はしばらく表情を強張らせて黙っていたが、やがて観念したように口を開いた。

「エリス様の侍女に突き落とされました」

「えっ⁉」

まさかエリスの名前が出てくると思わず、マレーネは目を丸くする。

「どういう事？　……とにかく、お風呂に入って着替えて。それから話して頂戴」

「……はい」

ティアは悄然《しょうぜん》として頷き、メイドたちに付き添われて離宮の奥に向かった。

（エリス様の侍女が？　なぜティアを？）

すぐ「エリスが命じてやらせたのだろうか？」と考えた。

しかし自分のために何かしたいと訴えた彼女に、そんな裏の顔があると思いたくなかった。

考え事をしながらティアを待っていると、やがて髪が半乾きのままの彼女が戻って来た。

「大丈夫？　温かいお茶を淹れてもらったから、まず飲んで」

「ありがとうございます」

マレーネは自分の向かいに座るよう促す。

その傍らで、メイドがポットで蒸していた紅茶をティーカップに注いだ。

二人で紅茶を飲み、ホッと一息ついたあと、ティアが口を開く。

「宮殿に用事があって歩いていると、エリス様と侍女たちが散歩に出ていたのです。声を掛けられてお話をしたあと、エリス様は中央宮殿へ戻っていかれました。ですがそのあと、侍女の一人が残り、私に言いがかりをつけてきたのです」

「え……？」

マレーネは困惑し、眉を寄せる。

ティアは主人の顔を見て表情を歪めてから、その時の事を話す。

「『マレーネ様は影嫁のくせに図々しい』。それが第一声でした」

思わず溜め息が出た。

「そのあとは、神託によって決められた相手はエリス様なのに……という内容や、お嬢様を侮辱する言葉を延々と聞かされました。ですから悔しくなって、つい口論になってしまったのです」

ティアは主人に迷惑が掛かると心配し、反省しているようだった。

けれど憤慨した表情からは、自分の敬愛する主人を守りたいという意思が窺える。

「ありがとう、ティア」

マレーネは立ち上がり、彼女の隣に座ってその手を両手で握った。

「あなたがいてくれて嬉しいわ」

ティアの顔を覗き込み微笑みかけると、彼女は目に涙を浮かべ静かに泣き始める。

「悔しいです……っ。確かにエリス様は陛下の幼馴染みです。ですがお嬢様の方がずっと陛下を想っていて、今だって相思相愛です。くだらない神託のせいでこんな侮辱的な立場になるなんて……！」

侍女の気持ちをありがたく思い、マレーネは彼女を抱き締めた。

「ありがとう、ティア。つらい思いをさせたわね」

「おつらいのはお嬢様でしょう……！」

泣きながら、ティアもマレーネを抱き締め返す。

しばらく二人は泣きながらお互いを労っていた。やがてマレーネは顔を上げ、頬を涙で濡らしたまま侍女に微笑みかけた。

「ティアにはつらい思いをさせてしまうけれど、我慢しましょう」

主人の言葉を聞き、ティアは一瞬気落ちした表情になる。

「あなたの忠義はとてもありがたいわ。けれど神託で決められたものは皇帝陛下であっても覆すのは難しいの。その件に関しては、いまリカルド様が独自に調査してくださっている。私はそれを信じて待ちたいわ」

「……マレーネ様が仰るのなら……。でも……」

ティアはまだ何か言いたげだ。その不満を、今だけでもすべて晴らしてあげたいと思った。

「今は私しか聞いている人がいないから、何でも言って頂戴。想いを受け取る事はできるわ」

マレーネの声を聞き、ティアはクシャリと表情を歪める。

「三年も待ったお嬢様が、愛妾として扱われているのが嫌なんです！　陛下だって神殿がちょっと言ってきたからって、こんなにあっさり引き下がるなんて！　エリス様だって、ご自分の都合でお嬢様に代わりをさせるだなんて、虫が良すぎるんです！　確かにお嬢様の初めての相手がリカルド様で良かったとは思います。けど、何でもかんでも、あの二人に都合が良すぎます。お嬢様はあの二人のために存在しているんじゃありません！」

ティアが怒りを吐き出し、昂《たか》ぶった感情のまま涙を流す。

自分を想ってくれる彼女に感謝をし、マレーネもまた涙を零す。

「私のためにそんなに怒ってくれて、ありがとう」

「お嬢様、何を嬉しそうな顔をしているんですか！　私は怒っているんですよ？　お嬢様だってもっと毅然《きぜん》としていなきゃ！　されるがままになっていたら、お優しいお嬢様はただ食い物にされるだけですよ？」

ティアはお礼を言われて照れながらも怒ってみせる。

思わず笑み崩れながら、マレーネはティアをまた抱き締めた。

「ありがとう。あなたがいてくれるなら、この先もやっていけるわ」

トントンとティアの背中を軽く叩いた彼女は、侍女の愛情に感謝して微笑む。

「……もう。お嬢様ったら……」

ティアはグスグスと洟《はな》を啜《すす》りながら、抱き締め返してくる。

（これからも周囲からの風当たりは強いかもしれない。でも私自身が選んだ道だわ。ティアや他の使用人が傷つくかもしれないのも、自分の責任だと思って受け入れないと。そして彼女たちが嫌な思いをしたら、こうして受け止めて慰めるのも主人である私の役割だわ）

腹の底で覚悟を決め、マレーネはタウンハウスにいる家族を思う。

（家族もきっと、社交界で嫌な事を言われているかもしれない。皇帝陛下の婚約者から、愛妾に立場が落ちたのだから……。私の存在を疎ましく思っていた周囲の貴族たちは、さぞ愉快でしょうね）

自分とリカルドの問題と思っても、そうはいかない。それが貴族だ。

マレーネは心の中で周囲の者たちに謝った。

そして顔を上げ、ティアに微笑みかける。

「私は影嫁であっても、幸せに生きてみせるわ。周りの人がなんと言っても、私は不幸ではないの。私が不幸かどうかは、私が決めるわ」

きっぱりと言い切ったマレーネを見て、ティアは気を取り直したようだ。

「さすがお嬢様です。私も、ずっとお供します」

「ありがとう」

侍女に微笑みかけ、マレーネはメイドを呼んで新しいお茶を淹れてもらい、お菓子を楽しむ事にした。

いつまでも落ち込んで引きずっていては、周りの者に気を遣わせてしまう。

まずはよく寝てよく食べて、健康な体と心を得る。

リカルドが何か掴んだのなら、その時に迅速に行動できるよう備えておくべきだ。

（まず、私がしっかりしなくては）

自分に言い聞かせ、あらゆる事態を想定した上で、決して動じないと自分に誓った。


その一週間後、リカルドが離宮を訪れた。

「君が影嫁となる事が、正式に決定した」

濃紺のジュストコールを着た彼は、今日も麗しい。

だがその表情は曇り、美貌が陰っている。

影嫁として認められたのなら、今後もマレーネはリカルドの側にいられるし、もう他の貴族の男性に嫁ぐ心配はない。

喜ぶべきなのだろうが、本当の意味では喜べないのはよく分かっている。

「……そうですか」

人払いをしたサロンで、ラベンダー色のドレスを着たマレーネは微笑む。

二人とも表情を強張らせ、空気はぎこちない。

「俺を恨んでくれて構わない」

やがてポツリと呟かれた言葉に、彼女はハッと顔を上げた。

苦悩に満ちた表情をしているリカルドは、以前よりずっと疲労の色を濃くしている。

(ただでさえ皇帝陛下としてご多忙なのに、私が迷惑を掛けたらいけない)

誰よりも彼が一番苦しんでいるのは、マレーネが一番分かっている。

「いいえ。恨んだりしません」

キッパリと言い切ったマレーネの言葉に、今度はリカルドが顔を上げ、気付かされた表情になった。

彼は立ち上がり、隣に座ってくる。

「……君を愛している」

切なげに細められた目は、愛しさだけではなく痛いほどの後悔、己の無力を感じた切なさに彩られている。

「君に、そんな風に強くなってほしくなかった」

リカルドはマレーネの額に自身の額を押しつけ、スリ……と擦り合わせる。

思わずクスッと笑い、彼女は愛する人を抱き締めた。

「皇妃になろうと思っていたんですもの。強くなければいけません。愛する方を支え、隣で凛と背筋を伸ばして座しています。……そんな女性に憧れていますす」

少し顔を離したリカルドはマレーネの目を見つめ、ちゅ、とキスをしてきた。

「……あなたを幸せにしたいです」

微笑んだマレーネの目から、ポロッと涙が零れる。

「君が側にいてくれるだけで、俺は幸せだ」

リカルドがまた額にキスをして、マレーネの後頭部や背中を優しく撫でる。

彼のあまりの優しさを前にすると、自分がエリスに暗い感情を抱いていたのが情けなくなった。

「……エリスに醜い感情を持ってしまいそうになるのを、必死に堪えています。私はリカルド様が思っているような、綺麗な女性ではありません」

素直に胸の内を吐露した彼女を、リカルドは愛しげに見て目を細める。

「君のそういう偽らないところが好きだ」

彼はマレーネの顎に手を掛け、クイと上向かせた。

「俺は何も完璧な女性など求めていない。君の繊細さ、優しさなど、すべてをひっくるめて好きなんだ」

勿体ない言葉に、次々に涙が零れて頬を濡らしてゆく。

「俺の前では〝完璧〟〝綺麗〟であろうとしなくていい。素のままの君を見せてくれ」

「っ…………」

——あぁ、この方は〝私〟を見てくださっている。

──リージェット侯爵令嬢でなく、一人の女性として私を愛してくださっている。

今までもリカルドの愛情を疑った事はなかった。

だが神託が下りてから、日に日にドロドロとした気持ちを抱くようになった。

そんな自分は以前のように、彼の寵愛《ちょうあい》を受ける資格はないのではと思い始めていた。

「俺たちには運命的な出会いと、積み重ねた時間と想いがある」

涙で濡れたマレーネの頬を撫で、リカルドは優しい目で見つめ、またキスをしてくる。

「君の喜びにも苦しみにも、俺は寄り添い分かち合う」

まるで結婚式の誓いの言葉のようなセリフを言われ、目頭がまた熱くなってしまう。

──この優しい皇帝陛下の、心の支えになりたい。

こみ上げる想いは、もうただの恋ではない。

彼女の想いは、たとえ自分の願いが犠牲になったとしても、皇帝であるリカルドと共にありたいと思う強い愛に変わっていた。

マレーネは潤んだ目でリカルドを見つめ、彼の手に頬を押し当てて微笑む。

（あなたが私に変わりない真心をくださるのなら、私もあなたにすべてを捧げましょう。これから何が起こっても、決してくじけず、リカルド様だけを愛し続けます）

「君のためなら、何だってする」

リカルドも同じ事を口にし、もう一度優しいキスをしてマレーネを抱き締めた。

「愛しています」

マレーネも彼を抱き締め返し、目を閉じて自分と彼が少しでも幸せな道を歩めるよう、天に祈った。

後日、一回目の契りの儀式は、三週間後に訪れる次の満月の夜に行われる事が決まった。


しっかりと、覚悟はできたはず。

――と思ったものの、いざ陰湿な嫌がらせをされると気が滅入ってくる。

ティアと一緒に庭園を散歩していたら、エリスの侍女に盥《たらい》いっぱいの泥水を掛けられた。

「水を捨てる先にいらっしゃるとは思いませんでした」と軽やかに笑い、彼女たちは去って行く。

庭園を散歩していると、知らない貴族の男性にたびたび声を掛けられた。

何事かと思えば「影嫁は陛下が認めた貴族たちの慰め役だから、ぜひ共に閨に……」などと、とんでもない事を言われた。

ティアは男達にとてつもない剣幕で「マレーネ様は陛下以外の男性に、髪の一房すら触らせません！」と詰め寄った。

すると男性は「影嫁なんて存在をここ百年以上聞いた事がない。人に教えられてそういうものだと思い込んでいた」と困惑して謝罪した。

という事はどこかで誰かが「影嫁は男性なら誰彼構わず抱かれるもの」だと、吹聴している可能性がある。

もしかしたらエリスの侍女たちが……と思うと、気が重たくなる。

宮殿の中を歩いているとすれ違う者にジロジロと見られ、居心地が悪い。

加えて心配なのは、自分の周囲の者に危害を加えられる事だ。

ティアはエリスの側で世話をしてくれるが、メイドたちは呼ばない限り、見えない場所で働いている。

定期的に彼女たちに変わりはないか尋ねていたが、見える所に痣《あざ》を作っている者までいた。

「誰にされたの？」と尋ねても、「自分で転んだだけです」と言って教えてくれない。

しかしマレーネのメイドというだけで、嫌がらせを受けているのは明白だ。

不安が溜まるなか、衛兵が目を離した隙に窓に石が投げ込まれたり、動物の死体が目に付く場所に置かれたりなど、酷い状況になってきた。

加えて気のせいかもしれないが、最近エリスがよそよそしくなってきた気がする。

立て続けに嫌がらせに遭い、疑心暗鬼になったマレーネは、次第に離宮に閉じこもるようになっていった。

リカルドは変わらず頻繁に離宮を訪れてくれていた。

表向き、儀式に挑むマレーネを支えるためと言っているが、憂い顔が増えた彼女の〝原因〟を知りたがっている。

「今日こそは、何があったのか教えてくれ」

頬を撫でられ顔を覗き込まれるも、マレーネは何も言えない。

離宮であった数々の事も、関係者に「リカルド様のお耳には決して入れないように」と厳命していた。

彼はただでさえ多忙で、しかも今は式を前にさらに忙しい。

だがマレーネが困っていると知れば、何があっても動いてくれるに決まっている。

その結果、エリスの侍女があれこれしていると知れば、とても悩むに違いない。

彼に苦労を掛けたくなく、自分たちさえ黙っていれば穏便に済むと思ったマレーネは、貝のように口を噤《つぐ》んでいた。

しかし頑なな気持ちは、見た目にも影響が出る。

最近のマレーネは表情が硬く強張り、疑った顔で落ち着きなく周囲を窺うようになった。

愛する人と過ごしていても心の底から楽しめないでいる彼女を、リカルドが放っておくはずがない。

「……何もありません」

マレーネは控えめに笑い、彼の腕を撫でる。

「何でもないという顔じゃないだろう」

リカルドは整った顔を切なげに歪め、頬や髪に触れてくる。

愛しげな手つきに、泣きたい心地に駆られる。

だがすべてぶちまけてしまえば、エリスが詰問されるのが目に見えている。

彼女が指図していなくても、リカルドは彼女を監督不行き届きだと責めるだろう。

ただでさえ申し訳なさそうにしているエリスを、これ以上つらい立場に立たせたくない。

「俺にも言えないのか？」

「大した事ではないのです」

遠慮がちに微笑んだマレーネを見て、リカルドは大きな溜め息をつき抱き締めてきた。

彼はマレーネの肩口に顔を埋め、ボソッと呟く。

「君が遠い」

その言葉は、マレーネの心に鈍い痛みを伴って刺さった。

黙っていると、顔を上げたリカルドがまっすぐに見つめてくる。

「だが何があっても、俺は諦めない。君が教えてくれなくても自分で突き止めて守ってみせる」

並々ならぬ意思が宿った目に射貫かれ、疲弊して弱っていた胸の奥が震えた。

唇が震え、泣いてしまいそうになる。

今すぐ「つらいんです」とすべてを打ち明けて、慰めてほしい。

けれど、――エリスも守らなければ。

潤んだマレーネの瞳の奥に、強い光が宿る。

その様子を見て、リカルドはフ……と目を細めた。

「君は誇り高い人だ。自分の事なら何でも話してくれるが、他者が関わっているのなら守ろうとする。……誰かを庇っているな？」

言い当てられ、マレーネの肩が震えた。

打ち明けられず泣きそうな表情になる彼女の頬を、リカルドはスルリと撫でる。

「君の心をこじ開ける以外のやり方で、解決してみせる。無理はしなくていい」

心配してくれているのに、頑なに意地を張ってしまっている。

それなのに彼はあくまで、マレーネの気持ちを尊重してくれていた。

リカルドの優しさがいっそう心に染みて、――マレーネは静かに涙を零した。

＊＊

マレーネの様子をおかしいと思ったものの、リカルドは手を打てずにいた。

彼自身も、皇帝としての執務を日々忙しくこなす他、結婚式に身につける服や装飾品の確認、来賓や祝賀会の料理、食器などのリストを担当の大臣がまとめたものを書類で確認する、または祝いの挨拶に訪れた諸侯と会うなど、やる事が沢山ある。

三週間後には、マレーネと一度目の契りの儀式を執り行う予定だ。

儀式の流れを覚えたあと、前もって体を清め、祈りの言葉を暗記しなければいけない。その裏で神託が下りた頃から密偵を神殿に忍び込ませているが、なかなか報告が上がってこない。

神殿に携わる事はリージェット家が責任を負っているが、ウォルレッドが自分の敵にまわるはずもない。

彼を呼んで自分が色々探っている事を伝えると、娘が愛する男性と結ばれるためならば、と進んで協力すると申し出てくれた。

だが権力者であるリカルドとウォルレッドが動いても、事態は遅々として動かない。

それとは別にリカルドは宮殿にある資料庫に入り浸り、寝る間も惜しんで影嫁に関する記述を調べた。

イライラした日々を送りながらも、二人の女性を表向き平等に扱わなければいけない。

エリスのもとにも訪れるが、彼女はいつにも増して申し訳なさそうな顔をしている。

会話をしていても何かにつけ謝り、顔色を窺っておどおどしている。

自分もマレーネも、エリスとの婚姻は仕方がないと分かっているし、彼女の立場も理解できる。

いつもならエリスの性格と立場を理解した上で、兄的存在として励ます事ができただろう。

だが今のリカルドは極度の疲労と焦りとで、常に苛ついていた。

結果的にエリスの前で溜め息をついてしまいそうになり、そんな自分に嫌気が差す。

癒しを求めてマレーネのもとを訪れても、彼女は彼女で憂い顔だ。

悩んでいるのは分かる。だから励まそうと愛を伝えるのだが、彼女は別の事を気にしてリカルドを見てくれない。

事態を解決するために動いてはいるのだが、目に見える結果が得られず、彼の心は荒むばかりだ。

（俺は無力だ……）

愛する女性が目の前で不安がっているのに、どれだけの言葉を並べても贈り物をしても、マレーネを笑わせられない。

キスをしても抱き締めても彼女はされるがままで、別の何かに気を取られていた。

（マレーネを苛んでいる〝何か〟より、俺の愛や魅力が足りないのだろう）

そう思うと、より敗北感を覚える。

離宮の衛兵たちに何か変わった事はないか尋ねても、口を揃えて「何もございません」と言うので、ますます彼女が塞いでいる理由が分からない。

（私兵からの報告はまだか）

彼女に秘密で身辺を探らせているので、いずれ離宮で起こっている事の報告は上がってくるだろう。

だが何があるかを知っても、すぐに行動できるかできないか、見定めなければいけない。

リカルドはマレーネの憂い顔を思いだし、溜め息をついた。

＊＊

儀式まであと十日ほどになったある日、忙しくしていたリカルドのもとに、急な知らせが入った。

「エリス様が倒れられました！」

「何だと⁉」

その瞬間、リカルドの脳裏に浮かんだのは、神罰という言葉だ。

神託によって決められた相手と結ばれなければ、エリスは死ぬ。

何の罪も犯していないのに、エリスがある日急に死んでしまうなどあり得ない……と、半分疑っていた自分がいた。

つい先日会った時も、彼女はピンピンしていた。

相変わらず申し訳なさそうにしていたが、顔色などは問題なかったと思う。

「すぐにエリスのもとへ向かう」

執務室にいたリカルドは、従者の一人に自分の留守を頼み部屋を後にした。

エリスの部屋に着くと、彼女の侍女が涙を浮かべて「お嬢様のお側にいて差し上げてください！」と訴えてきた。

そこまで悪いのかと覚悟を決め、リカルドは続き部屋の寝室に向かう。

アラベスク模様が刻まれた薔薇色の壁、深紅の帳がついた四柱式ベッドの中で、エリスは横になっていた。

ベッドの傍らにマレーネもいるところを見ると、どうやら一緒にいた時にエリスが倒れたのだろう。

「エリス」

帳はマレーネが立っている側が開いていた。

そちらから中を覗き込むと、彼女が目を開けていたのが分かったので声を掛ける。

「陛下」

エリスは若干顔色が悪いながらも、自ら起き上がってリカルドに微笑みかけた。

「無理しなくていい。大丈夫か？」

「はい。少し貧血気味だっただけです。私、昔からよく眩暈《めまい》を起こしていたでしょう」

言われてその通りなので、リカルドは息をつく。

「もう少し色々食べたほうがいい。今日から食事のメニューを一品増やそう」

「そんなに食べられません」

「君は昼間に菓子ばかり食べているだろう。だから食事が入らないんだ」

「だって……。お菓子は美味しいですし」

拗ねて唇をつきだすエリスを見て、思わずリカルドは笑い出した。

つられてエリスも笑顔を見せてくれたので、久しぶりに神託が出る以前の関係に戻れた気分になった。

自然とエリスの頭を、昔のようにポンポンと撫でて息をつく。

「菓子が美味しいのは分かるが、体に必要な栄養もちゃんと取ってくれ。その上でなら菓子を食べても構わない」

「はい。努力します」

一旦安心したあと、リカルドはマレーネに話し掛けた。

「心配してくれてありがとう。一緒にいたのか？」

すると彼女はぎこちなく微笑む。

「はい。エリス様にご招待を受けて、一緒にお茶を飲んでいました」

「どういう状況だったか、説明してもらっていいか？」

尋ねると、マレーネは冷静にその時の事を振り返る。

「この半月、週に三度エリス様のお招きを受けていました。今日もいつもと同じ午後になってからこちらを訪れ、お茶を頂きました。お話している途中、エリス様が眩暈を起こしたようにフラつかれていたので、休まれてはと申しあげました。が、そうこう言っている間に倒れられてしまいました。侍女たちが慌てて人を呼びにいき、衛兵がベッドまで運んでくれました」

彼女の説明を聞き、リカルドは頷く。

「先ほどまでエリス様づきの侍医がいましたが、何かの発作ではなく、疲れからのものだろうと言っていました」

「それなら良かった。彼女も言っていたが貧血だろうな」

「ええ……」

頷くマレーネは歯切れが悪い。

「どうかしたか？」

「いえ」

何かを吹っ切るように微笑んだマレーネに言葉を掛けようとした時、強い視線を感じた。

何気なくそちらを見れば、エリスの侍女たちがマレーネに向けて突き刺すような視線を向けている。

この場にいる者たちの関係性をすぐに察し、リカルドはそっと息をついた。

「マレーネもエリスも、不便はしていないか？」

「はい、問題ありません」

「私も、陛下のお陰で満ち足りています」

二人はすぐに頷く。

しかしリカルドは、この場にいる全員に鎌を掛けてみた。

「嫌がらせは受けていないか？」

その言葉に、マレーネの肩がヒクリと動いた。

チラリとエリスの侍女たちを見ると、表情を強張らせ明後日の方を見ていた。

「私は陛下の幼馴染みですし、今は婚約者です。嫌がらせをする方などいません」

ベッドにいるエリスだけが、その場の緊迫した空気に気付かずニコニコしている。

恐らく彼女は無関係だろう。

エリスとは六歳差ではあるものの、幼馴染みだ。

マレーネ以上に付き合いが長いのも事実で、それだけ彼女の性格は把握している。

彼女は自分が四大侯爵家の娘である事を自覚していて、周囲に羨望されているのも分かっている。

自分が何か言えば誰かに自慢と思われないか心配する、悪く言えば小心者だ。

何も悪い事をしていないのだから堂々としていればいいのに、エリスは誰かにとって自分が悪者になるのを必要以上に恐れている節がある。

ほとんどの者に裏の顔があるのは分かっているが、エリスに関しては裏でマレーネをいびる勇気すらないと思っている。

鎌を掛ける時、わざと主語を抜いて尋ねた。

その結果、二人とそれぞれの侍女たちは違った反応をした。

（予想は合っていると思うが、証拠がないのにエリスの侍女を責めるのは性急すぎる）

――なら、証拠を見つければいい。

頭の中で今後の動きを考えつつ、この場は一旦釘《くぎ》を刺しておく事にした。

「万が一を考えて尋ねたが、マレーネもエリスも大切な存在だ。もし嫌がらせをする者がいたら、すぐに教えてほしい。二度とそんな気にならないよう、厳罰に処すつもりだ」

リカルドはアイスブルーの目で、エリスの侍女たちを見る。

底冷えのする目で凝視され、壁際に立っている侍女たちが震え上がった。

(勘が当たっていたとしても、これで時間は稼げるだろう。その間に尻尾を出すよう動けばいい)

そう判断したあと、元気そうとはいえ、倒れたエリスと長時間話していても負担になると思い、部屋を去る事にした。

「無事を確認したから、また改めて見舞いに来る」

「はい、ありがとうございます。本当に大した事はありませんので、お気になさらないでください」

(幼馴染みが倒れたからといって、マレーネの目の前で構い過ぎるのも良くないな)

リカルドはマレーネの背中に手を当て、「行こう」と声を掛ける。

「エリス様、どうぞお大事に」

マレーネは最後にエリスを心配し、微笑みかけた。

「ありがとうございます」

部屋から出ると、彼女の侍女もついてくる。

「大丈夫か？」

廊下に出て隣を歩く彼女の顔を覗き込むと、無理をして笑ったのが分かった。

「私は問題ありません。それよりもエリス様が心配で……」

リカルドは息をつき、マレーネの手を握ると二人きりで話せる場所を、と考えながら歩みを進める。

エリスの私室から比較的近いリカルドの私室まで来ると、侍女を廊下に待たせてマレーネと二人きりになった。

「そこに座ってくれ」

ソファを示され、マレーネは大人しく腰掛ける。

リカルドは彼女の隣に座り、体を彼女の方に向けて髪を撫でた。

まっすぐ前を向いたままの彼女が、ピクッと反応する。

（……可愛いな）

薄桃色の唇に微かに力が入っているのは、緊張しているからだろう。

その緊張は、リカルドに触れられてドキドキしているのもあるだろうし、先ほど鎌を掛けた事について動揺しているのもあると思った。

（それに、仕方がないとはいえ、目の前で俺がエリスを構ったのについても拗ねているな）

彼女の心境を理解したリカルドは、マレーネを見つめた。

と熱が宿る。

「……マレーネ」

それまでとは違う、甘さの籠もった声を出し、リカルドは彼女を抱き締めた。

距離が近くなると、彼女の肌から甘く煮詰めたバラのジャムのような香りがする。

ドレス越しにでも、マレーネの肌の柔らかさが分かり、単純ながら下腹部の奥でジワッと熱が宿る。

だが彼女を抱きたい気持ちを抑えるのは、この三年ずっと続けてきたので慣れっこだ。

「君が今、少し不機嫌になっている理由を当てようか」

彼女の頬にキスをして悪戯っぽく言うと、マレーネは顔を上げ不満そうに眉を寄せる。

「不機嫌になどなっていません」

（あぁ、可愛い）

リカルドは思わず笑い、チュッチュッと彼女の頬にキスの雨を降らせる。

「じゃあ、俺の目をちゃんと見てくれ」

そう言うと、マレーネがおずおずと目を合わせてきた。

彼女の吸い込まれそうな美しい青い目は、いつまでも見ていられる。サラサラの黒髪だって、ずっと触っていたい。

今はまだ手を出せないが、きっと彼女の体を一度味わってしまえば他の女など抱けなくなるだろう。

（これだけ惚れているというのに、俺はマレーネを不安にさせてばかりだ）

周囲は自分を、何でもできる上に見目麗しい、天が二物を与えた存在だと言うが、リカルド自身はそうではないと誰より分かっている。

（もっとできる男なら、愛する女性をこんなに苦しませない。彼女の悩みにもっと早く気付き、解決できている）

自分の不甲斐《ふがい》なさに心の中で苦笑し、マレーネに微笑みかけた。

「君は聡《さと》いからもう分かっていると思うが、エリスの事は幼馴染みだから心配した。ただそれだけだ」

嫉妬していたのを言い当てたからか、彼女はサッと赤面して目を逸らした。

「こら、ちゃんとこっちを見て」

そんな彼女の両頬を手で包み、リカルドは笑いながら彼女を見つめる。

「うぅ……」

リカルドの目は色素が薄く、瞳孔が際立って見える。そして彼はマレーネが自分に見つめられると、目のせいもありすぐ照れてしまうのを分かっていた。顔を赤くしながらも、懸命に見つめ返そうと努力する彼女を見て、リカルドの胸に愛しさが溢れる。

「や、妬いてなんかいません」

「ん、分かってる」

「少し……『やっぱり幼馴染みで親しくお話するんだな』と思っただけで……」

「ああ」

モゴモゴと言い訳をするマレーネが可愛くて堪らず、リカルドは目を細めて彼女の額にキスをした。

「俺がこうやって抱き締め、キスをするのは君だけだ」

「はい」

マレーネだけを愛していると伝えると、彼女は幸せそうに表情を緩める。

同時に緊張してギュッと上がっていた肩から、力が抜けた。

（いつか必ず彼女を正妻として結婚するまで、何度だって愛の言葉を告げて安心させてみせる）

自分に言い聞かせ、リカルドはまだ彼女の表情や瞳の奥に不安や悲しさが残っていないか、確認するためにジッと見つめる。

マレーネはリカルドに見つめられ、恥ずかしそうに目を逸らした。

彼女を見ていると、包み込んで甘やかして大切にしたいと思う気持ちと、意地悪をして照れさせたいという子供のような感情が湧き起こり、我ながらどうにもならない。

（それだけ、惚れているんだ）

彼女を想っているだけで、この上なく幸せな気分になる。

（だが、俺だけ満たされても駄目だ。マレーネを安心させ、何より幸せにしなければ）

「今、神託の信憑性を改めて調べさせている。俺自身も動いているから、どうか我慢してほしい。必ず君と結婚する」

彼女の目を見つめてハッキリと告げると、マレーネの表情が穏やかになった。

「はい。信じています」

頷いたあと、マレーネは視線を一旦外してよそを見ると、別の事を考えているようだった。

「エリス様の具合が悪くなったというのは、やはり神託通りにしていないからでしょうか」

板挟みになってつらい思いをしているというのに、彼女はこの状況でエリスの心配をしていた。

（こういう所が好きで堪らない）

グッとこみ上げる愛しさを抑え、リカルドもまじめに考える。

「先日も彼女に会ったが、とても元気そうだった。多少物思いに沈んでいる様子はあったが、体調的に問題があったように見えない」

「私も同じように思います」

しばし二人は黙り、エリスの不調がどこからくるのか考えた。

マレーネは腕の中でもそりと身じろぎをし、リカルドを見上げてきた。

「やはり影嫁がいると駄目なのでしょうか？」

こちらを見上げる彼女の目には、透明な涙が滲んでいる。

「それは違う」

彼女の涙を指で拭い、リカルドはすぐに否定する。

「現時点での調べ物の結果、過去に影嫁がいた時代に、正妃が神罰で死んだという事例はない。皇帝が影嫁を抱いても、正妃の代理として正式に認められているなら問題ないはずだ」

「ですがその事例は、皇帝陛下が正妃の事もきちんと愛していたからではありませんか？」

マレーネが問いかけ、リカルドは少し考える。

「今は分からない、と言っておこう。皇帝の日々を綴った文献に、正妃や愛妾に対してどのような言葉をかけたかを綴られた物はある。だがそれは公の場の言葉であり、ごく私的な場所で二人がどう過ごしたかは分からない。そもそも一番最近の例で影嫁がいたのは百二十年前だ。参考にするものがあまりに少なすぎる」

「……確かにそうですね」

マレーネは息をつき、自嘲する。

「私は百二十年もの間、前例のない存在なのですね。歴代の皇帝陛下は、普通に正妃を愛されていた」

悲しげな顔をする彼女を見るのがつらく、リカルドはマレーネを抱き締めた。

「そう言わないでくれ。君が自分を否定する必要はない」

言われて自虐的になっていたのに気付いたのか、マレーネは苦く笑った。

「いけませんね。ずっと気分が塞ぎっぱなしで、つい考えが暗くなりがちです」

「気持ちは分かる」

リカルドはマレーネを抱き締め、しばらく思案していた。

「次の満月の儀式で状況が変わるかもしれない。君は神殿により正式に影嫁として認められたし、抱く事によってエリスの体調が良くなる可能性もある」

正直、神罰と言われてもいまだしっくりこない。

だが大神官が目の前で水鏡に様々な〝未来〟を写したのは、この目で何度も見ていた。

神殿に携わるリージェット家の娘であるマレーネも、父から神託の重要さは教えられているだろう。

何よりマレーネの母が神殿に仕えていた時期があり、彼女の家は非常に信心深いはずだ。

「もし私が影嫁としてのお役目を果たす事でエリス様が楽になるのなら、喜んで勤めさせて頂きます」

健気に微笑むマレーネの胸中は、リカルドが考えているよりもずっと複雑なのだろう。

（すまない）

心の中で詫《わ》び、リカルドはマレーネを優しく抱き締めた。

彼女の甘い香りを吸い込みながら、最近自分の側近が体調不良で仕事から離れる事が多く、何をするにもうまくいかない現状にそっと息をつく。

（彼女と二人きりなのに、苛つきを表に出すなど駄目だ。今だけはマレーネと一緒にいられる幸せを噛み締めなければ）

自分に言い聞かせ、リカルドは彼女の柔らかな体を堪能した。

第三章　儀式・母の過去

とうとう一度目の儀式が執り行われる、満月の日がきた。

マレーネは影嫁になる決まってからずっと、神殿から運ばれた聖水で作られた風呂に入り、身を清め続けてきた。

沐浴《もくよく》のあとは神殿から来た巫女たちが、薔薇の香りがする聖油でマレーネの体を解していく。

リカルドに抱かれるのは嬉しいが、自分が影嫁であるという事実はいまだマレーネの心に影を落としている。

(それでも、初めてをリカルド様に捧げられるのだわ)

憂慮すべき事が多々あるなか、それだけがマレーネを支えている。

夜になると神殿から迎えが来て、マレーネは離宮を出た。

付き添いはティアのみで、勝手が分からない神殿の敷地に入ると不安がこみ上げる。

神殿から支給された白い衣は、まるで神話の時代の女神が纏っているような物だ。

下着をつける事も許されず、金の腕輪とヒラリとした薄布でできた衣とサンダルのみなので、非常に心許ない。

たった一枚布があるだけなので、胸の先端の形が見えてしまわないか不安で恥ずかしかった。腰は革紐《かわひも》で縛られ、あとはスカートとしてフワリと布地が広がっている。

（リカルド様はどんな格好をされているのかしら）

サリサリと革のサンダルで歩く音のみが、夜のしじまに響く。

神殿域には神官や巫女が暮らしている建物もあるはずなのに、静まりかえっていて逆に不気味だ。

中央にある道を奥まで進むと、より装飾が美しい神殿があった。

その前で、先導していた巫女たちが足を止める。

「どうぞ、中へお入りください」

松明を持って先頭にいた者が厳かな声で告げ、マレーネは頷く。

ティアも随行しようとしたが、巫女の一人が無言で首を振ってそれを阻んだ。

「お嬢様……」

「行ってくるわね。ついてきてくれてありがとう。ここで待っていて」

ティアに微笑みかけ、マレーネは緊張しながら一人で神殿前にある低い階段を上った。

神殿の中は柱が林立し、左右の壁に等間隔に松明が掛けられていた。

前方奥には広い空間があり、そこから祈りの歌を唱歌しているのが聞こえた。

最奥には全知全能の神ヴァイスの大きな像があり、松明に照らされた影が異様な雰囲気を醸しだしている。

ヴァイス神像の前には舞台のように一段高くなった場所があり、そこにシーツを敷いた大きなマットレスがあった。

それを見て、緊張して速まっていたマレーネの心臓がドクンッと跳ね上がった。

壇の前には神官と巫女たち、そしてグァハナ、リカルド、エリスがいる。

リカルドはマレーネに気付き、ぎこちなく微笑む。

エリスは緊張しきった顔をしていて、どうしたらいいか分からないでいるようだった。

胸に蘇ったのは、パーティでリカルドとエリスが親しげに話していた様子や、先日彼女が倒れた時のやりとり。

あの時、エリスはリカルドを幼馴染み以上に想っていると、女の直感で分かった。

彼女の想いを考え、マレーネはあまりの罪悪感に泣きそうになった。胃が重たくなり、キリキリと痛む。

(これは罰なのだわ。自分はリカルド様と想い合っているから、影嫁になっても許されると思っていたけれど……。そんな生やさしいものではない。正妃となる方を押しのけて寵愛を受けようとする利己的な考えが、相手にどのような思いをさせるのか、自身にも跳ね返るようになっている)

遙か昔から、皇帝の寵姫となる女性たちは、自分が一番愛されていると思っていただろう。

色々理由をつけているが、エリスがリカルドを愛しているのは分かっている。

マレーネだって彼女に負けないぐらいリカルドを想っているが、表面上敵意を出さず平和的にやってこられた。

だがこの儀式の構図を見ると、その努力をあざ笑われた気持ちになった。

（すみません……。エリス様）

唇を引き結んだマレーネは、巫女に促されて前に進む。

やがて歌が終わったあと、同じように白い衣を纏ったリカルド、エリスと共に横に並ぶ。

グァハナが金色の聖杯に葡萄酒《ぶどう》を注ぎ、その中に小瓶に入った何かを垂らした。

リカルドの鋭い視線に気付いたのか、グァハナは小さな声で説明する。

「これは緊張する状況下でも儀式を滞りなく済ませられるための、秘薬にございます。体に害はなく、性感を高めるための物です」

媚薬《びやく》だと言われ、マレーネはさらに居たたまれなくなる。

やがてその葡萄酒を、リカルド、エリス、マレーネの順に飲んだ。

また神官と巫女による歌が始まり、体を左右に揺らしての歌声が異様な雰囲気を作る。

三人はグァハナに先導され、壇上に上がった。

そしてグァハナがヴァイス神像の前で祈りの言葉を口にし、手に持ったトネリコの枝の葉を別の聖杯に入れた聖水に浸し、三人に振り掛ける。

さらに彼はリカルドに対し、皇帝として神の教えに従い、国に尽くすかなどの問いを重ねていく。

まるで詰問するかのような大きな声を聞いていると、冷静にならなければと自分に言い聞かせていても、どんどん不安になり雰囲気に呑まれる。

（体が熱い……）

媚薬と一緒に葡萄酒を飲んだからか、お腹の奥がカーッと熱くなって高揚感が増してくる。

やがてマレーネがグァハナの問いに答える番になり、彼女は今日まで覚えた言葉を脳裏に描き、懸命に口上を述べる。

そのあとにエリスの番になり、彼女は泣きそうな声で必死に答えていた。

最後にグァハナは、ヴァイス神像に向けて大きな手振りで三度拝む。

朗々とした祈りの声が神殿中に響き、それに合わせマレーネたちや神官、巫女たちも祈りの言葉を口にする。

決められた作法でヴァイス神像を拝み、最後は座って額を地につけて儀式の導入が終わった。

「それでは私たちはエリス様と共にこの場から離れます。お二人は作法に則って儀式を進めてください」

グァハナの言葉に、三人は頷く。

「念のため申し上げますが、気心知れた仲だからといって、儀式を疎かになさらないでください。神様はすべて見ておいでです。気持ちの緩み、作法の間違い一つで儀式が完成しない場合もあります。エリス様のお命も掛かっていますから、そこは特に慎重に」

「分かった」

リカルドが答え、マレーネも緊張した顔で頷く。

そのあとグァハナたちはエリスを伴って、神殿の壁にある扉の向こうへ消えた。

事前に聞かされた話では、エリスは二人が儀式を行っている間、別室で聖油を頭から掛けられ、身を清め続けるらしい。

そうする事によって、本当の花嫁の代わりに皇帝に抱かれる、影嫁の罪を贖うのだとか。

扉が閉まる音がし、あとには壇上に二人が残される。

あの熱気の籠もった儀式と媚薬とで、二人とも気分を高揚させている。加えて神殿の中には香炉が幾つも置かれ、甘ったるい香りを発していた。

（あぁ……、とうとう……）

緊張したマレーネの手を、リカルドが握った。

彼もまた、緊張に彩られた表情をしている。それでいて、アイスブルーの目の奥にマレーネを求める熱が宿っていた。

催淫効果のあるジャスミンの花が撒《ま》かれた大きなマットレスの上に、二人は履き物を脱いで上がった。

リカルドはマレーネを見つめ、指で頬から顎の輪郭、そして鼻筋や唇に触れてくる。

それだけで彼女は吐息を震わせ、衣の下でツンと乳首を尖《とが》らせた。

「マレーネ」

彼女だけに聞こえる声で名を呼び、リカルドがキスをしてくる。

「ん……っ」

ちゅっ……と唇を吸われ、リカルドの柔らかなそれと温度を知った途端、マレーネの理性がとろけた。

「ぁ……っ、あ、――ふ」

舌を舐められ、ヌルヌルと擦られているうちに官能が高まってくる。

リカルドの手が後頭部を押さえ、もう片方の手は彼女の剝き出しの背を撫でた。

「…………っ」

背筋をなぞられ、マレーネはビクンッと反応して腰を反らせる。

彼女の反応を楽しむように、リカルドは指先でツ……とマレーネの背筋をなぞる。

そして衣服の隙間から手を差し込み、腰を撫でてきた。

いつの間にか腰の紐も解かれ、乱れた衣の間からマレーネの乳白色の素肌が覗く。

胸元は布地を重ねているだけなので、それが解けるとすぐにマレーネのずっしりと重たげな乳房が衣からまろび出た。

唇を離したリカルドは、アイスブルーの目で彼女を見つめ、「我慢できない」と呟く。

彼の手が衣に掛かったかと思うと、マレーネはあっという間に一糸まとわぬ姿にされてしまった。

「あ……っ」

マットレスの上に押し倒され、リカルドが熱の籠もったキスを降らせる。

大きな手に乳房が揉まれて形を変える。

自分で触れても何とも思わない場所が、彼の手と温度にだけ反応し、官能を伝えてきた。

リカルドの吐く息が甘い。

葡萄酒に入れられた媚薬のせいなのか、はたまた神殿内に充満している香のせいなのか。

――もっと。

マレーネは陶酔した意識のなか、さらにリカルドの熱を求めて舌を動かし、体を押しつけた。

ちゅ、ちゅぷ……と口元から水音がし、柔らかく熱い舌の感触が気持ちいい。

リカルドは自分の衣も脱ぎ去り、見事な肉体を惜しげもなく晒す。

揺れる灯りによってくっきりと筋肉の陰影が刻まれた体は、ヴァイス神の側近である軍神を思わせた。

（綺麗……）

神話の神が顕現したかのようなリカルドの姿を見て、マレーネは吐息をつく。

彼が本当に目の前にいるのか確かめるために、そっとリカルドの髪に触れた。

金と銀が混じった色味の髪は、思っていたよりずっとサラサラしている。

指を通し撫でていると、彼は気持ちよさそうに目を細め、猫のようにマレーネの手に顔を押しつけてきた。

その間もリカルドはマレーネの乳房を揉み、凝った乳首を指の腹で優しく擦ってくる。

「あぁ……」

甘酸っぱい気持ちよさに息をつき、マレーネは切なげに眉を寄せ、目を閉じた。

(リカルド様とこうなるのを、ずっと夢見ていた。ようやくその夢が叶った。……のに)

考えまいとしているのに、どうしても意識は扉の向こうに及んでしまう。

罪悪感を覚えているのに、優しい愛撫《あいぶ》を受けてつい嬌声《きょうせい》が口から零れた。

(ごめんなさい)

自分とエリスの立場が逆だったら……と思うと、身が引き裂かれるような心地になる。

リカルドとエリスが交わっている間、別室で待っていなければいけないのだ。

愛する人が抱いているのは、自分ではない女性。

一人冷たい聖油を被っている間、なぜリカルドに愛されているのが自分ではないのだろうと絶望するだろう。

自ら望んだ立場とはいえ、二人の女性が一人の男性の寵愛を乞えばどこかに無理が生じるのだ。

(それでも私は、自分の醜い欲望のために影嫁となる提案を呑んでしまった)

「綺麗だ、マレーネ」

リカルドは堪らず賛辞を漏らし、首筋や肩、鎖骨にキスをしてくる。

――いいえ、私はとても汚い人間です。

心の中で返事をし、マレーネは涙を零す。

けれど彼女の手はリカルドの滑らかな肌を撫で、温もりと愛しさを感じながら、罪悪感にまみれて彼の愛を乞う。

――私は、エリス様がいるのにあなたに愛されて『嬉しい』と思ってしまう、酷い女です。

涙を纏った痛切な瞳を見て、リカルドは一つ頷いて唇を重ねてきた。

何も言わなかったが、その唇からは「君のつらさは分かるつもりだ」という気持ちが伝わってくる。

温かな両手がマレーネの肩や二の腕を撫で、落ち着くよう促してくる。

丁寧で優しいキスが交わされている間、リカルドの手はもう一度マレーネの乳房に這《は》い、やんわりと揉んできた。

いけないと思うのに、彼に優しく触れられ温もりを感じるほど体の奥に熱が宿る。

熱は静かに全身に巡り、未知の感覚に火を付けようとしていた。

ちゅ……っと小さな音がし、濡れた唇が離れる。

一瞬二人の目が合い、リカルドが愛しげに目を細め笑いかけてきた。

（あぁ……！）

本来なら自分は、リカルドの笑顔すら向けられるべき存在ではない。自身に呪いに似た感情を向けていたからか、マレーネは彼の笑顔を見ただけで涙を零してしまった。

「大丈夫だ」

その言葉が何に対しての〝大丈夫〟なのかは分からない。

(でもリカルド様が仰るのなら……)

──たとえすべてがうまくいかず、一生影嫁として生きる事になっても。

胸の奥に切ない決意を宿し、彼女は健気に笑ってみせた。

彼はマレーネの両頬にキスをし、首筋や鎖骨に唇を這わせる。

温かな舌で素肌を舐められ、そこをジュ……ッと強めに吸われる。

やがてリカルドの唇は胸の先端に至り、可憐に色づいた場所を舌でレロリと舐めてきた。

彼の舌先は乳輪を辿るように丸く動き、敏感な場所に熱い吐息が掛かってマレーネは呼吸を乱す。

「ぁ……、あ……っ」

恥ずかしいのに、本能的な反応として嬌声が漏れてしまう。

「マレーネ、もっと声を聞かせてくれ」

胸元から脇、そして腰に至った手が、すべらかな肌を撫でて彼女の官能を煽《あお》った。

「んぅっ、あ……っ」

脇に触れられてくすぐったく、一際高い声が出る。

思わず逃げようとして体をくねらせたマレーネを見て、リカルドは目の奥に獰猛《どうもう》な情熱を宿した。

囁いたリカルドは両手を下肢に這わせ、彼女の太腿を割り開く。

「君のすべてを見せてくれ」

「あ……っ」

が、すぐにリカルドに両手を摑まれ、「隠さないでくれ」と阻まれてしまった。

最たる部分を暴かれ、マレーネはとっさに両手で下腹部を隠そうとする。

抵抗すべきか、従うべきか。

迷っている間に二人の目が合い、その一瞬で様々な感情がやり取りされる。

やがて折れたのはマレーネで、摑まれていた手から力を抜く。

リカルドは自分を受け入れてくれた彼女に、感謝の意を込めてキスをした。

彼は両手で太腿をすべすべと撫で、申し訳程度に生えた和毛を撫でてくる。

「ん……っ」

恥ずかしい毛に触れられ、マレーネは体を強張らせた。

が、リカルドは彼女の反応を見ながら慎重に肉芽に触れてくる。

「あ……っ、あ、……ん、あ……」

親指でクニュクニュとまだ柔らかい肉芽を捏ねられ、得た事のない気持ちよさが下腹部から全身にまわってゆく。

肉芽を捏ねられているうちに体の深部から何かが滴る感覚があり、クチュクチュと水音が聞こえてきた。

「やぁ……っ」

聞くも恥ずかしい音に、マレーネは思わず自分の耳を塞ぐ。

耳を塞いだ彼女を見て、リカルドはニヤリと笑うと再びキスをしてきた。

「んぅ……っ、ん⁉」

先ほどまでのキスと違って、口内で舌が絡む淫靡な音が頭の中で響く。

グチュグチュという音が頭蓋の中で響いて、あまりにいやらしい音に涙目になる。

リカルドにじゅっ……と舌を吸われている間、彼の指が濡れた陰唇の形をたどるように動く。

何度も指が花びらに沿って動き、チュプチュプと音が立つと、リカルドが薄く笑った。

「もう十分濡れているな」

彼はさらにマレーネの反応を窺いながら指を挿し入れようとしたが、「おっと……」と何かを思いだす。

そして祭壇の上に置かれていた小瓶を手に取り、オイルに似た液体を掌にたっぷり取ると両手になすりつけ、マレーネの体に伸ばしてきた。

「あぁ……っ、あ……っ」

敏感になっていた体を撫でられゾクゾクする上に、潤滑剤でさらに感度が上がった気がする。

トロリとした粘度のある液体からは、蜂蜜やナッツに似た甘い匂いがした。

その香りに酔ったマレーネは、リカルドの手がさらに動き、全身という全身に潤滑剤を塗り込んでも、何も抵抗しなかった。

「あん……っ、あ、……ん、ぁ……」

まろやかな双丘も丁寧に撫でられ、ヌルヌルした潤滑剤で濡れた手が勃起した乳首を擦るのが気持ちいい。

リカルドの手はマレーネの秘部に至り、もう一度陰唇や肉芽、そして後孔にまで丁寧に潤滑剤を塗っていく。

「ん……っ、あぁ、あ……っ、あ……」

もうそこは潤滑剤だけでなく、マレーネ自身が零す愛蜜でたっぷり濡れそぼっていた。

リカルドの指が動くとクチュクチュと音がし、愛撫で柔らかくふっくらした陰唇がマレーネに官能を伝えてくる。

「……指を入れるぞ」

一言断りを入れ、リカルドはマレーネの蜜口を軽く揉んでからツプリと指を一本挿し入れてきた。

「んぅ……っ、はぁ……、あ……っ」

体の中に他人の指を迎えた経験などないマレーネは、異物感に大きく口を開きハクハクと喘《あえ》がせる。

「痛いか？」

リカルドに尋ねられたが、首を横に振る。

「いいえ……っ」

「そうか、なら良かった。少し、動かすからな」

リカルドの指が体内でクニクニと動き膣壁《ちつへき》を指の腹で擦ってきた。奥から溢れた愛蜜は刺激を受けるたびに量を増し、次第に淫音が激しくなってくる。

「ん……っ、んぁ、あ……っ、あぁ……っ」

マレーネが苦痛を味わわないように、リカルドは慎重に指を動かし彼女が感じる場所を丁寧に探していった。

「あぁっ」

彼の指が膣壁の一点をかすめた時、堪らなくなってマレーネは甘い声を上げた。

彼女の様子を見てリカルドは満足気に目を細め、そこばかりを指で撫で続ける。

加えて親指で陰核を捏ね、さやから顔を出した秘玉を丁寧に転がした。

「んぁああぁ……っ、ん、あぁあんっ」

マレーネは腰を揺すり、襲い来る恐ろしいまでの淫悦から逃れようとする。

だがリカルドは彼女のすべてを味わおうとし、晒された乳房や腹部に舌を這わせ、甘い

肌を堪能した。

温かな舌が肌を這い、チュッ、チュバッと音を立ててマレーネを愛していく。

敏感になった乳首を吸われ、舌で何度も弾かれて彼女は切ない声を漏らした。

体のどこに触れられても気持ち良く、こんな経験を味わった事がないためマレーネは混乱して涙を流していた。

足に力を入れ腰を浮かせると、下腹部に力が入って余計にリカルドの指を締め付ける。

すると自分の体に入っているリカルドの指を鮮明に感じる気がし、余計に羞恥と快楽が浮き彫りになった。

「マレーネ、可愛い……」

熱に浮かされた声でリカルドは彼女を賛美し、蜜壷《みつつぼ》を探る指をさらに奥に入れた。

「んぅう、ぁ、あぁあああ……っ」

触れられてはいけない場所にリカルドの指が届き、マレーネの頭の中で閃光《せんこう》が走ったかと思うと、無意識に体に力が入り、ガクガクと全身が震えた。

「達《い》ったか。もっと淫らに達く姿を見せてくれ」

（い……く……？）

霞がかった脳内で、マレーネはリカルドが口にした単語を反芻《はんすう》する。

怖くなるほどの気持ちよさに身も心も晒され、全身が白い炎に包まれるかのような感覚だった。

彼の手によって体が作り替えられた気持ちにもなった。

「気持ちよさが最高潮に達すると、今のようになるんだ。そして俺が君をきちんと愛せた証拠にもなる。だから恥ずかしがらずに、きちんと見せてくれ」

秘部から指を引き抜いた彼が、マレーネに丁寧に教えてくれる。

嬉しそうに微笑んで言われると抗えない。

真っ赤な顔をしてコクンと頷いた彼女は、自分がきちんとリカルドの愛撫に反応できたのだと胸を撫で下ろしていた。

――と、下腹部に熱く硬いものがヌルンッと滑り、マレーネは驚いて目を見開く。

それまでは与えられる快楽に呑まれて分からなかったが、全裸になったリカルドの下腹部には雄々しく反り返った一物が存在を誇示していた。

（あれが……。リカルド様の……）

性的な事に疎いマレーネでも、男性器の存在ぐらいは分かっている。

「これを君の中に入れる。初めてだから痛むと思うが、我慢してくれ。なるべくゆっくり、痛まないよう気を付ける」

「はい」

リカルドはアイスブルーの瞳の奥に熱を宿し、腰を揺らして何度もマレーネの秘唇を淫刀でなぞってきた。

「うん……っ、んぁ、あ……っ」

ヌトッヌトッと潤った蜜壷に淫刀が滑り、雁首《かりくび》が陰核を擦って思わず腰が跳ね上がる。

体中の血が沸騰したように感じ、全身も顔も熱くて堪らない。

「出会ったあの日に運命を感じてから、ずっと君を抱きたくて堪らなかった……」

リカルドは目に抑えきれない熱を宿し、マレーネの手を取り甲に口づける。

それから自身の肉竿《にくざお》に手を添え、亀頭をグプリと蜜口に押し込んだ。

「あうっ……！　う……っ、あ、ぁ……っ」

下腹部に重い疼痛《とうつう》が訪れ、マレーネは思わず顔を顰める。

「すまない……っ」

リカルドは謝ってから、彼女を一気に貫いた。

「んぁあああぁ……っ！」

マレーネは涙を零し、悲鳴を上げ両手でリカルドの腕を掴んだ。

「……大丈夫か？」

気遣う声がし、汗で顔に貼り付いた髪を彼が優しく払ってくれる。

涙の溜まった目をうっすら開くと、リカルドが眉間に皺《しわ》を寄せ、とても真剣な顔をしていた。

「……い、痛い？　ですか？」

その表情がつらさを耐えているように見え、マレーネは思わず彼の腕を握った。

尋ねるとリカルドは一瞬毒気を抜かれた顔をし、破顔した。

「気持ち良くて堪らないだけだから、心配はいらない」

「良かった……、です」

安心してホッと息をつき微笑むと、リカルドが愛しげに抱き締めてきた。

「つらい思いをするのは、いつも女性ばかりだな」

もうこれ以上挿入する必要がなくなったリカルドは、切なげに笑ってマレーネにキスをする。

「いいえ。リカルド様に初めてをもらって頂けただけで私は……」

彼の言葉に応え、マレーネは今に至るまでを思い、微笑みながら涙を流した。

すっかり快楽に呑まれて失念していたが、エリスの存在を思いだしてしまう。

彼女は身を引き裂かれるような想いをしているというのに、自分は愛される喜びに溺れていた。

（すみません……！　エリス様）

心の中で彼女に謝り、マレーネはギュッと目を閉じ、腕で目元を覆う。

それをどのように解釈したのだろうか。

リカルドは彼女の頭を撫でてから、胸元に優しいキスを繰り返した。

「君を愛してる」

ちゅ、ちゅ、と小さな音を立てて柔らかな唇を押しつけ、彼が呪文のように愛の言葉を繰り返す。

愛しい人と一つになれた喜びとエリスに対する申し訳なさで、頭が一杯になりマレーネという器から零れてしまいそうだ。

（リカルド様は私を愛してくださっている。……けれど、こうして私を抱く理由の半分は、エリス様を死なせないため）

そんな事を考えてしまう自分が浅ましく、情けない。

彼に抱かれた悦びも相まって、感極まったマレーネは顔を隠したまま嗚咽した。

マレーネの様子を見て、リカルドも胸が締め付けられるような心地になり、今にも泣きそうな顔をしていたのを、彼女は知らない。

「すまない、マレーネ。……でも俺は、君を愛しているんだ」

「私も……、お慕い申し上げています」

泣き顔を隠していた腕を避けられ、頬を涙で濡らしたマレーネの顔が露わになる。

リカルドは切なげに笑い、丁寧に口づけてきた。

「必ず、君を幸せにする。……だから、笑ってくれ」

心からの願いを口にし、彼はゆっくり腰を動かし始めた。

「ん……っ、あぁ、……あ……っ」

屹立《きつりつ》の形に馴染んだ蜜壷が、動きを得てグチュリと啼《な》く。

彼が腰を引くと、愛蜜が白く糸を引いて纏わり付いた。

屹立が抜けてしまいそうなほど腰を引ききってから、またズブズブと埋められると、膣襞がさざめいて彼を締め付け、おかえりと悦びを表す。

痛くて、切ないのに、どうしようもなく嬉しくて堪らない。

「あぁ……っ、リカルド様……っ」

——彼を愛する事が罪だというのなら、すべて受け入れます。

——どうか一分一秒でも、この方のお側にいられますように……。

ヴァイス神像が見守る前で、マレーネは心の底から願った。

キスをし、情熱のままに舌を絡めてリカルドが腰を打ち付けてくる。

媚薬と香、そして体に塗りつけた潤滑剤のお陰で、初めに感じた疼痛はもう消え去っていた。

「んぅ……っ、あぁ、あ……っ、あぁ……」

リカルドが腰を送るたび、下腹部で淫靡な熱がこみ上げて愉悦となって全身に巡ってゆく。

お腹の中を彼の熱く硬い肉棒が出入りする感覚が分かり、目を閉じていやらしい形を想像するだけで、羞恥で顔が熱くなる。

「あぁっ、あ、んーっ、あぁ、あぁう、う、あ……っ」

恥ずかしくて、本当なら声を殺し、顔を背けてしまいたい。

だが初めにリカルドから、もっと声を聞かせてほしいと言われていたから、懸命に羞恥を堪えていた。

最奥をトチュトチュと突かれるたびに、脳が甘い刺激で震えるような幻想すら味わう。

「んーっ、んぅぅ、あ、あぁあぁぁ……っ！」

全身から立ち上る甘い匂いと力強い抽送、そして彼の温もりに包まれて、マレーネの意識はどんどんあやふやになっていく。

自分が発している言葉すら分からなくなり、腰が勝手に動いてさらなる刺激を求める。硬く太い肉槍《にくやり》に突き上げられるのが気持ち良く、彼女は夢中になって快楽を貪った。

「マレーネ、綺麗だ。もっと気持ち良くなってくれ」

汗を浮かべたリカルドが嬉しそうに笑い、彼女が感じる場所を執拗《しつよう》に突き上げる。

「ふぁあ……っ、あぁ、あーっ、ん、んぁあああぁ……っ！」

強すぎる愉悦の波がマレーネの意識を押し上げ、ふぅっとすべてが軽くなったかと思うと、彼女は激しい愉悦の坩堝《るつぼ》の中にいた。

自分がどんな声を上げ、反応をしているのかすら分からなくなり、ただただ「気持ちいい」という感覚を享受する。

満ち足りた感覚を体一杯に感じたあと、魂が天から地に落とされたかのように、現実に戻った。

全身に汗をびっしょり掻き、激しすぎる歓交に呼吸が速まり心臓が高鳴る。

はふっ、はふっと呼吸を繰り返すマレーネを見て、リカルドは目に嗜虐《しぎゃく》的な欲を宿す。

そして片手を結合部に移すと、彼女の最奥をズグズグと突き上げながら、親指で膨らんだ肉真珠を撫でてきた。

「それ駄目ぇぇぇぇぇ……っ！」

大きく目を見開いたあと、マレーネは強すぎる淫激を得てまた絶頂した。

小さな孔からプシャッと愛潮をしぶかせ、彼女はこの世のものと思えない歓喜を得ながら失神してしまった。


「あぁ……っ、マレーネ、――マレーネ……っ」

リカルドは愛しい女性をようやく抱けた悦びに震え、本能の赴くままに腰を打ち付けた。

彼女の白い裸身は、激しい情交によってうっすらと薔薇色に染まっている。

いつも綺麗に結い上げられている黒髪がシーツの上に乱れて広がっているさまを見ると、自分が彼女を支配し、自由にしているのだという満足感を得る。

運命的な出会いを果たしたあの時、すぐにでも彼女を抱き締めキスをして、すべてを奪ってしまいたかった。

だがそれをしてしまえば、権力を振りかざし自分の言う事を聞かせるも同義だ。

彼女の気持ちを重視し、三年間待ち続けた。

ようやく彼女を娶る事ができると思っていたら神託が下りて――。

マレーネも不安と悲しみで一杯だったろうが、リカルドも己の不甲斐なさに絶望していた。

――もしかしたら彼女と結ばれないかもしれない。

――離ればなれになって、抱き締める事も、声を聞く事もできなくなるかもしれない。

そんな不安に駆られて、嫌われるのを覚悟して愛妾になってほしいと提案したら、彼女は悲しみながらも受け入れてくれた。

信頼を失うかもしれない大きな賭けだったが、辛うじて勝ったと思っている。

健気な彼女に申し訳なさを感じ、毎日寝る前に心の中でマレーネに懺悔《ざんげ》していた。

状況はどうであれ、ようやく愛する女性を抱け、今のリカルドはタガが外れてしまっていた。

初めて彼女の素肌を見られた悦びと、天が与えた美に対する賛美で胸が一杯になった。

マレーネがつらそうな顔をしていた理由も察するが、彼女と繋がれて嬉しいと思ってしまう自分が、情けなくて堪らない。

――愛してるんだ。

どれだけ彼女を苦しめていると自覚しても、最終的には愛を免罪符に使ってしまう自分がいる。

周りがどう讃《たた》えようが、リカルドは自分がただの人間だと分かっている。

好きな女性の前では舞い上がるし、引き留めるためならどんな狡《ずる》い事だってする。

――必ず、何とかするから。

——だから、俺に君を愛させてくれ。

いつ愛想を尽かされてもおかしくないこの状況で、リカルドは全身でもってマレーネを求めていた。

「く……っ、ぁ、あぁ……っ」

せり上がった快楽のまま、リカルドは罪悪感を抱いてマレーネの子宮目がけて吐精する。

「マレーネ……っ！」

すでに気を失ってしまった彼女を見下ろし、自分の汗が紅潮した肌にポツポツと滴るのを何とも言えない気持ちで見た。

くびれた腰を掴み、思いきり最奥まで肉槍を突き刺して、開放感を得ながらビュルビュルと子種を吐く。

あまりの気持ちよさに、腰から背筋、うなじから脳天にかけて、愉悦と共に震えが走った。

リカルドは無意識に何度も腰を叩きつけ、最後の一滴まで彼女の中に吐きだそうとする。

やがてすべての欲望を吐き切ったあと、リカルドは繋がったまま呼吸を整え、マレーネの肢体を見下ろした。

（美しい……。俺だけの女だ）

——やっと、抱けた。

愛しい女を抱けた悦びと申し訳なさに、リカルドの片目からポロッと涙が零れた。

熱が引き、服を纏いマレーネにも衣を着せたリカルドは立ちあがってサンダルを履くと、壇から降りて別室へ向かう。

扉をノックすると、内側からそれが開いた。

途端に、エリスに掛けられていた聖油の甘い香りがし、薄暗い部屋の中で敷物の上に座っている彼女が目に入る。

グァハナは聖油を注ぐ水差しに似た物を手に持っていた。

部屋には祈りの言葉を唱える神官と、エリスの世話をする巫女がいる。

「つつがなく終わりましたか」

顔色を変えずに言ったグァハナの言葉を聞き、リカルドは怒りで歯を食いしばる。

自分たちがこんなに苦悩を味わっているのに、我関せずという表情をされると腹が立つ。

とはいえ、今はエリスを気遣わなくてはいけない。

「エリス」

声を掛けても、彼女は返事をしなかった。

聖油で濡れた髪や肌を巫女たちに拭かれた彼女は、俯いて床を見たままこちらを見ない。

(仕方がない……よな。エリスにも酷な事をした)

現実に戻ると別の罪悪感がリカルドを襲う。

なじられるのを覚悟し、リカルドは跪いて彼女の顔を覗き込んだ。

「……エリス」

彼女は顔を真っ赤にし、涙を零していた。

「すまなかった。大丈夫か？」

声を掛けると、目に涙を湛《たた》えたエリスは顔を震わせながらぎこちなく微笑む。

「……終わり、……ましたか？」

蚊の鳴くような声で尋ねられ、リカルドは頷いた。

「役目とはいえ、嫌な思いをさせた」

少し迷ったあと、リカルドはエリスの頭をポンと撫でる。

「いいえ。私よりマレーネ様の方がおつらかったと思います。彼女に影嫁になってほしいと言ったのは私です。彼女に役目を押しつけ、自分は何もせず生きながらえようとしているのです。マレーネ様に『図々しい』と言われないのが不思議なぐらいで……」

彼女の返事を聞き、リカルドは緩く首を左右に振る。

「マレーネは決してそんな事は言わない。安心しろ」

「……はい」

エリスはぎこちなく笑い、自分の足で立ち上がった。

「部屋に戻ったあと、しっかり風呂に入って休んでくれ」

エリスをねぎらったあと、リカルドは再びマレーネのもとへ向かった。

宮殿の自室に戻ったあと、エリスは侍女たちによって丁寧に体を洗われた。

いまだ聖油の甘い香りが体から立ち上るが、我が儘は言っていられない。

人払いをして窓辺にある椅子に座り、夜空にぽっかりと浮かぶ月を見上げる。

そしてリカルドとマレーネを思いだした。

「……リカルド様に愛されたのですね」

影嫁としての務めを果たした彼女に向けて呟き、エリスは眉根を寄せ苦しげに笑う。

「……羨ましい」

目を閉じたエリスの脳裏には、二人が寄り添う姿が浮かび上がる。

無意識にエリスは自身の唇に触れ、そっと指先で柔らかなそこを押す。

まるでその姿は、誰かを想いながらキスをしているように見えた。

＊＊

マレーネが目覚めたのは、次の日の早朝だった。

（私……、儀式を無事終えられたの？）

いつものようにゆっくり起き上がろうとして、下腹部が痛んだ。

「あ……」

途端にリカルドの息づかいや手の感触、温もりや硬い肉棒が自分の体に出入りしたのを思いだし、真っ赤になる。

「私……本当に……」

こみ上げたのは、彼にようやく愛されたのだという歓喜だ。

自分の体を抱き締め、マレーネは泣き笑いの表情で涙を零す。

(もう、死んでもいいかもしれない)

一瞬そう思ってしまったが、儀式はあと二回ある。

エリスはリカルドと体を重ねたくないと言っていたが、結婚したら世継ぎを産めと周りが言うだろう。

もしかしたらいずれ、自分の役割はなくなるかもしれない。

「あと二回だけの機会であっても、……一生の思い出にしたい」

切なげに笑い、マレーネは指で涙を拭う。

(リカルド様が正妃となったエリス様と交わるようになったら、お子もできるわ。皇帝陛下が愛妾につきっきりになどなれるはずがない。そんなの、周りが許さない。それぐらいは分かっているつもりよ)

自分に言い聞かせ、ゆっくりベッドを下りる。

「ん……っ」

立ち上がって数歩歩くと、体の奥に注がれたリカルドの子種がドロッと流れてきたのが分かった。

「………ぁ」

思わずチェストに手をつき、マレーネは赤面する。

そして手で下腹部に触れた。

（ここに……リカルド様のお子が宿った……かも、しれない……）

思わず口元が嬉しさに綻ぶが、同時に別室で自分たちが交わっている間に身を清めていたエリスを思いだし、気持ちが暗くなる。

「どんな顔をしてお会いすればいいのかしら」

きっと彼女だって、とても気まずい思いをしたはずだ。

あれだけ頻繁に招かれたお茶会に、今後呼ばれなくなっても何ら不思議ではない。

（影嫁になってほしいと仰ったのはエリス様。きっと彼女もある程度の覚悟はしていたと思いたい。けれどリカルド様をお慕いしているなら、どれほど傷つかれた事か。二人で一人の男性を求めているのに、両方とも何の遺恨もなく幸せになるなんて所詮無理なのよ）

ぐ……、と唇を引き結び、マレーネは瞳の奥に決意を宿す。

（嫌われるのも、避けられるのも当たり前と思わなくては）

毅然と顔を上げたマレーネは、ベルを手に取ってティアを呼んだ。

食事のあと散歩に出たマレーネは、離宮の前庭の花々を見て、蔓薔薇《つるば ら》が絡まったアーチをくぐる。

日差しも小鳥たちの囀りもいつもと変わらず、自分が憂いていても世界は何も変わらないのだと思い、少し可笑しくなった。

少し具合が悪いのは、昨晩初めての体験をしたからだろう。

（頼まれたからといって、選択したのは私。自分の空しさを他人のせいにするのは間違えているわ。あとは、なるようにしかならない。リカルド様を信じないと）

清涼な空気を肺一杯に吸い込むと、少し気持ちが楽になる。

（やはり気分転換のために外の空気を吸うのは、とても大切ね）

そう思いながら、マレーネは離宮の敷地から中央宮殿の庭園に向かった。

だがすぐに後悔する。

中央宮殿の前庭には、城門からまっすぐ続く道がある。

そこを何台もの馬車が行き来し、商人たちが宮殿の出入り口で城の者たちに様々な物品を渡ししていた。

見るからに高価そうな物が入っていると分かるベルベットの箱や、高価な布地を油紙で包んだ物、中には東国と分かる顔つきの商人が運んでいる荷物もあった。

（あれは婚礼のための祝いの品だわ。リカルド様が皇帝となられてからも、様々な物が贈られてきていたけれど……)

しばらくマレーネはぼんやりと商人たちの様子を見ていた。

(あれらはすべて、リカルド様とエリス様の婚礼を祝う品。送り主たちは影嫁である私の存在など知らない)

そう思うと、せっかく明るくなった気持ちが、たちまち沈んでいく。

贈り物がほしい訳ではない。

自分とリカルドの結婚を周囲に祝ってほしい。

ただそれだけの願いだ。

「…………っ」

泣いてしまいそうになったマレーネは、踵《きびす》を返すと離宮の方に向かって足早に歩きだした。

離宮の敷地内にあるガゼボまで行くと、ベンチに座り遠くにそびえる青い山々をぼんやりと見る。

「ティア、少し一人にしてくれる?」

「……はい。いつでもお声掛けくださいませ」

ティアは物言いたげながらも主人の言う事に従い、少し離れた木陰に立つ。護衛たちも同様にした。

相変わらず小鳥の囀りが聞こえてのどかな様子だが、マレーネの心はすっかり曇ってしまった。

おまけに酷い頭痛がし、吐き気までこみ上げてくる。

「う……っ、――ふ、……ぅ、う……っ」

涙が一粒零れたかと思うと、次々に溢れて頬を濡らす。

マレーネは両手で顔を覆い、声を殺して嗚咽しだした。

＊＊

エリスは結婚式を挙げるまでは婚約者の扱いだ。

だが影嫁のマレーネは、結婚式前の儀式から勤めを果たさなければいけない。

実質彼女は、宮殿に上がった時からリカルドに嫁いだ扱いになっていた。

けれど家族と二度と会えないわけではなく、面会があれば普通に客人としてもてなし、迎えられる。

マレーネを心配して母のエルレーネが宮殿を訪れたのは、影嫁となってから一か月が経とうとした頃だった。

リカルドとエリスの婚礼はあと三か月後に迫っているが、いまだ彼からは神託を疑う報告は聞かされていない。

じわじわと、蝕《むしば》まれるような焦燥感を抱える日々を送っていたが、久しぶりに母の姿を見てマレーネは心からの笑顔を見せた。

「お母様……！」

「マレーネ、元気だった？」

三十代後半の母はいまだ若い頃の美貌そのままだ。

ティアも、笑顔の主人と、久しぶりに顔を見たエルレーネに嬉しそうだ。

やがてテーブルの上には焼き菓子が綺麗に並べられた皿が置かれ、湯気の立った香りのいいお茶も二人分出される。

「調子はどうなの？」

母に遠慮がちに尋ねられ、マレーネは曖昧に笑った。

「……自分で決めた事とはいえ、……やはり少し……つらい、です」

娘の答えが分かっていたエルレーネは、痛みを堪える表情で微笑んだ。

影嫁の務めについては、母に詳しく言う気になれなかった。母もそれを分かっているのか、無理に聞いてこない。

代わりに、リカルドが多忙な中でも、マレーネができるだけ苦労しないよう取り計らってくれていると話した。

そして誤解されるのは嫌なので、自分はエリスを敵視するつもりはないと言った。

加えて彼女も様々な思惑があるだろうが、基本的に良くしてくれていると伝えた。

「あなたがそう言うのなら、信じるわ。人はつらい状況にあると悪者を作って、その人のせいにしがちだわ。けれどマレーネが自分の判断でエリス様をいい人だと思うのなら、私もその言葉を信じたい」

「ええ」

嫌がらせに遭っている事は、さすがに黙っていた。

エリスがやらせているとは思えないし、思いたくない。

ティアが常に自分の味方をしてくれているように、エリスの侍女だって主人の力になりたいと願っているのだろう。納得できるかは別として、影嫁を邪魔に感じるのは当然だ。

「お父様や他の皆はどうしているの？」

リージェット家の事を尋ねると、母は苦笑いした。

「お父様は相変わらずご多忙よ。お仕事が多すぎるからか、最近は体調を崩す事もあって少し心配だわ。加えてバルティア家のブライアン様が、最近陛下に反発されているみたい。それにも頭を抱えているようだわ。……他の家族や屋敷の者は元気にしているわね」

バルティア家というのは、四大侯爵家の一つで軍事を司っている家だ。

その当主であるブライアンという男性は、若いやり手ながらも周囲から恐れられている存在だと聞く。

「お父様はやはり、神殿関係の事でご多忙なの？」

「ええ。今まで交流のあった大神官様は、現在ご高齢だからか体調を崩されているわ。今はとても優秀なグァハナ様が代わりを務めていらっしゃるのだけれど、お父様と折り合い

慕っていた。

マレーネは父が大好きだし尊敬している。屋敷の者や領民も、良い主人、領主として慕っていた。

（でも性格なら、どうにもならないのかもしれないわ）

彼の姿を思い浮かべたが、物腰柔らかで波風を立たせる人のように思えない。

「グァハナ様と……」

が良くないみたい」

勿論人だから欠点はあるけれど、それを差し引いても総合的に〝良い人〟だと思う。同じようにグァハナだって、大神官の代わりを務めるほどなら、あの若さながら大した能力を持っているのだろう。

それに神殿の者の支持がなければ、ナンバーツーの地位にもなれない。

「グァハナ様は優秀で、とても勤勉な方だわ。あの若さで今の地位に就かれたのにも、納得がいく」

その言葉を聞き、グァハナも母を知っている口ぶりだったのを思いだした。

〝良い人〟で周囲の支持があっても、性格が合わないという事はままある。

「お母様はグァハナ様とお知り合いだったの？」

「そうね。仮初めの巫女はそれほど人数が多くないの。不安を感じていた私に、グァハナ様は声を掛け、優しくしてくださったわ」

エルレーネは軽く微笑む。

それでもどこか切なげな目で窓の外を見て、昔を思い過去を語ってくれた。

＊＊

エタニシア伯爵家に生まれたエルレーネが神殿に入ったのは、十歳の時だ。

エルレーネは正夢を見る事が多く、周囲から少し変わった子という扱いをされていた。

神殿に入れたのは、その力が認められたのだと思っていた。

仮初めの巫女になったあとは、同じように選ばれた貴族の子女たちとの共同生活になる。

不安だったけれど、決められた時に祈りの時間が入る他は、思っていたより普通の生活だった。

規則正しい集団生活ではあったが、少し決まりを破っても厳しい罰則はない。

また、信仰により神殿に入った一般の巫女たちとは違って、家から用事があって呼ばれた時は外泊ができる。

貴族の子女として誇り高く育てられても、当時のエルレーネはまだ十歳だった。

家族や慣れ親しんだ使用人たちと離れると、当然寂しさを感じる。

周りも似たような境遇の子ばかりなので、自分だけがつらいと主張するのは憚られた。

なのでエルレーネはよく神殿域の外れまで行き、一人で泣いていた。

その時に声を掛けてくれたのが、グァハナだ。

当時の彼は十七歳で、顔立ちの整った美しい神官だった。兄のように気さくに話し掛けてくれるので、エルレーネが心を開くのは自然の流れだった。

いつしか二人はびわの木がある場所で待ち合わせをし、たわいのない会話をして楽しむ仲になっていた。

当時の彼は信仰心に溢れ、人々にヴァイス神の教えを広く伝え、豊かで愛の溢れる生活を広めていくのが夢だと、崇高な志を持っていた。

が、エルレーネが神殿にいた六年間で、少女から女性へ向けて美しく成長していったように、グァハナもまた変化を見せた。

元々彼は名のある貴族の息子で、長男ではなく家督を継ぐ必要がないのと、潔癖な性格が理由で神殿に入ったらしい。

だが神殿に入ったからといって、完全に世俗から絶たれた訳ではない。

宮殿から客があるのは毎日の事だし、上層部の神官たちは貴族たちと仲良く話している。

そんな中でグァハナも貴族たちから「あの名家の子息であるグァハナ殿」という扱いをされていた。

加えて良からぬ事への協力も仰がれていたらしい。

初めのうちは敢然と立ち向かっていたようだが、周囲の神官たちの圧力もあり、徐々に負けていく様子を感じていた。

数年経つ中でグァハナは弱気な事を言う機会が多くなり、エルレーネも彼が変わっていくさまを間近で見ていた。

だが彼が悩んでいる姿を見ても、曖昧な事しか言えない。

彼は自ら神殿に入り、現在進もうとしている道も彼の意志だ。

本職の神官に対し、いずれ神殿を出ていく者が偉そうに意見できない。

『ご自身の信仰や意に添わない言葉には、従わない方がいいのではありませんか？』

『あなたの言う通りです』

何かを諦めたような表情で微笑むグァハナを見て、毒にも薬にもならない言葉しか言えない自分を、エルレーネは歯がゆく思っていた。

それを分かった上で、グァハナも心配を掛けまいとしていた。

だがやがて、彼は少しずつ悪事に手を染めていくようになる。

エルレーネの縁談が決まったのは、神殿で過ごし十五歳になった時だ。

実家から手紙を受け取った彼女は、自分が花嫁修業の一環で神殿に入ったのを再認識した。グァハナを兄のように慕い仄《ほの》かな感情を持っていても、彼は誰とも結婚しない。

自分はいずれ神殿を出るし、この関係は永遠には続かない。

それを理解した日は、あまりに悲しくて泣いてしまった。

泣いてしまうほど、彼はエルレーネにとって大きな存在になっていたのだ。

(私は〝外〟の人間。彼は〝中〟の人間。一時的に親しくしても、生きる場所が違うのだわ)

グァハナに期待する事は、いずれ結婚する未来の夫にも失礼だと思った。

(お別れをする準備をしなければ)

傷付き、傷付ける覚悟をしたあと、エルレーネはいつものびわの木へ向かった。

季節は初冬で、びわの木に白く小さな花がつき、特徴的な甘い香りを発している。

寒いけれど、この香りを楽しめるので好きな時期でもあった。

やがて夕方にグァハナがきて、エルレーネの姿を見て微笑む。

待ち合わせ場所は、神殿域の外れにある塀近くだ。

誰も通りかからないので、うってつけの話し場所だった。

いつものように一日に何があったか報告し合い、そのあとに雑談をしていたが、本題を打ち明ける覚悟を決める。

『実家から手紙があり、嫁ぐ方が決まったと教えられました』

彼女の言葉を聞き、グァハナの笑顔が凍り付いた。

たっぷりと間が空いたあと、必死に笑おうとして口端をひくつかせる姿が痛々しい。

エルレーネもまた彼を傷付け、泣いてしまいそうになるのを懸命に堪えた。

『そう……ですか。……どうか、幸せに……なってください』

感情のこもっていない形式上の言葉だったが、なじられなかった事に安堵してしまった。

本当なら黙っていれば良かったのだ。

だが彼女は自分たちの関係を終わらせるために、あえて残酷な現実を突きつけた。

罵《ののし》られる覚悟もしていたのに、いざ優しくされると安心してしまう、自分の薄汚さに辟《へき》易《えき》する。

（ごめんなさい……）

そのあとは、泣くまいと必死になって、何を話したのか忘れてしまった。

グァハナも懸命に話していたが、彼も上の空だった。

やがて時間が迫って二人は別れ、エルレーネが神殿を出る日まで疎遠になってしまった。


十六歳の誕生日が目前に迫り、エルレーネは神殿を出る準備をしていた。

慌ただしく過ごしていると、久しぶりにグァハナからの使いがあった。

手紙には『いつもの場所でお待ちしています』と書かれてある。

結婚すると告げて一年近く経とうとしている上、自分は間もなく神殿を出る。

彼への気持ちも落ち着いていたので、誘いに乗る事にした。

『お久しぶりです』

『お元気そうですね』

びわの花の下で先に待っていたグァハナは二十二歳になり、スラリと身長も高くより魅力的な青年になっていた。やはり素敵だと思うが、恋心はもう心の奥底に封印してある。

グァハナも約一年の冷却時期を経て、いつも通りの態度で彼女を送り出そうとしてくれていた。

『あと一週間もせず、神殿を出られますね。長い間、親元を離れよくぞ巫女としての修行を積みました。きっとあなたが嫁いだ先は、神のご加護を得て繁栄するでしょう』

『ありがとうございます。赤の神官三位になられたグァハナ様に言って頂けると、心強いです』

神官の階級は上から黄金、白銀、紫、赤、青、緑とあり、その中にさらに一位から五位まである。グァハナの年齢で赤の神官になれるのは、かなり早い昇進であった。

この六年、疎遠になった時期も含め、グァハナの活躍を陰で応援し続けていた。

もう神殿を離れてしまうが、恩人でもあるグァハナと蟠《わだかま》りがあるまま別れれば、心残りになる。それだけが気がかりだった。

二人は一年間を振り返るように、穏やかに会話に花を咲かせる。

やがてグァハナが意を決して告げてきた。

『私は、神官の身でありながら、ずっとあなたを想っていました』

彼の言葉を、今なら動揺せず聞ける。

『ありがとうございます。私もグァハナ様を兄のようにお慕いしていました』

本当の異性への愛ではなく、兄と強調する事でエルレーネは一線を守った。

『ええ、分かっています』

グァハナは切なげに笑い、今はもう煩わせるつもりはないと示した。

『神官は恋などしてはいけないのに、あなたと一緒にいるのが楽しくて、つい夢を見てしまいました。……ですがその夢も醒めます』

エルレーネも微笑む。そしてびわの花の香りに包まれたこの場所の記憶が、美しいものでいてくれる事に感謝する。

『エルレーネ、あなたにびわの花言葉を捧げます。〝密かな告白〟〝愛の記憶〟』

白い花を見上げ、グァハナは切なげに、けれど幸せそうに笑った。

『あなたの幸せをずっと、この神殿から祈っています』

『ありがとうございます』

それから間もなくして、エルレーネは神殿を出た。

＊＊

「それから私はあなたのお父様と結婚して、今に至るわ」

お茶を飲んでティーカップをソーサーに戻したエルレーネは、昔を思いだし微笑む。

「そのあとグァハナ様とは個人的にお会いしていないわ。遠くからお見かけした事はあったけれど、それだけ」

母がグァハナとそこまで深い関係にあったと知らず、マレーネは目を丸くしている。

エルレーネは微笑んでいたが、スッとまじめな顔になる。

「神殿を出たあとも、私はグァハナ様を応援していたわ。偶然にもお父様は神殿に関わるお仕事をする、リージェット家のご当主。お父様越しにグァハナ様の事を聞く機会はあったけれど、年月が経つほどにいい噂《うわさ》を聞かなくなっていった」

窓の外を見ながら話す彼女の表情は、一人の貴族の女性のものだ。

少女時代の憧憬は胸の奥に置き、今はリージェット侯爵夫人として発言している。

「私がいつまでも子供ではなかったように、グァハナ様も神殿の中で階位を上げるごとに、権力やお金に絡まれ欲に溺れていったのだと思うわ。だから現在の彼があなたや陛下に対し、どのような感情を持っているか分からない」

「確かに、お母様の言う通りね」

マレーネは頷く。

「今後、グァハナ様があなた達にどう関わるか分からない。あなたは周囲の者の言葉に惑わされず、愛する人と自分の直感を信じなさい」

母にまっすぐ見つめられ、マレーネは頷いた。

「あなたは神殿に入らなかったけれど、私の娘なら不思議な力に目覚める素質はあると思うの。自分の勘や本能が『これ』と告げてきた時は、素直に従ってみなさい。最も何を大切に生きていきたいのか、迷った時は胸に手を当てて自分に問いかけるの」

「ええ。分かったわ、お母様」

マレーネは自分のふくよかな胸元に手を当てる。

目を閉じてすぐに脳裏に浮かぶのは、リカルドの顔だ。

（リカルド様と一緒にいられるのなら、どんなつらい事でも我慢してみせる。たとえ日陰者でい続けなければいけなくても、それが彼のためになるのなら……）

マレーネは自分の胸の奥に、一本の芯があるのを感じる。

そして初めてリカルドに出会った時の感動を、決して忘れないでおこうと思うのだった。

第四章　二度目の儀式・制裁

あっという間に時がすぎ、二回目の儀式の日が訪れた。

マレーネが宮殿に上がってから二か月が経ち、リカルドとエリスの結婚式は二か月後となる。

一回目の儀式を思いだせば、リカルドに抱かれた時間はとても濃密で素晴らしいものだった。

だが愛し合う二人と別の場所で、清めを行われていたエリスを思うと、とても残酷な事をしてしまったと感じ、申し訳なさでどうにかなりそうだ。

儀式の日が待ち遠しいけれど、怖くて堪らない。

そんな想いをずっと抱いていたが、影嫁となった以上儀式を断れない。

何より、エリスの体調が一番心配だ。

あのあと彼女の様子を見ていたが、特に変わりはなさそうだ。

全快して元気一杯には見えないが、さらに悪化して寝込んでいる訳でもない。

自分のしている事、存在が正しいのか分からないまま、マレーネはまた神話の女神のような衣を着て神殿に向かった。


例の媚薬を飲み、甘い匂いのする香が焚《た》かれ、歌と問答とで気持ちが昂ぶった状態で、マレーネとリカルドはあの大きなマットレスの上にいた。

「怖くないか？」

キスを交わしたあと、彼が尋ねてくる。

「はい。一度目を経験したので……、恥ずかしさはありますが、もう恐れはほぼないです」

「良かった」

微笑んだあと、リカルドは影嫁の衣を脱がせながら、自嘲するように笑う。

「君に恐れられ、嫌われるのが一番怖かった。君を抱けて嬉しいと思う気持ちはあっても、君がこの儀式を望んでいないのなら意味がない」

自分を想ってくれる彼に感謝し、マレーネは何も言えずただ小さく首を横に振った。

（エリス様を傷付けてでも、リカルド様に抱かれたいと思う私を知ったら、きっと幻滅される……）

だからマレーネは、何とも応じられなかった。

「これを使った方が君も気持ち良くなれそうだし、初めから使っておこう」

リカルドは例の小瓶からトロリとした液体を出すと、横たわったマレーネの体に隅々まで塗りつけていった。

「ん……、ぅ、あ……っ」

液体のヌルヌルとした感触と一緒に胸や乳首を擦られると、何も付けていない時よりもずっと感じてしまう。

すぐにマレーネの乳首はピンと勃起し、リカルドの指に弾かれてより硬さを増した。

「あぁ……っ、ん、うぅ、うー……っ」

お腹の奥からはすぐにジワリと愛蜜が滲む。

彼の手が胸元から腹部を経て太腿を撫でてきた時には、花びらを潤わせていた。

リカルドは彼女の体が熱を帯びてジンジンするまで、全身をくまなく撫で続ける。

「あ……、あの……、も、もう……」

焦らされて、マレーネは次から次に愛蜜をこぼしていた。

シーツは濡れ、彼女は物欲しげな目でリカルドを見つめて腰を揺らしている。

「ん……、意地悪をして悪かったな」

リカルドは妖艶に笑い、テラリと光った指を彼女の蜜口に挿し入れた。

「あ……っ、あぁ、ん……っ、あ……」

二度目の媚薬は体に馴染んですぐ回り、マレーネの陰唇はすでにふっくらと充血していた。彼女の蜜口はリカルドの太くて長い指を、クチュリと啼いてたやすく呑み込んだ。

「ん……っ、んぅ、ん、あ……っ」

指の腹で膣壁を擦られ、圧迫されるのが気持ちいい。

体内を直接なぞられる感覚は、リカルドに自分のすべてを曝けだしているも同義だ。

誰も知らないマレーネの体の中に、彼だけが指を入れて探る事が許される。

その特別感に陶酔した彼女は、目を閉じて指の感触に集中していた。

快楽を貪ろうとする彼女の様子を見て、リカルドは嬉しそうに微笑む。

そしてマレーネが目を閉じているのをいい事に、彼女の脚を大きく開かせると、秘められた場所に顔を埋めた。

「ん……っ？」

指で弄られている秘部に温かな風が掛かったと思った途端、敏感になった肉芽をヌルリと舐められてマレーネは驚いて目を開けた。

ハッと下腹部を見ると、清めたとはいえ気持ち的に綺麗とは言いがたい場所に、リカルドが口を付けている。

「リッ、リカルド様……っ！」

慌てて抵抗しようとするが、皇帝である彼の頭を押してもいいのかという迷いが生じる。

その間にも彼は膨らんだマレーネの淫芽や、さやから顔を覗かせた淫玉をヌルヌルと舐めてくる。

「っあぁあああぁ……っ！　だめっ、だ、め……っ」

駄目と言いながらも、マレーネは指や男根とは異なる感触に呑まれていた。

媚薬を使った上で、リカルドは繊細な場所を丁寧に扱ってくれた。

が、舌での刺激はさらに優しすぎて、逆におかしくなってしまいそうだ。

快楽神経が集中している淫玉にフッと息を吹きかけられ、舌で舐められては、さやごとジュッと吸われる。

そのたびにジィン……とマレーネの脳髄に悦びが駆け抜け、抵抗する感情があったのも忘れてしまった。

おまけに膣内を犯す指は以前の儀式で知ったマレーネの弱点を、的確に探って刺激してくる。

「んぅ、あぁあ、んー……、ん、あぁ、あ……」

柔らかな唇に淫玉を包まれ、舌でねっとりと弄ばれて深い快楽を味わう。

舌では優しい愛撫ばかりかと思えば、急にきつく吸い上げられ、軽く歯を立てられ、舌先でチロチロと刺激されてしまう。緩急をつけた舌の動きに、マレーネは快楽の波に攫《さら》われてあっという間に堕ちてしまった。

「だめぇ……っ、達く、達く、ぅ、う……っ、あ、あーっ！」

彼女は両手でリカルドの頭を押さえ、腰を反らしては体を丸め、のたうちまわる。

挙げ句、ガクガクと体を震わせて絶頂した。

「は……っ、はぁ……、あ……」

マレーネが頭の中を真っ白にし放心している間に、彼は蜜壷から指を引き抜き、大切そうに舐める。そして我慢できないと、あの小瓶を手に取り中身をガチガチに強張った肉棒に塗りつけた。

「マレーネ……」

愛しい女性のしどけない姿を見て、リカルドは自身の屹立をしごきたてる。

そしてこれ以上なく大きく硬くなった肉茎を、数度マレーネの陰唇に滑らせたあと、呼吸を整えながら亀頭を蜜口に当て、ゆっくり埋めていった。

「ん！　あぁ、あ、あ、……あー……、ぁ……」

小さな入り口が引き伸ばされ、リカルドの化身を呑み込んでいるのを痛感する。少し苦しいほどなのに、それがまた彼を受け入れている実感となってマレーネを幸福にさせる。

「つらくないか？」

汗を掻いてしっとりとしたお腹を、彼が撫で気遣ってくれた。

「はい……、ん、だい、……じょ、ぶ……」

マレーネは途切れる声で返事をするも、心配しなくても大丈夫だと伝えるために微笑んでみせた。

ゆるゆると腰を前後させ、少しずつ奥を目指している彼に、マレーネは手を差し出す。

「可愛い……っ」

彼女の様子を見て、リカルドは本音が漏れたという様子で口走り、手を握り返した。

やがて最奥に亀頭がとちゅんと当たり、それだけで彼女は蜜壷をヒクヒク震わせて軽く達してしまった。

「二回目なのに、達《い》きやすくなっているな。いやらしい……」

リカルドはマレーネのたっぷりとした乳房を両手で揉み、指先でコロコロと乳首を転がして勃起させる。

しばらく彼は胸を揉んだり、キスをしたり、全身を撫でて緊張をほぐすよう努めてくれた。

「そろそろ……いいか」

マレーネの蜜壷がリカルドの形に馴染んだ頃になり、彼は独り言ちてから確認するようにゆっくり腰を引いた。

「ん……、ん……」

蜜洞に収まっていた太いものが出ていくのを感じ、マレーネは眉間に皺を寄せ下腹部に力を入れる。彼と一つになっているのが嬉しくて、出ていってほしくないという本能からの反応だった。

「あぁ……、マレーネ、締まる……」

「ん……っ、リカルド様……っ、もっと……、ください」

気持ちよさと切なさの狭間で、彼女はつい本音を漏らす。

その言葉が余計彼を燃え立たせたらしく、リカルドは瞳にギラギラとした欲望を宿して再びマレーネを最奥まで貫いた。

「っあぁ……っ！」

ぐぅっと子宮を亀頭で押され、マレーネは喉を晒し嬌声を上げる。

彼女の様子を見たリカルドは、狼に似たアイスブルーの目をギラつかせ、リズミカルに突き上げ始めた。

「んっ、う、ん、ぅ、あ、あ、……っ、ぁ、あ……っ」

ひと突きごとにマレーネの大ぶりな胸がユサユサと揺れ、リカルドの目を楽しませる。

一度目の儀式の時は不安と切なさ、そして初めて味わう彼の肉棒に心が一杯になり、自分の身に何が起こったのか理解しきらないまま終わってしまった。

今度こそ、きちんとリカルドに愛されている実感を得たいと思っていたのだが、いざ抱かれると気持ちよさですべてが押し流されてしまう。

脳裏に刻みつけられたリカルドの肉棒は、先端が大きく幹も太く、血管も浮き出ていて凶悪な形をしていた。

（リカルド様に抱かれてる……っ。あの大きなモノが私の中に入って、前後して……っ）

マレーネは与えられる快楽の他にも、自らの想像力でさらなる官能を貪っていた。

彼女の小さな孔はリカルドの太竿を受け入れ、目一杯引き伸ばされながらもギュウギュウ締め付けている。

興奮して柔らかく充血した膣壁も、優しく、それでいてきつくリカルドを包む。

子宮口を何度も押し上げられるたび、マレーネは先日何度も味わった絶頂の予感を覚えた。

「ひぅ……っ、ん、ぁ、あ……っ、達く……っ、達っちゃ……ぅ……っ」

「手伝ってあげよう」

彼女の膣奥がヒクヒクとわななないているのを感じ、リカルドは愉悦に浸った笑みを浮かべ、結合部に手を這わせると、指先に愛蜜を纏わせた。

そしてマレーネの膨らんだ肉芽をクニュクニュとしごき、包皮に包まれた陰核を押し潰し、転がして攻めてきた。

「あぁ……っ！　きゃ、ぁあぁぁああ……っ！」

弱点を刺激されてマレーネはあっけなく達し、ガクガクと痙攣《けいれん》する。

「く……っ、締まる……っ」

吐精を求めて強く収斂《しゅうれん》する蜜壷の動きに、リカルドは歯を食いしばり低く唸《うな》る。

本能的にこれ以上彼女の中に留まっていては果ててしまうと察したのか、リカルドは一度ジュボッと屹立を引き抜いた。

「はぁ……っ、はぁっ、あ、――ぁ、……あ……」

マレーネは物寂しさを感じながら、仰向けになったまま脱力して目を閉じる。

「マレーネ……」

膣奥はいまだヒクついていて、絶頂の余韻を伝えていた。

「あ……っ」

リカルドは彼女の体をうつ伏せにしたかと思うと、汗でしっとりと濡れた背中を撫でた。

「ぅん……っ」

絶頂したての体は、どこを触られてもたやすく気持ちよさを得てしまう。

背筋や脇腹に触れられるとくすぐったさもあり、マレーネは体をくねらせて反応する。

「いやらしい……」

そんな彼女の肢体を見下ろし、リカルドはうっとりとして白い尻たぶに両手を当て、指先を食い込ませた。

「ぁ……、あ……っ」

胸を揉むようにお尻を自由自在に揉まれ、マレーネは恥ずかしさと被虐的な悦楽に声を出す。

やがてずっしりと張り詰めたままの亀頭が、蜜口に当たった。

背を見せた体勢で貫かれると察したマレーネが何か言うより早く、リカルドはどちゅんっと一気に貫いてきた。

「あぁあぁぁうっ！」

硬い亀頭で子宮を突き上げられ、マレーネは涎《よだれ》を垂らして悲鳴を上げる。

すぐに遠慮のない抽送が始まり、彼女は必死になって両手でシーツを握りしめた。

「んっ、んぅっ、うっ、うーっ、あぁ、あ、あぁあぁっ」

正常位での交わりは表情を見られる事もあり、リカルドはマレーネの反応を見て楽しみながら腰を動かしていた。

だが顔が見えなくなったこの体位では、リカルドは獣のような本能を剝き出しにし、マレーネを最奥までドッ、ドッと突き上げてくる。

大きなモノで思いきり突かれ、内臓が押し上がるような感覚すらあり苦しいほどだ。

なのにマレーネはより野性的で乱暴にされる行為に、興奮して自らお尻を押しつけていた。

「マレーネ……っ、気持ちいい……っ」

荒くなった呼吸音と共に、リカルドの欲に満ちた声が聞こえる。

(あぁ、リカルド様が私の体で気持ち良くなってくれている……っ)

他のすべてを忘れ、彼女は刹那の悦びに溺れた。

「マレーネ……っ」

四つ這いになっている彼女の乳房を、リカルドが両手で揉んでくる。

「んぅっ、あぁあぁぁっ、んーっ!」

柔らかくなっていた乳首は、リカルドの指が数度往復しただけで、すぐに勃ち上がった。

全身に塗られた潤滑剤のお陰で、激しめに擦られても乳首に痛みは感じない。立ちこめる甘い匂いを脳の奥まで吸い込むと、頭の中が真っ白になりクラクラとしてくる。

初めはエリスに対する申し訳なさなどが頭にあったのに、今は一匹の獣になって本能のまま声を上げ、腰を振り立てていた。

「あーっ！　あぁああ、んぁあっ、あぁあんっ、リカルド様ぁあ……っ」

天井の高い神殿に、甘い声が響く。

リカルドの腰とマレーネの臀部がぶつかる音も、本来よりもっと激しく聞こえた。

「マレーネ……っ、好きだ、愛してる……っ！」

リカルドは思いの丈を迸らせ、彼女の上半身を抱いてグイッと起こす。

片手で乳房を揉み乳首を弄りながら、もう片方の手は彼女の肉芽に至り、潤滑剤と蜜の力を借りてヌルヌルと擦り立ててきた。

「っひあぁあぁあぁあっ、あーっ！」

それをされては堪らないマレーネは、思いきりいきんで絶頂すると同時に、再び派手に愛潮をブシュッと飛ばした。

口端から涎を垂らした彼女は、涙で視界が曇るなか、自身が零した愛蜜が松明の光に反射してキラキラと輝くのをうつろに見る。

そして大きく口を開いて喉を晒し天井を見上げると、背面にリカルドの温もりを感じながら絶頂の坩堝《るつぼ》に身を投じた。

「出る……っ」

背後から愛しい女性を抱き締めたリカルドが唸り、彼女の肩口に顔を埋めた。

マレーネは薄れゆく意識の中で、彼の肉棒が自分の体内で大きく膨らみ、ビクビクと脈動して最奥に白濁を吐精するのを感じていた。

儀式を終えたマレーネは例により気絶してしまう。

そしてリカルドは彼女に服を着せ、身支度したあとにグァハナたちを呼びに行く流れになる。

リカルドとしては他の者に、情事のあとのマレーネを触れさせたくなかった。

だから一度目の時と同様に、エリスに声を掛けたあと、マレーネを抱き上げて月の離宮まで送った。

＊＊

「ん……」

意識を浮上させたマレーネは、振動により目を開ける。

視界には夜の庭園が映り、自分がリカルドに抱かれて移動しているのに気付くと、ハッと目を見開いた。

「リッ……リカルド様！」

「気付いたか？」

「お、下ります」

「もう少しで離宮に着くから、このままでいてくれ」

「ですが……。お、重い……です」

弱りきった声で言うが、返ってきたのはククク、という楽しげな笑い声だ。

「君ぐらいの体重で重いと言うのなら、俺は騎士との訓練で音を上げているはずだ」

確かにリカルドは、健康のために騎士たちに混じって訓練をしている。

特別扱いせず鍛えてほしいと申し出ているらしく、その結果皇帝とは思えないほどの体つきをしていた。

「うぅ……」

返す言葉もなくマレーネは眉を寄せる。

そうこうしている間に二人とティアは月の離宮に辿り着いた。

「下ろすぞ」

「ありがとうございます」

リカルドはマレーネをソファの上にそっと下ろし、微笑みかける。

ティアは離宮のメイドたちにすぐ湯浴みができるか確認し、そのあとすぐ就寝できるよう、諸々の準備を進めさせている。

「気分は悪くないか？」

リカルドも隣に座り、マレーネの顔を覗き込んだ。

「はい、大丈夫です」

並んで座っているリカルドは、ソファの上に置かれたマレーネの手を握る。

ティアは二人のためにお茶を淹れたあと、席を外してくれた。

彼女の気遣いに感謝して笑みを漏らすが、すぐにエリスを思いだす。

「……エリス様はどうされていましたか？」

「問題ない。彼女の侍女と共に宮殿に戻った」

「そうですか……」

一回目の儀式のあと気まずくなったからか、あれだけ頻繁にお茶会に呼ばれていたのに、ここ一か月エリスからの招待はなくなった。

それを「仕方がない」と諦めるものの、彼女が自分をどう思っているのか不安でならなかった。

エリスの事だから、表立ってマレーネを悪く言わないだろう。

けれどマレーネの知らない場所で、侍女に悲しみを打ち明け、リカルドにつらさを訴えている可能性はある。

こんな関係になったのに、彼女に自分を好きになってほしいなど思っていない。

マレーネだってエリスを妬む気持ちがあるし、何の遺恨もなく仲良くするなど無理だ。

それでも、本能的に「嫌われたくない」と思う、どうにもならない思いがマレーネを苦しめていた。

「エリス様は……私について何か仰っていましたか？」

長い間ずっと一人で思い悩んでいた気持ちを、とうとうリカルドに打ち明けてしまう。

「ん……」

リカルドはその言葉だけでマレーネが何を考えているのか察したようで、小さく頷いたあと彼女の肩を抱いた。

「俺の目の前では君を悪く言っていないから、安心してほしい」

「はい」

そうだろうと思っていた。やはりエリスは優しい女性だ。

「一度目の儀式のあと、彼女に声を掛けた。そうしたらマレーネの方がつらかっただろうと言っていた。マレーネに影嫁になってもらい、自分は安全な場所にいて申し訳ないと。君に悪く言われていないのが、不思議なぐらいだとも言っていた」

「そうですか……」

マレーネは安堵の混じった表情で頷く。

けれどその表情が次第に歪み、泣き顔へと変わっていく。

静かに嗚咽しだしたマレーネを見て、リカルドは心配そうに顔を覗き込んだ。

「どうした?」

「いいえ……っ」

今のマレーネの心を塗りつぶしているのは、真っ黒な感情だ。

――情けない。

ポロポロと涙を零し、それを子供のように手で拭うマレーネを見て、リカルドも苦しげな表情になる。

「ここだけの話にするから、何でも言ってくれ。あとから蒸し返すなどしない。今だけでいいから、君のすべてを打ち明けてくれ」

そう言ってくれたからか、彼女はリカルドにしがみつき己の胸の内を吐露した。

「エリス様が私を悪しざまに言っていればいい。……そう思ってしまったのです」

リカルドが驚いたように息を呑んだのを感じて、マレーネはさらに情けなさを覚え、涙を流す。

「私もエリス様も、なるべくお互いを傷付けないようにしています。ですが、二人ともがあなたを想っているのです……っ。あの方を純粋に好きになりたいと思っても、『リカルド様の妻になれて羨ましい』と思っている以上無理なのです……っ。だからっ、あの方に〝嫌な人〟であってほしかった……っ」

――そう。本当はエリスの事を憎みたかった。

――憎んで、楽になりたかった。

けれど今回の出来事で彼女に非はない。

誰も悪くないからこそ、神託が間違えていたという事実も発見できていない今、マレーネはリカルドの妻になれない悲しさを持て余し、爆発させてしまった。

「私は……っ、汚い……っ」

両手で顔を覆って泣くマレーネを、リカルドはきつく抱き締める。

「気持ちは分かる。君は聖女ではない。人として当たり前の感情だ」

「…………っ」

リカルドに慰められて余計に情けなさがこみ上げ、マレーネは首を横に振る。

「必ず何とかする。すまない」

リカルドに謝らせたい訳ではない。

周囲がいい人ばかりで、余計に自分の薄汚さが浮き彫りになっている気がした。

あまりに情けなくて、自分が愚かで——。

マレーネはリカルドに抱きつき、涙が涸《か》れてしまうまで嗚咽し続けた。


落ち着いた頃、ティアがきて湯浴みの準備ができたと告げた。

「今日はここに泊まっていく。一緒に寝よう」

リカルドが提案してくれ、嬉しくて堪らない。

だがどうしてもエリスの存在が、マレーネの脳裏をかすめる。

「……では、寝付くまでいてください。そのあとは、どうかエリス様のもとにお戻りください。儀式をしてつらい想いをしているのは私だけではないのに、皇帝陛下が一人だけをひいきしてはいけません」

「……分かった」

彼は物言いたげな表情をしていたが、マレーネの気持ちを推し量って不承不承頷く。

まだ側にいてくれると分かっただけで、彼女の心は落ち着いていく。

（湯浴みをして、床につく前まではいつもの私に戻らないと）

「それでは、湯浴みをしてきます。少しお待たせしてしまいますが、お許しください」

「構わない。ゆっくり体を休めてくれ」

断りを入れて立ち上がった時、グラリと世界が揺れた。

それを不思議に思う間もなく、マレーネはその場に倒れてしまった。

「マレーネ⁉」

リカルドの焦った声が聞こえ、ティアの「お嬢様！」という悲鳴も聞こえる。

だが彼らの声は膜を通したように、くぐもった音となっていた。

床の上に臥したマレーネの手足の先が、氷のように冷たくなってゆく。それなのに心臓はドッドッと激しく高鳴り、苦しさに相まって酷い頭痛まで襲ってきた。

――なに、これは……。

――私、死ぬの……？

すべての感覚が曖昧になった中、リカルドが力強い腕で抱き上げ、寝室に連れて行ってくれたのが分かった。

「早く離宮の侍医を呼んで来い！」

リカルドが命令し、ティアや使用人たちがバタバタと動き始める。

すぐに冷たく濡らした布がマレーネの額に当てられ、彼女は気持ちよさに、ホ……と息をつく。

気持ちいいと感じるのなら、熱があるのだろう。

けれど手足は冷え切っていて、リカルドの温かい手に握られているのが気持ちいい。

「もう……大丈夫です」

少し落ち着いて、マレーネはリカルドに微笑みかけた。

自分ばかりがリカルドに心配されているのは、こんな状態の君を一人にしておけない」

「いや、今晩は離宮に泊まっていく。こんな状態の君を一人にしておけない」

リカルドはマレーネの頭を撫で、安心させるように微笑んだ。

心配してくれる気持ちはありがたいのに、エリスの事を思いだし素直に受け止められない自分がいる。それがまた自己嫌悪を生み、つらくなった。

「体調を悪くした原因は分かるか？」

尋ねられ、マレーネは表情を曇らせ考える。

「……直接的な理由は分かりません。考えてみれば、最近常に調子が悪かったと思います。儀式があるから緊張し、それが心身共に負担になっているのかも……」

「いつ頃から感じていた？」

リカルドはベッドに腰掛け、さらに尋ねてくる。

「……宮殿に越してからずっと、慣れない環境から調子が悪いと感じていました。もとから私は常にどこか体調が悪いので、気付くのが遅れてしまったのだと思います」

「そうだったな。君と初めて出会った時も体調を崩していた。宮殿にこさせてから、すべて責任を取り面倒を見るつもりでいたのに、……見過ごしていた」

リカルドが自分を責め始めたので、マレーネは彼の手を握り小さく首を横に振る。

「いいえ。リカルド様のせいではありません。自分でも気付かない調子の悪さの積み重ねです。しばらくゆっくり休めば回復します。きっと今日は、儀式で疲れてしまったのでしょう」

安心させるように微笑むと、リカルドの険しかった表情がやや緩む。

「俺は駄目だな。君の体力を考えて気遣わないとと思うのに、いざ体を重ねると、愛しさと気持ちよさで自制が効かなくなる……」

リカルドは握っていたマレーネの手を、親指でスリ……と撫でてくる。

マレーネも儀式を思いだし、じわりと頬を染めた。

「……とても気持ち良くて、幸せでした」

「それならいいが」

リカルドは優しげに目を細め、息をつく。

「本来なら、媚薬や香の匂いなどで、強制的に感じさせてするものではない」

彼の言葉は、とてもまっとうな感覚からのものだ。

「……お役目ですから」

「儀式はきちんとする。だが儀式が終わったあとは、誰の指示も受けず、自分の意思で君を抱きたい。勿論、何の力も借りずにだ」

スリ、スリと手を撫でられる感触が気持ちいい。

「……はい」

嬉しくなったマレーネは、リカルドの手を両手で握り、頬ずりした。

少し経ってから、リカルドが思いだしたように言う。

「先日、母君が来ていたようだな」

「はい。……母が神殿にいたのは、リカルド様もご存知と思います。意外だったのは、当時の母とグァハナ様が淡い恋をしていた事です。その話を少し聞かせてもらえました」

「君の母君と、グァハナが……？」

リカルドは軽く目を見開いてから、何かを思案する。

その様子を見て、マレーネはハッとして両手で口を押さえた。

「すっ、すみません！　あの……、今の事はどうかご内密に……」

マレーネは神殿の細かい取り決めについては知らない。

だがいつだったかエルレーネに、神殿内で色恋沙汰は御法度だと教えられた。

神官や巫女が肉体的に汚れてしまった場合、破門される事になっている。

うっかりグァハナの地位を脅かす事を口走ってしまったかもしれず、マレーネは慌てず、聞かなかった事にしてほしい、と言ったのだ。

だが彼は特に気にした様子を見せない。

「いや、俺は神殿の者ではないし、過去についていちいち口出しするつもりはない。それとは別に、差し支えなければ、二人がどんな関係だったのか教えてもらいたい。……勿論、今は君を休ませたいから、いずれ機会を改めて」

「今はそれほど具合が悪くないので、大丈夫ですが……」

身内、そして過去のものとはいえ、他人の恋愛事情を話してもいいものだろうかと、マレーネは思案しつつ返事をする。

「勿論、他者には言わない。なぜ知りたがるかと言うと、俺は今回の神託について、長い付き合いのある大神官ではなく、グァハナが結論を出した事に疑いを持っている。確かに彼は優秀な神官で、貴族たちからの評判もいい。だがそこが問題だ」

「……と言いますと？」

評判がいいなら、問題ないのではとマレーネは思ってしまう。

「貴族たちの中には、理想を胸に国を思って働く者が勿論いる。だが利害が一致する相手から金を渡され、動く者も多い。財務官などは、帳簿を誤魔化して自由に金を使うために、常に甘い誘いを受けていると聞いた。その他にも、不祥事を表沙汰にさせないために、金を握らせるなど……、挙げればキリがない。不正の証拠がある場合は、俺もきちんと調査をした上で罰を与えている」

「……確かに、仰る通りです」

父は仕事に関する大切な情報を家庭で話さなかったが、噂についてぼやく事はあった。

デビュー前で世間を知らなかったマレーネは、両親を初め屋敷に出入りする大人の貴族たちの話を聞いていた。その中で少しずつ貴族とはどのようなものかを学び、汚い手を使う者もいるのだと理解するようになっていった。

「一般に神殿は、普通の貴族は容易に立ち入れない特別な場所で、口を挟めない存在だ。神殿とのパイプ役であるリージェット候が、聖職者の関わっている不正を暴きたくても、なかなか調査の許可が出ず、捜査が進まないと零していた」

「はい。聖域だから外部の人間を大勢入れられないとか、最終的には神の意に反する行為だと言われては、引き下がらざるを得ないと……」

マレーネの言葉を聞き、リカルドは頷く。

「だから、グァハナの手の内を知っておきたい。彼は副神殿長ではあるが、公の場所での言動や振る舞い以外で彼を知らない。君の母君と過去に何かあったのなら、それを現在まで引きずっている可能性も考えられる。そこから何か考えられないか、知っておきたいんだ」

リカルドの意見を聞き、マレーネは頷いた。

「分かりました」

そして若い頃の母と、グァハナの関係を打ち明けた。

母から聞いた話は、彼女の主観が多く入っているだろう。それを前置きした上で、なるべく客観的に見て事実だと思える事と、母の推測を分けて話した。

「……そうか」

リカルドは顎に手をやり、目を眇《すが》めて前方の空間を睨《にら》む。

やがて溜め息をつき、口を開いた。

「聖職者は外部との接触が少なすぎる。加えて過ちがあった場合は罰則がある。だから〝上〟を目指すグァハナが、巫女に手を出す事はないだろう」

彼の言う事はもっともでマレーネは頷く。

「加えてグァハナはプライドの高い人物に思える。人当たりが良く品のいい者は、他者から良く見えるよう、様々な事に気を付けている。グァハナは相応の努力をし、『自分はこれだけきちんとしている』という自負があると推測できる。その一環として、高価な物を好み、高貴な人と付き合い、そのために身なりもきちんと整えているだろう」

言われて、グァハナと対峙《たいじ》して話した時の印象を思い出す。

神官服は他の者とほぼ同じだが、ピシリとアイロンを掛け、少しの髪の乱れすら許さない完璧な姿の印象があった。

「分かります」

「恐らくグァハナは、伯爵家の娘で自分を慕ってくれたリージェット夫人を、今も想っているのではないかと思う。彼女が結婚して手が届かない存在になったのなら、その想いは余計にこじれている可能性がある」

マレーネは頷く。

「君は、若い頃の母君にそっくりだと言われないか？」

「はい。よく言われます」

今までリカルドに伝えていなかったので、言い当てられた彼女は驚いて目を見開いた。

「他の貴族たちからもそう聞いている。それなら、グァハナが君に対して何らかの復讐《ふくしゅう》心を抱く可能性もある」

「…………それは……、ただの逆恨みではありませんか」

呆然《ぼうぜん》としたマレーネの頭を、リカルドは撫でてくる。

「人とはそういうものだ。コインの裏表のように、愛情が憎しみに変わる事はままある。グァハナにとって君は、愛しい女性と、彼女を奪った男との間に生まれた存在だ。弟妹もいるだろうが、彼は自分と面識のある、夫人によく似た君に固執しているのだろう」

何とも言えない感情になり、マレーネは唇を噛む。

「両親に復讐できない代わりに、私を不幸にしてやると思った可能性が高いと？」

「その通りだ。彼は君にとって、善良な神官ではない可能性が高い。それが分かっただけでも収穫だ」

リカルドが言った時、ようやくティアが呼んできた侍医が到着した。

マレーネは侍医に診てもらい、極度の緊張と疲労によるものだと診断された。

その後湯浴みの用意もされ、体調を心配したリカルドと一緒に、体を清める事になってしまった。

一緒に浴室に入ったリカルドは、軍神のような体を惜しげもなく晒している。

儀式の時も彼の肌を見たが、今はまったくのプライベートだ。

なので、どう反応していいか分からなくなってしまう。

「あ……、あの。自分でできますから」

そう言っても、腰に浴衣を巻いたリカルドは、手に海綿を持って石鹸《せっけん》を擦り付け、楽しげにマレーネの肌を洗ってくる。

「君の肌はどこもすべすべだな。こうして明るい場所で見ると、余計に美しさが分かる」

浴室はティアが気を利かせて用意した、香を練り込んだキャンドルが幾つも置かれ、幻想的に火が揺らめいている。

「は……、恥ずかしいです……」

マレーネは椅子に座り、リカルドに背中を洗われている。

シャボンが泡立つ音や会話も、反響して大きく聞こえるのも落ち着かない。

彼には背中を向けて顔も胸も隠しているが、無防備な背中とお尻を見られていると思うと、顔から火が出そうな羞恥を覚える。

「いずれこうやって一緒に風呂に入るのも、日常になるさ」

けれどそう言われ、嬉しいような、どこか不安で切ない気持ちにもなる。

「……そう、ですね……」

果たして今後、自分たちはどうなるのだろうか？

先の事など考えるだけ無駄なのに、漠然とした不安があるからこそマレーネの表情は曇ってしまう。

「君を一生大切にする」

心を見透かしたようにリカルドが言い、彼女はハッとする。

「三回目の儀式が終わったあとでもまだ何も摑めないようなら、権力を使ってどうにかしようと考えている」

「そんな事をすれば、リカルド様のお立場が悪くなってしまいませんか？」

不安になって振り向くと、思っていたよりずっと穏やかな表情の彼と目が合った。

「構わない。『好きな女一人守れなくて、誰が皇帝か』と、最近よく思うようになった」

その言葉から、彼自身も今まで己を責めていたのだと察した。

「儀式で君を抱いた結果、懐妊した君を愛妾として大切にしていく……、じゃ駄目なんだ。それは周囲が求めている形だ。俺は君を本当の意味での〝一番〟にしたいし、君にも俺の確固たる愛を感じてほしい」

「…………っ」

マレーネは思わず目を潤ませる。

涙を隠すように俯くと、彼が後ろから抱き締めてきた。

「エリスは俺に対して『抱かれたくない』とハッキリ伝えてきた。彼女の意志も尊重したい。三人の意見を纏めれば、どうしたらいいかは決まっている。だがそれを許さないのが神託など外部の問題だ」

改めて現在の状況を確認し、マレーネは「はい」と頷く。

真剣な話をしているというのに、腕の隙間からリカルドの手が侵入して、ムニュリと乳房を揉んできた。

「ん……っ」

敏感な乳首にリカルドの指が当たり、マレーネは思わず声を漏らす。

「だから君は、必要以上にエリスの事で苦しまなくていい」

彼の言葉に、マレーネは何とも言えない。

エリスが「抱かれたくない」と言っているのは、「結婚するまでは清らかな身でいたい」という意味だろう。初めに「身体的な理由」と言ったのも、処女を大切にしたいという理由をぼかしたに違いない。

エリスはずっと幼なじみとして、リカルドを想っているはずだ。

それなのに自分たちの幸せを優先して、彼女の気持ちを無視するのはやるせない。

だからこそマレーネは何も言えないでいる。

リカルドは彼女の背中をお湯で流し、ちゅ、ちゅ、と唇をつけてきた。

「俺は絶対にこの問題を解決してみせる。毎日君のもとを訪れるし、子が生まれたら何より優先する。君の笑顔が絶えないよう、尽力する」

「……ありがとうございます」

——その気持ちだけで十分です。

大国の皇帝にここまで思われている幸せな女性は、他にいないだろう。

「君を愛してる」

耳元で聞こえる声が、とても愛しい。

慈愛に満ちて、何より自分を大切に想ってくれていると分かる。

「どんな状況になっても、悲嘆に暮れる必要はない。俺は皇帝だ。君を絶対に幸せにできる権力がある」

「……無理な事はなさらないで」

「無理はしない」

穏やかな声の奥に秘められた決意すらも、すべて愛しい。

「……冷えてしまうな」

リカルドはもう一度マレーネの体にお湯を掛け、一緒に広い浴槽に入った。

「気分はどうだ？」

まだ倒れた事を気に掛けてくれるリカルドに、彼女は微笑みを返す。

「疲労からくる貧血とお医者様も仰いましたし、もう大丈夫です」

「そうか。なら良かった」

微笑んだリカルドは少しマレーネを見つめたあと、我慢できないというようにキスをしてきた。

「……ん」

ちゅ、と優しく唇を啄まれたあと、お互い目を開けて見つめ合い、自然と二回目の口づけをする。

そうなるともう止まらなくなり、いつしか二人は深い口づけを繰り返していた。

浴室内にリップ音が何度も響き、吐息すらもいつもより大きく響く。

リカルドの大きな手がマレーネの乳房を揉み、プクンと勃ち上がった先端を何度も指の腹で擦ってくる。

次第にマレーネの下腹部の奥が甘く疼き、儀式ではないというのに彼を求め始めた。

「……いけません」

マレーネの言葉に、リカルドは何も言わず目だけで訴えてくる。

が、伸ばされた手が彼女の秘部を擦り、お湯の中でも蜜を零している事を確認してきた。

「君だってもうこんなに濡らしているくせに」

自分がとても淫らな体をしているように思えたマレーネは、恥じらって横を向いた。

「……で、出ます……。……あっ」

手で体を隠して立ち上がったが、リカルドに後ろから抱き締められてしまう。

さらにお尻に彼の昂ぶりを押しつけられ、マレーネは赤面した。

「マレーネ、好きだ」

後ろから首筋に唇をつけられ、乳房をやわやわと揉まれる。

硬い掌で乳首を撫でたあと、彼の手は腹部を辿って彼女の下腹に至った。

「君は？」

耳元で囁かれ、申し訳程度の下生えを指先で探られたあと、肉芽にトンと指が当たる。

「……す、……好きです……」

吐息を震わせて返事をしたマレーネの耳元で、リカルドがクスッと満足気に笑ったのが聞こえた。

彼の指はクニクニと肉芽を転がし、マレーネの快楽を煽ってくる。

指先が秘唇に滑っては蜜をすくい取り、またヌチュヌチュと肉芽に塗りつけてきた。

「ん……っ、は、――ぁ、あぁ……っ」

静かに高まってくる悦楽を、マレーネは目を閉じて拾い上げる。

やがてリカルドの指がヌプリと蜜口に侵入し、彼女は目を見開き嬌声を上げようとして、とっさに手で口を塞いだ。

ここは公に交わっていい儀式の場ではなく、自分の離宮だ。

皇帝と影嫁が三度の儀式が終わる前に、私的に愛し合っていいか分からない。

しかし神殿からは、常に身を清めているようにと言われている。

それを考えれば、相手がリカルドとはいえへたに触れ合うのは良くないだろう。

「リ……っ、リカルド様……っ」

まして同じ離宮内には、ティアをはじめメイドや他の使用人もいる。

もし声を聞かれてしまったら、顔を合わせられない。

「じゃあ、声が出ないようにしよう。……あと、最後まではしないから安心してくれ」

（安心してと言われましても……！）

物言いたげにリカルドを振り向いたマレーネの口が、彼の大きな手によって塞がれた。

「ん……っ」

口を塞がれ、マレーネは被虐的な悦びを得る。どうされてしまうのだろう？　と期待と不安が沸き起こった彼女の秘部に、リカルドは怒張をヌルンッと滑らせてきた。

「んーっ‼」

敏感に膨らんだ肉粒に硬く漲《たぎ》った肉棒が擦れ、マレーネはくぐもった悲鳴を上げる。

「大丈夫。静かに」

耳元で囁かれ、マレーネは真っ赤になってコクコクと頷いた。

リカルドは片手で彼女の口を塞ぐと、片手で乳房を揉み、乳首をときおり摘まんで腰を打ち付け始めた。

「んぅ……っ、ん、――――ン、ん……っ」

たくましい陰茎に遠慮なく秘唇を擦られ、淫玉に雁首が当たるたび、マレーネは体をビクビク跳ねさせて悶《もだ》える。リカルドの腕の中に閉じ込められているため、自由が利かないというのも、興奮する要素の一つになっていた。

挿入されて初めて男女の交わりになると思っていたので、こんな行為があると知らなかった。初めての体験にマレーネは驚き戸惑いながらも、悦楽を得てすぐに頭の中を真っ白にさせた。

「ふぅ……っ、ん！　んぅーっ‼」

高まりを覚えた彼女は、両手でリカルドの腕を掴み、ガクガクと震えて絶頂する。

「あぁ……っ、マレーネ、達ったのか？　俺も、もう少しで……っ」

耳元で彼の色っぽい声が聞こえ、彼女は体の奥底からこみ上げる悦楽に脚を震わせ、ガクリと湯船の縁に手をついた。

「もう少し……っ、待ってくれ……っ」

膝頭を合わせてビクビク震えているマレーネの秘所を、リカルドは肉棒で擦りたてる。

やがて低く呻《うめ》いたあと、彼は両腕で彼女を痛いほど抱き締め、洗い場に向けて白濁を飛ばした。

「……っあぁ……っ」

口を解放されたマレーネは、色っぽい吐息をついて荒くなった呼吸を整える。

やがてどちらからともなくズルズルと浴槽の中に座り込み、深いキスを始めるのだった。

浴室から出ると、落ち込んでいた心がすっかり癒やされているのに気付く。

リカルドと話し触れ合うと、抱えていた不安がとても軽くなったように思えた。

ティアが準備した寝衣に着替えた二人は、同じベッドで身を寄せ合って眠りについた。

今後、何が起こるか分からない。

けれど側にリカルドがいてくれるのなら、きっと乗り越えられる。

マレーネは自分に言い聞かせ、彼の温もりと香りを感じて目を閉じた。

＊＊

宮殿ではリカルドとエリスの結婚式の準備が進み、相も変わらず周辺国から祝いの品が届いている。

そんな中、エリスから二か月ぶりにお茶会の誘いがあった。

マレーネは品のある藤紫のデイドレスを身に纏い、少し緊張してティアと共に中央宮殿にあるエリスの部屋に向かった。


「しばらく、不義理をしていて申し訳ございません」

エリスは初めに紅茶を一口飲んでから、申し訳なさそうに切りだした。

「いえ。私こそ、どのようにお声を掛けていいのか分からず、返って失礼致しました」

テーブルを挟んだ二人はペコペコとお辞儀をしあい、どちらからともなく笑う。

「私……、儀式で……、別室とはいえ同じ場所にいたでしょう？　見ていなかったといっても、想像するだけで恥ずかしくて、マレーネ様にどうお声を掛けたらいいのか分からなくなってしまったのです」

「お気持ちお察しします。私もエリス様に会わせる顔がなくて……」

エリスの顔は真っ赤だ。

今回のお茶会は、いかに彼女が勇気を振り絞って招待してくれたのかが分かった。

「リカルド様は幼馴染みですし、兄のように慕っている方でもあります。私の気持ちをどうか理解して頂けるとありがたいです」

「勿論です。本当に……すみません」

性交した者と、自分の代わりにして欲しいと頼んでしまった者。

普通ならありえない状況なので、お互い気まずさがあるのは当然だ。

「謝り合ったらきりがありませんから、この辺にしておきましょう」

「そうですね」

それから二人は努めて明るい会話をした。

気まずくならないようにと緊張しているものの、エリスが関係を悪化させないように気を配ってくれたのは伝わる。

(お慕いしているリカルド様が、他の女を抱いていたというのに、こうして優しくしてくださる……。てっきり嫌われていると思っていたのに)

守ってあげたくなるような彼女を見ていると、常に胸の奥が罪悪観でチクチク痛む。

(エリス様のお気持ちを汲《く》まなければ。いつまでも悲劇のヒロインぶっていても、何も前進しないわ。リカルド様がこの状況を解決してくださると信じているけれど、何もせず待つのは受け身すぎる)

エリスは積極的に話題を振るのが苦手に見えた。

それでも前もって決めていたかのように、次々と話し掛けてくれる姿を見ると、その健気さが嫌でも伝わってくる。

(このままエリス様が正妃になり、私が愛妾となる未来になる覚悟もしなければ)

彼女に合わせ和やかに会話を弾ませつつ、マレーネは胸の奥に思いを秘めていく。

(エリス様なら、良い正妃になられるかもしれない。つらいのに、我慢して私に優しくしてくださる器の広さがある。そのお気持ちに応えるためにも、私も影嫁としてエリス様をお支えしなければ)

それは身を切り裂かれるような覚悟だった。

けれど、世の中の全員が〝一番〟になれるとは思っていない。

誰かが選ばれれば、誰かがつらい思いをするのは当たり前だ。

(影嫁を『可哀想な二番目の存在』と思ってはいけない。私は私で、影嫁としての矜持《きょうじ》を持たなければ)

一度目の儀式以来、エリスと個人的に話せていなかったので、マレーネの中では必要以上に不安が膨れ上がっていた。

しかし彼女と直接話して蟠《わだかま》りが解消され、次に自分が取るべき行動が分かった気がした。

＊＊

数日後、リカルドから手紙があった。

手紙は『ここに来てほしい』と日時と時間、場所を指定した逢瀬の誘いだ。

だが手紙の後半には、こうも書かれてあった。

『君の不安を一つ取り除くために動くつもりだ。この誘いはエリスの侍女たちの耳に、わざと入るようになっている。展開によっては嫌な思いをするかもしれないが、彼女たちについては、これで決着をつける。だから最後の機会と思って協力してほしい』

リカルドはマレーネが嫌がらせに遭っているのを察して、自ら動いたようだ。

エリスが悪者になるのが嫌で、マレーネはリカルドに嫌がらせの事を言っていなかった。

だが彼は常にマレーネの様子を気遣っていたし、人を使って見張らせれば、遅かれ早かれ知られるのは仕方ない。

覚悟を決めて中央宮殿近くの待ち合わせ場所に向かうと、彼を待っている途中で上から水を浴びせられた。

「っきゃ……っ！」

「お嬢様！」

マレーネはとっさに頭を抱えてしゃがみ込む。

離れた場所で控えていたティアは、すぐに頭上を見上げた。そこには、こちらを見下ろしニヤニヤしているエリスの侍女たちがいる。

「ごめんあそばせ！　エリス様が陛下から頂いた、お花の水を替えなければならなかったの。ご寵愛の証拠ですから、常に新鮮に保たなくては。それにしても窓の下にいらっしゃるとは、つゆとも知りませんでしたわ」

建物の三階から顔を覗かせた侍女たちは、けたたましい笑い声を上げる。

が、その中の一人が「ちょっと……」と何かに気付いた。

建物の上階にいる彼女たちからは、目の前にある大きな庭木が目隠しになって気付かなかったのだろう。

しかしマレーネたちには、前庭から歩いてくるリカルドの姿が少し前から見えていた。

「陛下に叱られるといいわ」

ティアが憎々しげに呟いたのを、マレーネは何とも言えない気持ちで聞く。

その時、リカルドが二人のもとに着いてずぶ濡れになった愛しい人を見て、底冷えする目を上に向ける。

「そこで待っていろ！」

周囲に響き渡る大きな声で告げたあと、リカルドは懐からハンカチを出し、マレーネの髪やドレスを拭き始めた。

「大丈夫か？」

「すみません。みっともないところをお見せして……」

愛する人に情けない姿を見られ、マレーネは消えてなくなりたい心地になっていた。

笑みを浮かべるのがやっとで、自分のハンカチで胸元を拭う手も震えている。

「嫌な目に遭わせてすまない。だがこれであの者たちの仕業だと目の前で確認できた」

リカルドは申し訳なさそうに言い、マレーネの頬や額をハンカチで拭ったあと、顔を傾けキスをした。

「お気になさらないでください。言えずに問題を溜め込んで、結局ご多忙なリカルド様のお手を煩わせてしまったのはこちらです」

「まず着替えよう」

リカルドに促され、マレーネは情けない気持ちのまま、離宮に向かって歩を進める。

「いつからされていた？」

彼の問いに、マレーネは口が重たくなるのを感じつつ返事をする。

「宮殿に居を移してすぐには、始まっていたと思います。彼女たちが私を疎ましく思う気持ちは分かりますから」

「正妃と愛妾が反発するのはよく分かる。他国でも後宮や女性たちの世界は〝魔界〟と称されている。寵愛を求めて争う気持ちは理解するが、君とエリスに限ってはそうならない、なってほしくないと思っていた。これは事態を甘く見ていた俺の落ち度だ」

「いいえ」

マレーネは緩く首を横に振る。

「私がハッキリ彼女たちに抵抗すれば良かったのです。主人であるエリス様が責められたらお可哀想だと思い、なあなあにしていました。ティアはもっと早い段階で、エリス様にお話しするべきだと言ってくれていたのに」

「君が平和主義者なのは分かっている。どちらにせよ、これから彼女らに仕置きをする。胸が痛むかもしれないが、側で見ていてほしい。エリスを気遣う気持ちは理解するし、君の善意は美徳だ。しかしこれはエリスの問題だ。侍女を御す事ができず、野放しにしているようでは女主人としての度量が知れる」

「……はい。分かりました」

リカルドがここまで厳しく断罪するというのなら、マレーネも逆らう理由はない。

そのあと、離宮で身支度をして別のドレスに着替え、リカルドと共に中央宮殿にあるエリスの部屋に向かった。

＊＊

中央宮殿のエリスの部屋に行くと、リカルドがあらかじめ命じていたのか、扉の前に立っていた衛兵に確認をする。

「外出させていないな？」

「はい」

そのやり取りだけで、マレーネはすでに侍女たちの退路が断たれていた事を知った。

衛兵が「陛下がいらっしゃいました」と告げると、やや時間をおいてドアが開かれる。

いつもツンとしているエリスの侍女が、顔を青くし、怯えた表情で二人に頭を下げた。

「エリスはいるな？」

「……はい」

怯えきった表情で答えた侍女は、一瞬マレーネに恨みがましい視線を向ける。

その視線を遮るように、リカルドが侍女の目の前にサッと手をかざした。

「これ以上俺の不興を買いたいのか」

恐ろしいまでに低く冷たい声音に、侍女は深くこうべを下げ、震える声で「申し訳ございません」と謝罪した。

「陛下、ようこそ。マレーネ様も」

エリスの声がしてそちらを見ると、ソファの側で立っている彼女は何も知らない様子だ。

内心胸を痛めながら、マレーネはリカルドと共にソファに座った。

緊張を孕《はら》んだ侍女たちが紅茶を淹れ、壁際に下がる。

リカルドは紅茶を一口飲み、躊躇《ためら》わず切り出した。

「エリス。君は自分の侍女たちが、マレーネに何をしているのか理解しているか？」

「え？」

尋ねられ、エリスはきょとんと目を瞬かせる。

「……何も知らないようだな」

その様子にリカルドは溜め息をつく。

そしてマレーネが宮殿に上がってから、ずっとエリスの侍女たちに嫌がらせを受けていた事を話した。

エリスは見る見る顔を青ざめさせ、泣きそうな表情で何度もマレーネを見る。

「俺は君を昔から知っていて、他者を傷付けるような者ではないと思っていた。君が侍女たちに命令したのではないと信じていいな？」

「は……っ、はい！　私は何も……っ、マレーネ様、申し訳ございませんでした！」

エリスは涙を零し、悲痛な声で謝罪して頭を深く下げる。

彼女の侍女たちは、居たたまれない表情で立っていた。

しばらくエリスが嗚咽する声が室内に響き、重苦しい空気が漂う。

やがて彼女が落ち着いたあと、リカルドが口を開いた。

「本当は君に罪はないと言いたい。だが仮にも皇帝の婚約者でありながら、己の侍女が影嫁に対し悪質な行為を働いていたのを『知らなかった』というのはあまりにお粗末だ。俺は、君が自分の意見を強く主張するのを苦手だと知っている。恐らく毎日の生活でも、侍女が主体となってドレスを選び、散歩道を決めているのだろう。護衛からもそのような報告を受けている」

リカルドに言われ、エリスは自分の主体性のなさを恥じらい、涙ぐんでいる。

「厳しい言い方をすれば、皇妃になるにはあまりに我がなさすぎる。君とは付き合いが長いし、素直な性格は美点だ。だが君が国母となるには、あまりに足りないものが多すぎる」

「……自覚しております」

エリスは震える声で返事をし、頷く。

「お前たちも――」

リカルドがエリスの侍女たちに言葉を向ける。

「主人が大切なのは理解する。影嫁であるマレーネより、自分の主人を正妃としてもり立てたい気持ちも分かる。だが一番大切にしなければいけないのは、主人の品位を下げない事だ。お前たちが己の欲や浅ましい気持ちから、品のない言葉を口にし、行動すれば、すべてエリスに跳ね返る。エリスのためなら何でも許されると思ったら、大間違いだ」

厳しい言葉を向けられ、侍女たちは俯いて顔を青ざめさせていた。

「……最後にマレーネ。君は影嫁、愛妾であれど俺の寵愛を受けている立場だ。必要以上に己の立場を下に思わず、侮辱されたと思ったらすぐに報告してくれ。我慢するだけが美徳ではない。正妃と愛妾の間に何かあれば、御しきれない器の小さな皇帝が笑いものになる」

最後の言葉に、マレーネはハッとして深く反省した。

「……申し訳ございません。愛妾といえど、皇帝陛下のご寵愛を受けた誇り高き身分。自分さえ我慢すればすべて丸く収まると思っていたのは、思い上がりでした」

マレーネは素直に謝罪する。

言うべき事を言い終わったと、リカルドは溜め息をついてぬるくなったお茶を飲んだ。

「仲良くしろなど無理だと分かっている。だがそれぞれの立場の重さを把握し、不安に思う事があれば何でも相談してくれ。多忙な身ではあるが、二人の個人的な相談に乗れないほど余裕がない訳ではない」

「はい、そう致します」

マレーネは返事をし、エリスも顔を青ざめさせたまま頷く。

一旦会話が落ち着こうとした時、マレーネはまた具合の悪さを覚える。

(緊張したせいかしら。この話が終わったら、離宮に戻って休まなければ)

そう思っていた矢先、目の前でエリスが自分を抱き締めるように俯き、背中を丸めて体を震わせる。

「エリス様!?」

「エリス？」

感情的になったにしては様子のおかしい彼女を見て、マレーネとリカルドが声を上げる。

「話はこれで終わりだ。エリスの床の準備を！」

リカルドがエリスの侍女たちに声を掛け、彼女たちは「はい！」と返事をしてすぐに動き始めた。

マレーネは立ち上がってエリスの傍らに座り、背をさする。

握ったエリスの手は、この上なく冷えていた。

第五章　摑んだ真実

エリスを寝かせたあと、マレーネとリカルドは彼女の部屋を出た。

「さっきはすまなかった。本当は常に君の味方でいたい。だがエリスを蔑ろにして、君だけをひいきする事もできない」

思いも寄らない謝罪を受け、マレーネは焦って胸の前で手を振る。

「いいえ！　すべてリカルド様が仰った通りです。意地悪をされて黙っているのをよしとしたのは、間違えていました。それに、皇帝陛下が誰か一人を責め、また、ひいきするのは良くありません。ですのであれで良かったのです」

「……すまない。ありがとう」

リカルドは息をつき、マレーネの肩を抱き寄せて頰にキスをしてくる。

廊下を進みながら、二人とも考える事が多すぎて無言になってしまった。

「……本当は、神託さえなければ君だけを一途に愛したい」

ポツリと呟いたリカルドの声は、苦悩に満ちている。

「君主にあるまじき考えかもしれない。だが俺は性欲や世継ぎのために愛妾を必要としない。本来なら、世継ぎは正妃との間にできればいいと思っている。そして正妃には、君になってほしい」

リカルドはマレーネの肩を抱いたまま、溜め息をついて立ち止まる。

そして前庭を一望できる窓際まで進むと、マレーネを自分と窓の間に閉じ込めた。

（あ……）

見上げると、リカルドのアイスブルーの目に、痛切な色が宿っている。

「つらい思いをさせて、本当にすまない。君だけを愛したいという俺の本音を、どうか信じてほしい」

リカルドの方こそ泣きそうな顔をしていて、マレーネの胸がギュッと締め付けられる。

「私は平気です。今後エリス様を支えて、愛妾として生きていく覚悟もできています」

「君にそんな覚悟をさせる自分が、……情けない……」

リカルドは目を閉じ、しばし苦痛を堪える表情で黙った。

まるで泣いているような彼の姿を見て、マレーネはただリカルドを抱き締めるしかできない。

「私はリカルド様を愛しています。そしてあなたも、私を愛してくださっている。それで……十分です」

いつの間にか涙が零れていたけれど、マレーネは構わずリカルドに微笑みかけた。

サラリとリカルドの髪を撫で、「だから心配しないでください」と訴える。

リカルドはアイスブルーの目を細め、微かに唇を開く。

その唇が「すまない」と動いた気がしたけれど、マレーネは構わず背伸びをして彼の首に両腕を回し、キスをした。

ティアや護衛たちは気を利かせ、後ろを向いている。

二人はお互いの気持ちを込めてキスを重ね、微笑み合った。

その時、足音が近付いてきて、曲がり角から背の高い一人の男性が現れた。

「陛下、ここにおいででしたか」

低い声がしてそちらを見ると、顔に大きな傷を負った若い男性が立っている。

（あの方は……）

彼の名前を思い出す前に、リカルドが口を開いた。

「ブライアン」

リカルドは彼の姿を見て溜め息をついた。

「会議の予定はとうに過ぎています。ここはエリス様のお部屋近くですね。執務があるのに女といちゃついているとは、余裕がおありだ」

黒髪にグレーの瞳をしたブライアン――バルティア家当主は、淡々とした口調で皮肉を言う。

マレーネはリカルドの腕の中から、そっと抜け出て彼にお辞儀をした。

（お母様の話では、ブライアン様がリカルド様に反発しているとの事だわ。それに、リカルド様がご多忙なのはお分かりのはずなのに、こんなきつい言い方をしなくても……）

そう思うものの、マレーネからは何も言えない。

ここでへたに「大切な用があったのです」と庇《かば》えば、「女に庇われる皇帝」と揶揄される可能性もある。

背が高く顔に傷があり、感情を表にださず淡々としているブライアンは、その容貌と態度から周囲に恐れられていた。

聞く話ではあまりに女性から敬遠されるので、娼館《しょうかん》通いをしているとか、女性をさらっては自分の屋敷に閉じ込めているなど、非人道的な風聞もある。

さらに毒や拷問具もコレクションしているという噂まであった。

（でも、リカルド様が黒い噂のある人間を放置していると思えない。侯爵としてお仕えしているからには、きっと有能な方に違いないのだわ）

結論づけた時、リカルドがマレーネの背中を撫でてきた。

「すまない。行く所があるから、俺はこれで」

「はい。頑張ってください」

微笑みかけると、リカルドも笑い返してくれた。

「何かあったら、すぐに教えてくれ。約束だ」

「はい」

彼の言葉に頷き、マレーネは去っていくリカルドの背中を見送った。

＊＊

広大な国土を誇るティグリシア神聖帝国は、辺境に向かうほど地方貴族が独立した力を持っている。

リカルドは年に何度も彼らと顔を合わせ、反乱を起こさせないよう綿密な調整をする。

加えて国土が広いがため、あらゆる自然災害に備え会議を重ねている。

周辺国と折り合いよくやっていくためには、他国の王侯貴族と繋がりのある国内貴族と仲良くしなければいけない。

地上における神の代行者と言われていても、リカルドはあくまで〝人〟としての政治を行っていた。

リカルドが普通の貴族の男性なら、マレーネはもっと彼に我が儘を言って甘えられていただろう。

だが彼が皇帝である以上、一人の女だけにかまけていられない。

そんな事をすればマレーネは〝毒婦〟と糾弾され、リカルドも〝女に堕落させられた能の無い皇帝〟と言われるに決まっている。

リカルドに我が儘を言えず甘えられない現状、マレーネは自分でも何かできないかと考え始めた。

別の日、マレーネは母に手紙を書き、数日後にまた離宮まで足を運んでもらった。

彼女自身は影嫁として宮殿に召し上げられたあとなので、みだりに宮殿外に出掛けるのは良くない。

ゆえに母も多忙とは思うが、来てもらう事にした。

「どうしたの？　マレーネ」

「実は、折り入ってお願いがあるの……」

母が室内に入って座るのももどかしく、マレーネはある〝お願い〟をした。

＊＊

それから一週間後、マレーネは借り物の巫女の衣を纏い、その上に暗い色のフード付きマントを羽織って神殿に向かった。

ティアは大層心配したが、彼女の顔は覚えられているので連れていく事はできない。

神殿の門まで行くと、マレーネは門番に首から提げた金色のメダルを見せた。

「エタニシア伯の娘コリンです。一時外泊から戻りました」

マレーネが持っているメダルは、仮初めの巫女が神殿から支給される物だ。

それに加えて巫女の装束に結ぶ水色の帯が、他の物との区別になる。

彼女が口にしたエタニシア伯爵というのは、母の実家だ。

現在エタニシア伯はエルレーネの兄が務め、その次女のコリンが仮初めの巫女になっているのも事実だ。

マレーネは母に頼み、神殿に忍び込むため従妹の立場を借りる事にした。

エタニシア伯やコリンはマレーネに同情しているのもあり、事情を話すと協力してくれ、秘密を守ると誓ってくれた。

そのお陰で、マレーネはこうして神殿に忍び込む事ができている。

「お顔はどうされましたか?」

フードに顔を隠しているマレーネ、もといコリンの姿を見て、門番はいぶかしむ。

「外泊している時に火傷を負ってしまい、治るまで人に顔を見られたくないのです」

「し、失礼。火傷は医者に診てもらいましたか?」

「ええ、問題ありません。目の周りが赤くなっているので、眼帯もしています。それもあまり見られたくないので……」

「分かりました。どうぞお大事に」

無事内部に入ったマレーネは、ドキドキしながら周囲を見回す。

潜入する前にコリンから手紙をもらい、母からも詳細に神殿域についての説明を受けた。

夕方を選んだのは、神殿内にあるびわの木陰に潜むためだ。

びわの木は神殿を囲む外壁沿いと、内部の神殿を繋ぐ石畳沿いに並木がある。

木はびわの実を収穫しやすいように、梢《こずえ》の高さが三メートルから四メートルに整えられている。

一番下の枝は手で触れられる高さなので、マレーネはその木陰に隠れて神殿域の奥まで進む事にした。

三時間に一回の見張りの交代の隙を見て、神託の神殿に入る算段だ。

神殿の外は宮殿の敷地内なので、神殿は二重に守られている事になる。

よって神殿内の警備は、形だけの場合が多いらしい。

神殿の衛兵は神殿兵と呼ばれ、騎士団に属している者の中で神殿への配属を希望し、かつ多くの仕事を望まない貴族出身の者がなる事が多い。

真剣に警備をしていないと思ったからこそ、マレーネは忍び込んで〝目的〟を果たせそうだと踏んだのだ。

貴族が歩いている入り口付近を過ぎると、周りに見えるのは神官と巫女だけになる。

マレーネがフードを被っているのを見て一瞬声を掛けようとする者はいたが、水色の帯を見て、すぐに仮初めの巫女だと理解し、声を掛けず歩いていった。

時刻は夕方で食事の時間なので、皆所要があり急ぎ足だ。

ほとんどの者は寝泊まりしている建物で、配膳やテーブルの準備をしているはずだ。

その隙を狙って、マレーネは周囲を確認してからそっとびわの木陰に身を潜めた。

中腰で進むのはつらいが、人に見つからないように頭を低くして移動していく。

中央通りをびわの木沿いに進み、さらに奥に向かうために、交差点を通る時は左右を見て人がいない時にサッと移動した。

やがてまったく人がいない場所まで来ると、マレーネは周囲の建物を注意深く観察する。

話では神託を受け取る神殿は小さめで、より豪奢な造りになっているらしい。

太陽を象ったレリーフがあり、ヴァイス神の妻であるエロイーズ神のために神殿前は花がふんだんに飾られているという。

（あった！）

日が落ちてどんどん暗くなっていくなか、マレーネは目的の神殿を見つけた。

コソコソと移動し、斜め向かいの木陰で息をひそめた。

神殿前には神殿兵が見張りに立っている。

が、彼らはさして緊張感もなく、雑談をしながら時間を気にしているのみだ。

腰から下げた革袋から懐中時計を出し、マレーネは薄闇のなか時間を確認する。

（この神殿兵の受け持ちは、十五時から十八時。あと三十分ほどで交代になるわ）

それから三十分ほど、マレーネはびわの木の下に座り込みジッとしていた。

神殿ではここで採れたびわの実や加工品を売って、運営していく資金の一部としている。

時期になるとびわ祭が行われるほど、帝都では神殿製の加工品が盛んに売られる。

神聖なジャム、お茶として貴族たちがお布施の意味も込めて大金を落とすらしい。勿論、民にも人気があって、その年の新しい商品が市場に並ぶと、飛ぶように売れるそうだ。

（勝手に行動して、リカルド様に怒られるかしら）

皇帝である彼が望めば、神託の神殿を調べる事もできるだろう。

だが彼はとても目立つ。

正面から堂々と神殿を訪れれば、知らせが届いた時点で、証拠になりそうなものは隠されてしまいそうだ。

（だからリカルド様やお父様も手をこまねいて、調べ切れていないのかもしれないわ）

さっさと調べたあとはもと来た道を戻り、コリンのふりをして、門番に「戻る日を間違えた」と帰る予定だ。

十八時になり、神殿兵が交代を待たず、持ち場を離れていった。

かなりずさんな見張りといっていいが、それだけ神殿内は安全という証拠だ。

マレーネは周囲を見回してから、足音を忍ばせ神託の神殿まで走った。

緊張しすぎて心臓が口から飛び出てしまいそうだ。

神殿に入るとすぐ、奥の扉が目に入った。

大きな扉は施錠されているようだが、小さな通用ドアは開いているはずだ。

（やっぱり、開いてた）

壁と同化している白い通用ドアから中に入ると、奥はドーム状になっていた。

天井は半透明の石でできていて、空の色が分かるようになっている。

円形の部屋の中央には水盆があり、正面にはヴァイス神の立像、周囲にもぐるりと囲むように他の神々の像がある。

（ここは……。神託を受け取る場所のようね。記録している物はないみたい）

目的をすぐに変えたマレーネは、ヴァイス神像の左右にドアがあるのを見つけた。

その時、水盆が揺らめいたかと思うと、何かを映した。

（何……？）

歩み寄り水面を見ると、この室内が映されている。

本物の室内と異なっている点は、台座の左側に大きな空洞がある事だ。

（これは……隠し扉？）

しゃがみ込んで同じ場所を探ると、どこかに手が引っかかる。

そして音もなく台座が開き、人がしゃがんで入れるほどの空間が現れた。

驚いて目を見開いた時、奥から人の声がした。

「それでは、万事上手くいっているのですな？」

マレーネはとっさに、台座の空間に身を隠した。

どういう仕組みかは分からないが、内側から閉じられないかと探っていると、取っ手のような物があり、ギリギリ隠れられた。

「ええ。もうすぐ私と貴殿の望む未来が手に入るでしょう」

（この声は……。グァハナ様？　もう一人も聞いた事があるような……）

マレーネは息をひそめ、微かな隙間から外を覗く。

しゃがんでいる上に薄暗いので、相手の顔はハッキリ見えない。

だが目の前を通っていったのが白い衣を着た神官と、貴族の服を着た男だという事は分かった。

二人は話をしながら出入り口の方へ向かい、声が遠くなっていく。

（良かった……）

胸を撫で下ろし、マレーネは台座から這い出た。

開いた場所をきちんと閉じたあと、もう一度水盆を覗いてみる。

するとマレーネが立っている場所から斜め左に向けて、指で撫でられたように水面が動いた。

（あっちは……）

前方奥には二つドアがあり、水鏡は明らかに左側のドアを示していた。

（私には適性がないはずなのに……）

不思議に思いながらも左側のドアを開くと、中は書庫、資料庫になっていた。

入ってすぐ左手にあるチェストの上に、ランプがある。マレーネはもう一度後方を確認してから、ランプに火を付けて室内を照らした。

資料は分かりやすいよう纏められていて、何年に行われた儀式の内容、神託の内容というように、年代、種類別に並べられている。年代を追って今年の棚を見つけたマレーネは、何枚もの紙が重なって紙留めで纏められている物を手に取った。

「あった……」

あれから別の神託が出ていたようで、二、三枚下に『皇帝陛下の正妃における神託』という見出しがつけられている。

(これを……)

ランプの明かりでよく見てみようと思ったが、神殿で使われる神聖文字の走り書きで、マレーネには解読不能だ。

(ここには長居できない)

マレーネはその紙だけ紙留めから取ると、小さく折り畳んで革袋の中にしまった。

そして紙束を棚に戻すと、正面以外に出入り口がないか探す。

(これは?)

書架の奥に不自然な空間があったので、その近くを探っていると壁にでっぱりを見つける。そこを引くと、ゴトリと鈍い音がして外に続くドアが開いた。

(早く神殿域を出ないと)

目的の物は手に入れたので、あとは脱出するのみだ。

ランプを消して元の場所に戻したあと、外に出る。

またびわの木に紛れようと周囲を見回していた時、男性の声がした。

「誰だ?」

ドキッとしてそちらを見ると、ランプを手にしたグァハナがこちらにツカツカと歩み寄ってくるところだ。

（いけない！）

なるべくコリンに迷惑を掛けないよう、マレーネはマントの前を合わせて帯を隠す。

「どこの所属の巫女だ？」

厳しい声で尋ねられた時、駆け寄ってくる足音がしてマレーネの目の前に覆面をした神官が現れた。

「何だお前は！」

その神官はマレーネと同様に、フード付きのマントを身につけていた。

そして近寄ってくるグァハナを問答無用で殴り、マレーネを抱き上げて走り出した。

「くせ者‼」

後ろからグァハナの大声が聞こえるが、神官は止まらない。

「あ……っ、あなたは……っ」

マレーネは神官の肩に担がれ、相手の顔をまともに見られない。

神官と言えばゆったりとしたローブを纏い、移動する時は歩く姿しか想像できない。

だから、この神官が恐るべき速さで走っている姿に驚嘆してしまう。

周囲はすっかり夜になっている。闇夜に紛れて神官は外壁に沿って走り、あっという間に神託の神殿から外れた場所まできた。

そしてある地点まで来ると、外壁から内側に垂らされている縄の前で止まった。

「早く」

問答無用で神官はマレーネの足を先端の輪に掛けさせ、ロープを二度強く引っ張った。

「あの……っ、あなたは……っ」

マレーネが何か言うよりも早く、ロープが動き彼女は必死に捕まった。

あっという間に外壁の上までマレーネは引き上げられる。

塀の外を見下ろすと、「お早く!」と手を広げている男性が三人いた。

彼らは全員、黒っぽい目立たない服を着ている。

見た感じ貴族というより、騎士のようだった。

マレーネは神官を振り向いたが、「早くしろ」と言わんばかりに手を振っているのみだ。

「ありがとうございます……っ」

礼を言い、マレーネは男性たち目がけて飛び降りた。

恐怖はあったものの、男性の一人がしっかりとマレーネの体を抱き留める。

「マレーネ様ですね? ひとまずここを離れます」

男性に言われ、マレーネは神官の事を伝える。

「私を助けてくださった方は?」

「別の方法で脱出されますから、大丈夫です。まずはここを離れます。走りますので、舌を噛まないよう口を動かさないでください」

男性はそう言って、マレーネを抱きかかえたまま、月の離宮を目指して走りだした。

（自分一人でやってのけるつもりだったけれど、結局人に迷惑を掛けてしまった……）

彼の腕の中で、マレーネは猛省する。

それから数分して、マレーネは離宮の近くで解放された。

「ここからはご自分で戻れますね？　くれぐれも今夜の事は口外されませんよう」

「分かりました。危険に晒してしまい、申し訳ございません。私を助けてくださった方にも、どうかお礼をお伝えください」

男性は一礼すると、また夜の闇に紛れて走っていった。

「お嬢様！」

ティアの声がする。そちらを見ると、外でずっと待っていたらしい彼女が駆け寄ってきた。

「ティア、何とか無事に戻ったわ」

「先に着替えてしまいましょう。巫女の装束を着ているところを他の人に見られたら、疑われてしまいます」

「そうね」

マレーネは急いで離宮の中に戻り、借り物の衣を脱ぐと、纏めていた髪を下ろし普段着に着替えた。

落ち着いたあと、ティアがお茶を淹れてくれたので、それを飲んで気持ちを落ち着かせる。

持ち帰った神託の紙は、もう一度よく見てみてもマレーネには理解できない。

（リカルド様にご相談して、信頼できる神殿の方に読んで頂かなくては。ここまで足掻いた上でエリス様が本当のお相手だったなら、きっぱり諦められる）

もう一度紙を小さく折り畳むと、もとの革袋に入れる。

そして胸元から手を入れて、コルセットの中に押し込めた。

（……疲れた……）

緊張が緩み、ドッと疲れを覚えたマレーネは、長椅子に身をもたれさせ溜め息をつく。

いまだに心臓がドキドキしていて、体が火照っているはずなのに手足から冷えてきている気がした。

（湯浴みをした方がいいのかしら）

目を閉じて考えているうちに、マレーネはクッションに顔を埋めたまま気を失ってしまった。

「お嬢様？」

ティアの声が聞こえたが、とても小さい声で遠くから話しかけられているように思えた。

返事をしようと口を開いたが、マレーネの喉からは何の声も出なかった。

第六章　暴かれた真実

唇に温かく柔らかなものが当たっている。

——キスだ。

愛しい人からの口づけだと直感したマレーネは、微かに唇を動かして応えようとした。

「マレーネ!?」

とても遠くからリカルドの声が聞こえ、顔にポトリと温かい雫が滴った。

彼女の意識は深い場所にあり、リカルドの声に反応して覚醒するのに、とてつもない精神力を要した。

それでもリカルドに応えないと、と思い、マレーネは渾身《こんしん》の力で目蓋《まぶた》を開いた。

「マレーネ！」

今度は先ほどよりも近い場所でリカルドの声がし、彼が額に口づけたのが分かる。

「リカ………さ……」

「リカルド様」と返事をしたはずなのに、マレーネの声は小さくかすれ、きちんとした言葉にならなかった。

「五日間眠っていたんだ。まず水を飲め」

（五日？）

信じられない思いのまま、マレーネはリカルドに抱き起こされ、吸い飲みから水を飲ませられた。

周囲を見ると、寝室内には涙ぐんだティアと侍医がいる。

続き部屋からはメイドたちが顔を覗かせていた。

「マレーネ、良かった……。もう、目を覚まさないかと思った」

リカルドは髪をクシャクシャにし、その頬や顎には無精髭《ひげ》が生えていた。

彼の様子を見て、マレーネはこの五日間リカルドが付きっきりになってくれていたのを知る。彼の頬は涙に濡れていて、死んでしまいそうなほど疲弊しているのが分かった。

「……泣かないで」

マレーネは精一杯微笑み、リカルドの髪を手で梳《す》く。

彼女の手が頬の髭を撫でたのに気づき、リカルドが苦笑いした。

「せっかく愛しい女性を目の前にしているのに、こんなくたびれた格好では駄目だな」

自嘲的に笑い、リカルドは息をつく。

「君の隣にいるのに相応しい姿に整えてくる。目覚めたとはいえ、まだ眠っていたほうがいい。すぐ近くにいるから、マレーネはゆっくり休んでくれ」

「はい」

返事をしたあと、リカルドが側にいてくれると知ったマレーネは、安心してまた眠ってしまった。


翌日の午前中に目覚めたマレーネは、メイドたちによって身を清められ、まだふらつくもののリカルドと共に朝食の席についた。

「君の侍女から倒れたと聞いて、生きた心地がしなかった」

「私、倒れた自覚がありませんでした」

リカルドには普通にパンや肉類などの食事が用意されているが、マレーネには野菜を柔らかく煮たスープが出された。

ホットミルクと共にゆっくり食事をしていると、体が温まり活力を得てくるのが分かる。

何気ない会話ができるのをこの上ない幸せだと思い、マレーネは久しぶりに心からの笑みを浮かべて楽しいひとときを過ごした。


ティアがお茶を淹れてくれたあと、使用人たちは気を利かせて下がってくれた。

二人きりになり、マレーネはリカルドの膝の上にのせられ、たっぷりと甘いキスを受けていた。

「……ん、……ん、ぅ」

何度も唇がついばまれ、その柔らかく温かい感触に全身を巡る血潮が熱くなってゆく。ヌル……と口内を舌で舐められると、体の奥からゾクゾクとした愉悦がこみ上げる。

「すっかり蕩《とろ》けた顔になって……。可愛い」

リカルドがアイスブルーの目を細め、愛しげに笑う。

額、頬、唇にとキスをされた頃には、マレーネは幸せに包まれて彼に身を任せていた。

「体調を崩す理由は思い当たるか？　風邪とか……」

「いえ。以前も申し上げましたが、もとからの体の弱さによるものと思います。少し……その、無茶をしてしまったので、極度の緊張と不安で……」

神殿に忍び込んだ事をポロリと口に出すと、リカルドがマレーネの顎をキュッと掴んだ。

「マレーネ、少しその話を詳しく聞こうか」

にっこり笑われ、マレーネは自分が墓穴を掘ってしまったとすぐ反省したのだった。


「はぁ……っ、は、――ぁ、あ……っ」

チュプ……とマレーネの蜜壷から指が引き抜かれる。

長椅子の上にいるマレーネは、ドレスの上半身はそのまま、スカートを大きく捲《まく》り上げられドロワーズを下ろされた状態でリカルドに執拗に攻められた。

「ごめんなさい」と何度も謝り、数え切れないほど絶頂したあと、ようやく許してもらえた。

「これに懲りたなら、もう一人で危険な真似をしないように」

「ぁ……、ふぁい……」

返事をする声も蕩けたマレーネは、絶頂が過ぎ去ったあとも体を満たす幸福感に目を閉じた。

「ん……」

リカルドは愛蜜に濡れた指を舐めたあと、マレーネを抱き上げて寝室に向かう。

ベッドの上に横たえられ、マレーネはうっとりとリカルドを見上げる。

「病み上がりだというのに、手荒な事をしてすまない」

「いえ。リカルド様に愛されるのは、とても嬉しいです」

微笑んだマレーネに笑い返し、リカルドは優しいキスをする。

「それで、持ってきた紙というのはあるか？」

「あ……。そうですね。最後にコルセットに挟んだのですが……」

そのあと倒れて五日間寝てしまった。恐らく着替えはティアがしてくれたのだろう。

侍女を呼ぶと、すぐにやってきた。そして胸元に入れていた小袋の話をすると、「ベッドサイドの引き出しにしまいました」と言って取り出してくれた。

「ありがとう」

ティアに礼を言い、マレーネはリカルドに折り畳んだ紙片を渡す。

彼は丁寧に皺を伸ばし神託の紙を見たが、難しい顔をして呟く。

「これは神殿で使われている神聖文字だな。高位の神官、巫女にしか教えられない文字だ。仮初めの巫女は勿論教わらない」

「そうですね。ではやはり、信頼できる神殿の方に読んで頂くしか……」

「それなのだが、一週間前、病床に臥していた大神官が目覚めたという知らせを聞いた。彼の容態が落ち着いたら見舞いに行くつもりだったのだが……」

「私が倒れてしまい、付き添いに……。す、すみません」

「いや、問題ない。大神官も一週間も時間を作ったのだから、普通に会話ができるまでに回復しただろう」

彼の話を聞き、これから自分が取るべき行動が分かった。

「それでは、落ち着いたら大神官様のもとへご一緒してもいいですか？」

「そうしよう。神託の紙は君に責任が及ばないよう、俺が入手した事にする。大神官に先に読んでもらい、確認後、神託がねじ曲げられていた場合、他の者も呼んで真実を発表したい」

マレーネは覚悟を決めて頷く。

けれど一抹の不安もあった。

「……私は自分こそがリカルド様の妻になる存在だと、思い上がっていました。ですから今回のように、リカルド様のお手伝いと称して自分の欲望のために危険な真似も冒しました」

リカルドの手を握り、マレーネは心の内を吐露する。

「ですが、本当にエリス様が神託のお相手なのだとしたら、私はきっぱりと諦めます」

彼女の言葉を聞き、リカルドの目が揺れる。

そんな彼に、マレーネは懸命に笑ってみせた。

「今さら他の男性に嫁ぐなど、できません。影嫁でも愛妾でもいいので、リカルド様のお側にいたい。これはもう、すでに決めている事です」

「……分かった。俺も万が一の事は覚悟しよう。だが必ず最善を尽くし、君がつらい思いをしないよう努力する」

「はい」

二人は微笑み合い、また優しいキスを交わした。

リカルドはもう一晩離宮に泊まった翌朝、中央宮殿に戻っていった。

マレーネのもとに「儀式ではなく、大神官の話を聞くために、家族と共に神殿に来るように」という手紙が来たのは、さらに一週間後の事だった。

＊＊

普通のドレスを着て神殿に向かうのは、十歳の時以来だ。

妙な気持ちになりながら、マレーネは両親と共に神殿域に続く門をくぐった。

巫女に先導されて奥にある大神官が住まう建物に赴くと、すでに応接室にリカルドと、なぜかブライアンが座っていた。

間もなくしてエリスと彼女の両親も室内に入ってくる。

アグティット家のダグラスは、にこやかにマレーネの父ウォルレッド、そしてブライアンに挨拶をしていた。

マレーネもエリスから話し掛けられる。

「倒れたと窺いましたが、大丈夫ですか?」

「ええ、ご心配をお掛けしてすみません。もう平気です」

そう答えるとエリスは安心したように微笑んだ。

(けれど、エリス様も具合が悪そうに思えるわ。大丈夫なのかしら……)

彼女の体調を気遣おうとした時、ドアが開き、側仕えの神官に支えられて大神官が杖《つえ》をつき歩いてくる。

その後ろからは顔に痣を作ったグァハナも現れた。

(あの時、私を助けてくれた神官に殴られた……)

ギクリとしたマレーネは、痛々しい姿を見て罪悪感を覚える。

大神官が現れたのを見てリカルドが立ち上がったので、他の者も続いて立つ。

白い髪と髭をたくわえた大神官ルガラは、大儀そうに長椅子に腰掛けて息をついてから、これだけの移動でうっすら掻いた汗をハンカチで拭う。

「今日は皆さん、お集まり頂きありがとうございます」

それぞれ自己紹介と簡単な挨拶をした頃になって、全員の前にお茶がだされる。

ルガラはテーブルの上にある組み木細工の箱から、薬包紙を取り出すとそれをサラサラと紅茶に入れてスプーンで混ぜる。

その薬包紙の形と粉の匂いに、マレーネは目を丸くする。

「……私、大神官様がお茶に入れられた粉と、同じ物を知っています」

「どういう事だ？」

リカルドがすぐに反応し、大神官にお茶を飲まないよう手で指示する。

「同じ粉をダグラス様から頂きました。『グァハナ様からの言伝により、影嫁は清らかな体でいなければならないので、神聖なびわから作ったこの粉を飲むように』と指示を受けました。実質的な意味はないけれど、昔の影嫁も飲んでいたので慣習に従って……と」

「横から口を出してすまないが、私もダグラス殿や他の者に、この香りがするお茶を出された事がある。『いま流行している物だ』と言われて……」

そう言ったのは、マレーネの父のウォルレッドだ。

二人の言葉を聞き、室内に緊張が走った。

まさか父もこのお茶を飲んでいたとは思わないマレーネは、良くない予感に冷や汗を掻く。

「マレーネ、今一度匂いを確認してくれ」

リカルドは大神官に「失礼」と断りを入れ、箱から薬包紙を取り出すとマレーネに匂いを嗅がせる。

マレーネは白い紙の上にのった粉に顔を近付け、匂いを確認する。

砂糖とはまた異なった、アーモンドにも似た独特の甘さを感じ、確信する。

「同じです」

しっかり頷いたマレーネに、リカルドは真剣な顔で尋ねてくる。

「君と大神官様、そしてリージェット侯も同じ粉を飲んでいる。そして三人が体調を崩している共通点に、嫌な予感しかない。マレーネ、君はいま同じ粉を飲み続けているか？」

チラリとグァハナとダグラスを盗み見すると、彼らは強張った顔をしていた。

「いいえ。……その。頂いたあと数日は飲んでいたのですが……」

この流れでエリスに渡してしまったと言っていいのか分からず、マレーネは言葉を濁らせる。

――と、エリスが覚悟を決めたように顔を上げ、口を開いた。

「私が飲んでおります」

ハッキリと言った彼女に初めに反応したのは、ダグラスだった。

「何だって⁉」

父から咎められた事に驚き、エリスは目を丸くしてダグラスを見る。

「マレーネ様、なぜご自身のお役目を果たさなかったのです！　影嫁が飲むべき物を正妃になるエリスに飲ませるなど……！」

　明らかに何かある様子のダグラスに抵抗したのは、エリスだった。

「私が自ら飲むと申し上げたのです！　神託が発表される前から、マレーネ様は陛下と婚約されていました。そんなお二人を引き裂いたのは私です。ですから私は、彼女に何かして差し上げたいと思っていたのです。無害な粉なら私が飲んでも構わないでしょう？」

　大人しく受動的なエリスに反論されると思わなかったのか、ダグラスは言葉を詰まらせる。

　彼女は以前に侍女の不始末で叱られてから、何かに目覚めたように感じられた。

「それともマレーネ様は良くて、娘の私が飲んではいけない〝理由〟があるのですか？」

　疑いの目を向けられて、ダグラスは引きつった笑みを浮かべる。

「そんな事、ある訳がないだろう」

「そうです。皆さん考えすぎです。その粉は神殿のびわの葉から採れた、聖なる粉です。無害であり、誰が口にしても問題ありません。祝福を与えたいと思う方に、神殿がお分けする事はたまにあります」

　グァハナもダグラスに加勢し、ひりついた空気を和ませようと笑いかける。

「卿らの言う通りだな」

　リカルドが頷くと、ブライアンが小箱に入っていた薬包紙をすべて開け、自分の前にあったお茶に粉を入れて掻き混ぜた。

強張った顔で見ているダグラスとグァハナに、ブライアンはティーカップを押しやった。

「問題ないのなら、どちらかに飲んでもらいましょう」

ダグラスとグァハナは、強ばった顔でお互いを窺っている。

リカルドは笑みを浮かべ、ティーカップを持つと二人に勧めた。

「どうした？　体に何も害がないのだろう？」

凄みすら感じさせる笑顔を見せたあと、リカルドはガチャンッと音を立ててティーカップをソーサーに戻した。

「自分で飲めない物を、他人に飲ませるな！」

リカルドが一喝すると、周囲の空気がビリビリッと震えたように思えた。

病床に臥していたはずのルガラも、厳しい目でグァハナとダグラスを見ている。

沈黙が落ち、誰も何も言わず、お茶には決して手を伸ばさない。

「神殿にはびわの木が沢山植えられているな」

やがてリカルドが口を開き、ルガラが頷く。

「陛下もご存知の通り、ジャムやお茶などを皆に振る舞わせていただき、資金源としています。また、治療薬にも使っています」

「実や葉を加工するなら問題ない。……だが、種は別だな？」

リカルドの言った事をマレーネは理解できなかった。

が、ダグラスとグァハナは顔色を変え、身を強張らせている。

答えない二人の代わりに、ブライアンが口を開いた。

「びわの種には毒があります。少量では大した毒にはなりませんが、多量に服用、または長期にわたって摂取すると、体に害をなします」

詳しい説明を聞き、マレーネはブライアンが毒に精通しているという噂を思いだした。

「この粉がびわの種から作られたものなら、神殿で毒草の栽培はしない、またすでに栽培している植物の、毒になる部分は使用しないという取り決めに反している」

リカルドは低く淡々とした声で言い、ダグラスをジロリと見た。

「最近、俺の側近が相次いで体調を崩している。リージェット侯も言っていたが、彼らに話を聞くと、皆一様に〝特徴的な香りの茶や菓子〟の話をしていた。甘い匂いだから彼らもさして警戒していなかったようだ」

マレーネは父の体調が心配で、チラリと横を見る。

だが自らの足で神殿まで来た姿を思うと、大神官ほどの量は摂取していないのかもしれない。

「ジャスミン茶に用いられるジャスミンは無害だ。しかしカロライナジャスミンのように、美しい花として園芸では好まれていても、その蜜や根を口にすれば毒となる植物もある。同じ名前で食用の物があるなら『悪い物のはずがない』と思うだろう。そこを突かれ、『びわの葉の粉』と言われて種の粉末を飲まされ、体調を崩していった」

リカルドの静かな声は、まるで二人の喉元にヒタリと刃を当てているようだ。

少しでも抵抗すれば斬ると言わんばかりの迫力がある。

落ち着いた声音ではあるが、相手をまっすぐ見据え、この場から逃がしてなるものかという雰囲気を発している。

リカルドが二人を糾弾している間、マレーネは知らなかったとはいえ、エリスに毒を飲ませてしまっていた事実に、蒼白《そうはく》になり震えていた。

（どうしよう……。私の我が儘がエリス様の命を蝕んでいただなんて……）

膝の上にのせている手がブルブルと震え、止まってくれない。

――が、その手をリカルドの大きく温かな手が、しっかりと握ってきた。

ハッとして顔を上げると、彼がこちらを見て頷いてみせたところだ。

「大丈夫だ」と言っているのが分かり、マレーネは唇を引き結び深呼吸をする。

（リカルド様が長い下調べののちに、事を解決されようとしている。エリス様だってあんなに勇気を出された。怯えてなんかいられない）

ぐっとお腹の奥に力を入れ、マレーネは背筋を伸ばして座り直した。

彼女の様子を見て、リカルドは微かに微笑んだように思えた。

「アグティット侯とグァハナについては、追って別室で取り調べを受けてもらう」

リカルドがキッパリと言い放つ。

ダグラスは娘と妻に向けて「違うんだ」と言い訳をし、グァハナは彼を冷静な目で見つめているエルレーネに向けて絶望した顔をする。

マレーネはエリスに謝罪した。

「エリス様、申し訳ございません！　私があの甘い匂いが嫌だと言ったばかりに……っ」

涙を零すマレーネに、エリスは一点の曇りもない笑みを浮かべた。

「お気になさらないでください。こんな私でもマレーネ様のお役に立て……」

「そうだ！　お前が悪いんだ！」

エリスの言葉を遮り、ヒステリックな声で叫んだのはダグラスだ。

「お前さえいなければ、うちの娘が神託の乙女として陛下の妻になっていたんだ！　びわの種茶を大人しく飲んでいれば、神罰がくだる前に緩やかに死んでいたものを！」

マレーネに向かって「死ねばいい」と公言した言葉に、聞き捨てならないと父のウォルレッドが立ち上がる。

夫の腕に手を添えて熱くならないようにと制し、エルレーネも立ち上がった。

そして二人を見据えて言い放つ。

「かつて若かりし日は、グァハナ様もダグラス様も純粋な夢を胸に抱き、志を高く持っていたお方だったのでしょう。ですがお二人とも宮中の毒に取り込まれ、己の野心のために大切なものを捨ててしまわれた。私はリージェット侯爵夫人として、お二人を許しません」

毅然と言い放ったエルレーネの言葉に、グァハナの表情が大きく歪む。

「君は……っ」

その瞳に映っていたのは、かつて自分に純粋な憧憬を向けていた少女だったのだろうか。隣に立つ金髪の男性――ウォルレッドの事も、自分から大切なものを奪っていく憎い男とずっと思っていたのだろう。

グァハナは今にも泣きそうな表情をし、唇を震わせる。

「私はずっと清らかな気持ちであなたを想っていた！　あなたは私の気持ちを分かっていながら、弄び、外へ出たあと他の男と結婚しただろう！　時が経ち、陛下が懇意にされているいる娘がいると聞けば、若い頃のあなたそっくりのマレーネがいた……！　そして陛下はリージェット侯と似た金髪で……っ」

グァハナは自身の髪を両手で掻き回し、喉から怨嗟《えんさ》を迸らせた。

「私からすべてを奪ったお前たちに……っ、復讐してやりたかった！　お前も、お前の娘も、幸せにさせてなるものか‼」

叫んだあと手を伸ばしエルレーネに摑み掛かろうとしたグァハナを、瞬時に立ち上がったブライアンが取り押さえ、腕を後ろにねじり上げた。

「ぐぅっ！」

痛みに呻いたグァハナは、涙を流しながらエルレーネとウォルレッドを睨む。

かつて自分の母に失恋した神官が愛憎に堕ちた姿を、マレーネは震えながらも、しかと見据える。

娘の肩に手を置き、エルレーネはなおも言った。

「恨みたければ私を恨んでください。夫も娘も、何も関係ありません」

決然としたエルレーネの言葉に、脱力したグァハナはもう言い返さなかった。

「痴情のもつれでマレーネに悪しき心を持っていたのは理解した。それで、これをマレーネとルガラに飲ませ、衰弱死するよう仕向けたのだな？」

そう言ってリカルドが懐から取りだしたのは、粉末の入った色つきの小瓶だ。

小瓶を見て、グァハナとダグラスがギクリと表情を強張らせた。

「意外そうな顔だな？　これは神殿の奥に幾つも隠されていた物だから仕方あるまい」

「ど……っ、どうして……っ」

動揺したグァハナはそう言ってから、何かに気付いた顔をした。

抵抗する意思を失ったグァハナの体を離し、ブライアンが淡々と答える。

「先日、陛下と共に、神官の装束を借りて神殿に侵入させてもらいました」

（あの時の……！　リカルド様とブライアン様だったの？）

驚きを感じつつ、マレーネは二人が自分の事を伏せてくれているのに、心の中で感謝した。

仲が悪そうだと思っていた二人が、裏で結託していた事に驚きながらも、マレーネはなおもエリスに対する罪悪感に苛まれる。

感情が高ぶった彼女は、体を強張らせて手汗を掻き、ドレスのスカートを揉む。

全身からフツフツと汗が噴き出す一方で、貧血になったかのように頭から血の気が引いてくる。

（しっかりしなければ）

自分の唇を嚙み、マレーネは己を叱咤する。

「皇帝を頂点とする帝国議会、裁判所と神殿は、それぞれ不可侵の立場ではある。たとえ皇帝であっても独断でお前たちを処分することはできない。だが疑われるべき事をした場合、第三者により厳正なる調査を受けることになっているのは、貴殿も知っているはずだ」

リカルドの言葉に、グァハナが抗う。

「で……っ、では、きちんと書状を出して頂かなければ……っ、こ、こんな強盗まがいの行為で証拠を立てるなど、困ります！」

「そんな悠長な事をしていたら、お前たちは証拠を隠すだろう」

冷徹に言い放ち、リカルドは瓶をコン、とテーブルの上に置く。

ブライアンが瓶の蓋を開け、匂いを確認した。

「これは大神官殿とマレーネ様が飲まされていた物と同じ粉です。そしてこの瓶は、神殿奥の薬品庫の隠し扉の奥にしまわれてありました。そこには貴族の間で密かに流行しているという、幻覚、興奮作用のある禁断の植物などを乾燥した物も確認しました。私がこの目で確認したからには、言い逃れはできませんよ」

ブライアンはグレーの目でグァハナを睨み、低い声で告げる。

彼は冷や汗を搔き、俯いて視線を泳がせていた。

リカルドが口を開く。

「そしてダグラス。お前の周辺でも、政敵になる貴族たちが謎の体調不良を訴え、議会を休んでいるな。さらにお前は近年羽振りが良く、周囲を固める貴族たちから金品や宝石などを受け取っているという報告も聞いている。麻薬でさぞ儲けているのだろう」

ダグラスは目をギョロリと見開き、強張った表情で懸命に愛想笑いを浮かべようとしている。

「お前たちは私利私欲のために結託している。ダグラスは自分の娘を皇帝の妻にし、自分の地位を盤石なものにしたかったのだろう。そして貴族たちから受け取った金の一部をグァハナに流した。見返りにグァハナは何をした？　……恐らく、エリスこそが神が選んだ皇帝の花嫁だと、偽りの神託を捏造《ねつぞう》したのではないか？」

マレーネは黙って座ったまま、事の成り行きを見守る。

ブライアンは二人を見据えたまま、淡々と言う。

「あの日、アグティット侯は神殿に入りグァハナと密会していた。そのとき私は自分の耳で、卿らの会話を聞いていた」

決定的な言葉を言われ、グァハナとダグラスの表情に絶望が宿る。

「『邪魔者のマレーネが死ねば、うちの娘が産んだ子が次期皇帝、もしくは皇女となる』『その時はぜひ、老いぼれの代わりに、私を次の大神官として強く推してください』こんな会話をしていたな？」

リカルドは「マレーネが死ねば」という言葉に、憤怒の表情を浮かべている。

「ここに、神託の原本もある」

リカルドは懐から折り畳まれた紙を出し、丁寧に皺を伸ばすと大神官に渡した。

「ルガラ殿、読んでいただけるか？　あなたなら忖度なく本物の神託を読み取る事ができるだろう」

大神官は眼鏡をかけ、紙に視線を落とした。

彼は眼鏡の奥で目を細め、読みづらい字を解読していく。

「侯爵家、は特にハッキリ書いてあります。だがこれをアグティット家と読むには無理がありますな。頭文字を大きく丸く書いて癖をつけ、残る綴りを読みづらく書いたとしても、どう見てもこれはリージェット家とあります」

マレーネの心臓が、ドクン、と高鳴る。

緊張して呼吸を震わせるマレーネの手を、リカルドが握ってきた。

「神聖帝国歴七百七十……これは二ですな。〇ではありません。七百七十二年生まれの、八の月二十四日生まれの乙女」

大神官が自分の誕生日を口にし、マレーネは緊張と喜びとで体の震えが止まらなくなった。

「青き目に、暗き……、あぁ、これは〝輝き〟を意味する言葉が使われていますが、後ろの言葉と合わせますと、金髪を意味しません。〝輝くような黒髪〟として汲み取るべき部分で、〝暗い金髪〟と捉えるのは間違いです」

大神官はさすが年の功というべく、スラスラと神聖文字を解読していく。

「この乙女との間に子をなせば、帝国はより強く賢い皇帝のもと繁栄していくでしょう。逆に神が選んだ乙女と結ばれなかった場合、乙女は神への供物として捧げられる……」

そのあとも大神官は頷きながら文章を読んでいき、微笑んで顔を上げた。

「神託の言葉を書いたこの紙は本物です。そしてお告げの女性は、リージェット家のマレーネ様になります」

ルガラの優しい眼差しを受け、マレーネはこみ上げる涙を我慢できなかった。

「あぁ……っ」

目の奥が熱くなり、大粒の涙が次から次に溢れてくる。

「マレーネ……っ」

隣にいるリカルドが抱き締め、母が後ろから背中を撫でてくれる。

「やはり君が俺の運命だった……！」

リカルドも声を震わせ、潤んでいるように見える目でマレーネを見つめてから、人目を憚らずキスをしてきた。

「ん……っ」

いつもなら恥ずかしさが先立ってしまうが、今はただただ、嬉しい。

マレーネは両手をリカルドの背中にまわし、幸福に浸りきって彼の唇を受けていた。

あまりの喜びに、頭がクラクラしている。

キスが終わったあと、リカルドはマレーネの肩を抱いたまま、表情を引き締めてグァハナとダグラスに告げる。

「お前たちが私利私欲により、神託をでっち上げた罪は重い。神の言葉を、人の都合によりねじ曲げるのは重罪に値する。結果により皇妃となる女性が死ぬかもしれなかったというのに、見て見ぬ振りをするとは、聖職者にあるまじき行為、それを容認するのは宰相として失格だ」

厳しい声で言い放ったあと、リカルドは部屋に控えていた騎士たちに視線を向けた。

「二人を連れていけ」

悄然としたグァハナとダグラスは、騎士たちに左右を囲まれ部屋を出ていく。

グァハナはチラリとエルレーネの顔を見たが、母は背筋を伸ばし、凜とした表情でかつて憧れた神官を見送った。

(良かった……。これで私はリカルド様と……)

安堵しようと思ったが、ハッとエリスの存在を思いだし、マレーネはリカルドに向き直って座った。

「陛下。もしも私の我が儘が許されるのでしたら、どうか何もご存知なかったエリス様は罪に問われませんよう、お願いしたく存じ上げます」

皇帝であるリカルドに深く頭を下げ、マレーネはエリスの無事を願う。

現段階ではエリスの母がどれだけ事情を知っていたかは分からない。

しかしエリス自身はダグラスの悪巧みを何も知らず、ただ利用されていただけだと判明している。

父親が罪を犯したからといって、その娘であるエリスまで責められるのだけは避けたい。

そう思ってマレーネは反射的に頭を下げていた。

が、その肩にポンと手が置かれる。

恐る恐る顔を上げると、リカルドはそれまでの厳しい表情とはうってかわって、いつも通り優しい顔をしていた。

「それについては、心配する事はない。君が主張するように、エリス自身には何の罪もない。だから安心していい」

「ありがとうございます……！」

安堵した途端、頭がボーッとして急に体の力が抜けてきた。

――これでリカルド様と結婚でき、彼を愛しても許される。

――あとでエリス様にきちんと謝らなければ。

――応援し、心配してくれた家族やティアにも改めてお礼を言いたい。

――母に恋をしたグァハナ様、娘をより良い男性に嫁がせたかったダグラス様の気持ちも、分からないでもない。

様々な事を次々に考えながら、マレーネは頭からスゥッと熱が引いたように感じたあと、グラリと倒れた。

ガシャーンッ！　とティーカップが跳ね、または床に転がり落ちる音がする。

「マレーネ!?」

リカルドの声がし、優しく抱き起こされるのが分かった。

家族やエリス、ブライアン、大神官たちも動揺した声をだしている。

が、マレーネは指一本動かす事もできないでいた。

第七章　神託の乙女は運命の皇帝に愛される

「具合が悪い時にすまない。どうすべきだ？」

顔を青ざめさせぐったりとしたマレーネを抱きかかえ、リカルドは大神官に尋ねる。

「本来なら神託が出たあと、すぐ結婚式を行い、神の御前で誓いを述べていれば、ここまで衰弱する事もなかったのでしょう」

「影嫁として二度行っていた儀式は、意味がなかったのか？」

「何もしなかったよりは、ずっとマシです。グァハナはエリス様との結婚式までに四か月を見込んでいたようですが、契りの儀式を満月に行わなければいけない理由はありません。あの粉を飲ませ三か月放置すれば、マレーネ様は衰弱していきます。同時に、リカルド様と結ばれない事によっての衰弱も加わります。……残酷な話、そうなればマレーネ様にお子が宿ったとしても、母体ごと葬れますから」

「…………っ！」

あまりに残虐な計画に、リカルドは歯ぎしりをする。

加えて神託に疑いを持っていたとはいえ、マレーネを危険な目に晒していた自分の間抜けさに腹が立つ。

「今すべきなのは、ヴァイス神像の前でマレーネ様を愛していると告げ、証を見せる事でしょう。そして一刻も早く、結婚式の準備をするのです」

大神官に言われ、リカルドはマレーネを抱いて立ち上がった。

「すぐに儀式の準備をしてくれ！」

リカルドの声を聞き、神官たちが動き出す。

「緊急事態とはいえ、儀式には清らかな身で臨んでいただきます。陛下もマレーネ様も、一度身を清めて頂かなければなりません」

「………分かった」

「陛下、私は……」

自分も何かできないかと訴えるエリスに、リカルドは微笑みかける。

「君はマレーネの侍女に、彼女が離宮に戻ったら心地よく休めるよう、ベッドを整えておいてほしいと伝えてくれ」

「分かりました！」

エリスは役目を与えられ、ハキハキとした声で返事をする。

その後すぐ、リカルドはマレーネを清めの拝殿まで運び、巫女に彼女を任せた。

やきもきしながらも自分も禊を受け、全身に聖油を塗られる。

そしてあの衣を纏ったあとは、他の者にマレーネを触れさせるのは嫌だからと、彼女を迎えに行き、抱き上げて儀式の神殿に急いだ。

神官や巫女たちの歌が響くなか、リカルドは瞳に強い怒りを宿してそびえ立つヴァイス神の像を睨んでいた。

腕の中にはぐったりとしているマレーネがいる。

今回はもう、エリスもいない。

マレーネが望んだ本来あるべき状況だというのに、肝心の彼女は死にかけている。

(彼女は俺のものだ。神であっても、くれてやるつもりはない)

リカルドはアイスブルーの瞳にギラギラとした光を宿し、歌が終わるまでマレーネをきつく抱き締めていた。

あの甘ったるい香が焚かれても、マレーネは何も反応しない。

彼女がいなければこの儀式も意味がないのに、形だけ整えようとするのが馬鹿らしく思える。

媚薬の入ったワインを飲み、マレーネには指をワインで濡らし彼女の唇に塗るに留めた。

とても長く感じられた歌が終わり、補佐神官に体を支えられたルガラがリカルドに問いかけをする。

責めるような口調だったグァハナとは違い、ルガラの問いはとても優しい。

「それでは、全能の神に運命の男女が愛し合う姿をお見せください」

大神官が告げ、神官、巫女ともに一礼をしてから神殿を出てゆく。

誰もいなくなった神殿で、リカルドはマレーネの体をマットレスの上に横たえ、彼女にキスをした。

まっすぐな黒髪を撫でつけ、青白くなってもなお美しい顔に見入り、頬を撫でる。

「君を愛してる」

心からの気持ちを告げ、切なげに微笑みかけてリカルドは衣を脱いだ。

等間隔に置かれた松明や篝火の灯りを受け、マレーネの女神のような美貌に陰影ができる。

（結婚式までもってくれ）

彼女の衣を脱がせると、重たげな乳房やなだらかな腹部、小さくへこんだへそに、括れた腰、スラリとした脚が露わになる。

こんな時だというのに、マレーネの美しさに感動し、讃美《さんび》の言葉を送りたくなる自分がいた。

「初めて出会った時の事を覚えているか？」

マレーネの手の甲に恭しくキスをし、リカルドは彼女の唇にも丁寧に口づけした。

「生まれつき体が弱いと言っていたのは、俺と出会い結ばれる前だったからだろう。だとすれば、すべての符号が合う」

両手でマレーネの乳房を揉み、指先を柔肉に食い込ませる。薄い色の乳首を何度も撫でていると、やがてそこがプクリと凝り立った。

「君は俺のために生まれた女性だった。出会った時、あれだけの天啓があったのに、偽の神託に惑わされてすまない」

香油を塗られ艶やかに光る肌に、リカルドは唇をつけてゆく。

「もうよそ見をしない。君だけを見る……っ。——だから……っ」

マレーネの肌に、ポタッとリカルドの涙が滴る。

「また笑顔を見せてくれ。君を堂々と愛せるようになれても、君の声や反応がないと、何の意味もないんだ……っ」

泣きながら、リカルドはマレーネに微笑みかける。

至上の美を集めたと思える彼女の裸体を前にしても、リカルドの男性器はピクリとも反応していなかった。

儀式として抱かなければ、マレーネは死んでしまう。

分かっているのに、目の前で彼女が死にかけている事実に打ちのめされ、性的興奮を得られないでいた。

「マレーネ……っ」

次から次に涙が溢れ、彼女の肌を濡らしてゆく。

一糸まとわぬ姿でいるからか、とても心許なく、巨大な神像の前でマレーネと二人、神に断罪されるのを待っているかのようだ。

このまま彼女に死が与えられるのを、指を咥えて待つしかないのか――。

「…………っ」

この上なく情けない気持ちで、リカルドは潤滑剤を手に取り自身の屹立をしごき始めた。

だが愛しい女性の体を前にしても、彼の男性器は反応しない。

「くそ……っ！」

マットレスに拳を叩きつけ、リカルドが吠《ほ》える。

そしてマレーネを抱き締め、泣き濡れた目でヴァイス神像を見上げた。

「無理矢理にでも勃起させて、彼女を貫けば満足なのか⁉　違うだろう⁉」

巨大な神像は松明や篝火の明かりによる影が揺れ、不気味に見える。

「……っ、数多くの女神や妖精と契り、多くの子をもうけたから、お前は妻であるエロイーズの怒りを買い、真実の愛を捧げるために心臓を取りだしたんだろう⁉　ただの肉欲を求めている訳ではないはずだ！」

その逸話に則り、ティグリシア神聖帝国の結婚式では、新郎新婦が赤く熟れた林檎《りんご》を囓《かじ》る事になっている。

こうして婚前に三度の交わりをする儀式があるのも、ヴァイス神とエロイーズ神の代理である二人が、気持ちを確かめ合うためのものだ。

ヴァイス神が妻に気持ちを伝え、妻が夫に返事をする。

そして三度目の儀式には、想いを通じ合わせた二人がその愛を周囲に知らしめる。

「……っ、恋も、結婚も、――俺一人ではできない……っ」

細められた目から、熱い涙が次々に零れる。

両腕に抱いているマレーネの体はいつもより体温が低く、彼女が死に近付いているのだと思い知らせてくる。

魂が引きちぎられそうな喪失感を抱きながら、リカルドはマレーネの頬を何度も撫でた。

「君がいないと駄目なんだ……っ。君と、結婚したいと思ってこの三年……っ」

こみ上げた涙が、リカルドの頬を濡らす。

三年前にマレーネに出会った時、冗談や比喩ではなく世界が輝いたように思えた。

雨上がりのしっとりとした森の呼吸や、そこに息づく小動物や小鳥たちの気配、そして木の葉から滴る雨の雫すら、鮮明に感じられた。

陽光が木々の葉の隙間から差し込み、自分とマレーネの出会いを運命的に照らしだしたとも思った。

自分を見つめるマレーネの青い瞳は吸い込まれそうな魅力があり、抗いがたい力でもってリカルドに特別を知らしめてきた。

美しい女は幾らでも見てきた。

そんな中、マレーネを見た瞬間、この世にこれ以上の美姫はいないと魂が理解したのだ。

己の心が震え、自分にとっての至上の美を確信する。

外見だけでなく、見つめ合ったあの一瞬で、彼女の清らかな心や自分と共鳴する魂の震えすら分かる気がした。

——俺の女だ。

あれだけ強く何かを確信した事はない。

「神がくれた……、人生で最高の贈り物だと思ったんだ……っ。与えておいて、満足に愛せてもいないのに、奪わないでくれ‼」

マレーネを抱き締めたまま、リカルドはそびえ立つ神像に向けて叫んだ。

彼の声が高い天井に反響する。

それが消える頃、リカルドは涙を纏った目を細め、懸命にマレーネに微笑みかけた。

「……君に永遠の愛を誓う。この肉体が滅んで魂だけになっても、ずっと」

吐息を震わせて不器用に笑ったあと、リカルドは想いを込めてマレーネにキスをした。

＊＊

意識の波間をたゆたっているマレーネは、十歳の記憶を思いだしていた。

とっておきのドレスを着て、彼女は母に連れられて初めて神殿に入った。

神殿は特別な所という意識が強く、そこで神に仕えている神官、巫女の事も人にはない特別な力を持った凄い人と思っていた。

それもあって、母が〝適正〟を得て仮初めの巫女になった話に、マレーネは強い憧れを持っていた。

仮初めの巫女になったか否かで、貴族の令嬢を差別してはいけないとされている。

だから、仮に適正がなくても恥じる事はないと母は言っていた。

けれど仮初めの巫女は家に幸運と富をもたらすと言われているので、自分もそうであったらいいなと十歳のマレーネは思っていたのだ。

『〝適正〟があるって分かったら、皆と離ればなれで暮らさないといけないのね』

初めて入った神殿域の内側は、神話の世界そのものを再現したかのようだ。

周りをキョロキョロしながら、マレーネは自分の未来に期待して母に話し掛ける。

『そうね。でも仲間が大勢いるし、お世話をしてくださる神官や巫女も、とてもいい方々だから安心なさい』

十歳になる前から、母は娘が素質を持っていると確信しているようだった。

エルレーネは何度も〝夢〟を見ていたのだという。

だがマレーネは母が見た〝夢〟の内容を知らず、教えてもらえていなかった。

けれどエルレーネがそれとなくマレーネには適性があると言っていたからか、彼女はこの日を待ち侘びていた。

つれて行かれたのは神殿域の最奥部にある小さめの神殿で、そこには白い髭をたくわえた大神官のルガラがマレーネを待っていた。

目の前には大きな水盆があり、脇には手を清めるための小さな水盆があった。

大神官に挨拶をしたあと、マレーネは手を清め、大きな水盆に手を入れる。

『ふむ……』

ルガラは揺らめく水面をじっくりと見て、青い目をキラキラと輝かせる。

『これは……、実に数奇な運命を持ったお嬢さんですね』

マレーネは彼に何が見えているのか分からず、自分も水鏡を覗き込む。

その時の彼女には分からない事だったが、水鏡は何の力も持たない物が見れば、ただの水にしか思えないのだそうだ。

(不思議な水……)

水盆は一番深いところで三十センチメートルほどの物だが、深い所に黒い影ができ、さらにただの水とは思えない様々な色が入り交じっているように見えた。

よく目を凝らすと、水の中に何かの形が見える気がする。

マレーネは水鏡を凝視し、揺らめく水面から何かを見つけようとした。

過度なほどの集中力で水鏡を見つめ続けたあと、マレーネはようやくそれを見つけた。

『……あっ!』

実際の水鏡は微かな波紋しか立てていないのに、マレーネの目にはザプンザプンと波立っているように映っていた。

その中に、美しい男性の姿が見えたのだ。

背がスラリと高く、月と太陽を溶かし合わせたような髪の色をし、孤高の狼に似た目を持つ大人の男性だ。

そして彼の隣では、まっすぐで長い黒髪が印象的な、青い目の女性が白いドレスを着て笑っていた。

――あれは……。

マレーネはもっとよく見ようと、身を乗りだした。

『――いけない』

マレーネの力に影響されて水鏡が大きく変化していたのを、もちろんルガラもエルレーネも目の当たりにしていた。

黄金の階級の神官に匹敵するのではという力の片鱗を見せたマレーネは、あまりに集中しすぎ、生まれて初めて大きな力を使って昏倒してしまった。

『マレーネ！』

娘の体をエルレーネがとっさに支え、一緒に座り込む。

好奇心のまま、無意識に大きな力を使った彼女は、そのあと応接室の長椅子に寝かされた。

その後の事を、本来ならマレーネは眠っていて覚えていなかった。

だが不思議な力に覚醒した彼女は、無意識に〝覚えて〟いた。

マレーネが眠っている横で、大神官と母が話している。

『お嬢さんは思っている以上に強い力をお持ちです』

『私も素質はあると思っていましたが……、水鏡があんな風になるとは思いませんでした』

『これだけの力があると知れば、上位神官や巫女は彼女の力を欲しがるでしょう。正直、この力を研ぎ澄ませれば、現在の私など比べものにならない巫女姫となると思います』

『それほどとは……』

驚きを隠せないエルレーネに、ルガラは微笑みかける。

『私も類い稀な逸材だと思いますし、できるなら神殿に迎えたいと思います。ですが、リージェット家のご令嬢が神殿に身を捧げることは、ウォルレッド様も世間も望まないでしょう』

『そう……ですね』

マレーネは侯爵家の娘だ。仮初めの巫女として一時的に神殿に身を置いても、将来は外に出て貴族の男性と結婚する事を誰もが望んでいる。

『仮初めの巫女として神殿に入ったとしても、ただ行儀見習いをすればいいだけではありません。毎日の祈りが欠かさずあります。そしてその場に聖具が置かれているかもしれません。強すぎる力に聖具が反応すれば、周りの神官や巫女たちがマレーネ様のただならぬ力に気付くでしょう』

大神官の憂慮に、エルレーネは頷く。

『ですから、マレーネ様には適正はなかった事にしましょう』

彼の提案を聞き、エルレーネは視線を落とした。

『……そうするしかありませんね。マレーネは仮初めの巫女になりたいと、今日を楽しみにしていました。この子をガッカリさせてしまうかもしれませんが……』

そんな彼女に、大神官はにっこり微笑んでみせた。

『仮初めの巫女とは、貴族の婚姻のための箔付けです。マレーネ様のように本当の力を持つ方なら、箔付けなどしなくても結婚するお相手に幸福を授けられるでしょう』

『……そうですね。この子が持つ本当の力を信じます』

『それに、言ってしまえば神殿に入っていないからと言って、結婚を渋るような男性ならそれまでという事です』

ルガラは悪戯っぽく笑って『大神官がこう言っていたとは仰らないでくださいね』とつけ加えた。


そのようにして、マレーネは適正のない令嬢として育てられた。

真実は父のウォルレッドや口の堅いごく一部の親族には伝えられたが、マレーネを守るために皆彼女には普通に接した。

マレーネは神殿に入れず、自分に劣等感を抱いてしまうようになる。

夢の世界で忘れていた過去を思いだしたマレーネは、強く祈った。

——どうか私の愛する方を、幸せにしてください。

——私にまだ少しでも力が残っているのなら、残る命すべてでもって愛する人を幸せにしてあげたいんです……！

＊＊

眦《まなじり》からツゥ……と涙が零れ、それをやけに熱く感じた。

長い睫毛に涙を纏わせ、マレーネは数度瞬きをする。

そして自分が熱くしなやかな体に抱き締められているのを知った。

嗚咽を聞き、マレーネは重たい腕をもたげて彼の髪を撫でた。

「……泣かないで、リカルド様」

思ったよりも声が出なかったが、伝えたい事はしっかり届いたようだった。

「……っ、マレーネ！」

目を覚ました彼女を見て、リカルドがクシャリと表情を歪める。

唇を押しつけるだけのキスをしたあと、彼は確かめるようにマレーネの目を覗き込み、何度も頬を撫でてきた。

「……ここは……」

周囲を見回すと、あの儀式の神殿にいるようだ。

「……三度目の儀式の最中だ」

リカルドの答えを聞き、マレーネはゆっくりと起き上がり、マットレスの上に座った。

自分は神殿で、グァハナたちの断罪の場に立ち会っていたはずだ。

いつの間に脱がされたのか今は全裸で、いつもの聖油が塗られている。

状況を確認していると、リカルドが説明してくれた。

「俺の本当の相手である君は、本来なら満月を待たずに三度の契りを交わし、結婚式を挙げているはずだった。しかしグァハナたちの奸計によって引き延ばされ、びわの種茶の効果もあって君はどんどん衰弱していった」

それを聞き、マレーネは頷く。

「あのあと倒れてしまった君を救うために、急いで儀式の準備をした。本来なら意識がない状態で繋がるなど、君の気持ちを無視した恥ずべき行為だ。だが君の命を救うために儀式の手順を進めさせてもらった。すまない」

「いいえ。お気になさらないでください」

これまでの流れが分かり、マレーネは申し訳なさそうにしているリカルドに微笑みかける。

辺りを見ると、儀式の拝殿には自分たち以外に人の気配はない。

「……誰もいないのですね」

「そうだ。君は影嫁ではなく俺の運命の女性だから、もうエリスは関係ない」

その言葉を聞き、マレーネは顔を綻ばせた。

エリスに対する罪悪感はあるものの、やはり自分が運命の相手だと分かって嬉しい。

（あとでどれだけなじられても構わない。きちんとエリス様に謝らなければ）

マレーネが目に覚悟を宿したのに気づき、リカルドが抱き締めてくる。

「落ち着いたら、エリスのもとに行ってくる。真実をねじ曲げたのはグァハナたちとはいえ、彼女につらい思いをさせたのは確かだ」

「私も参ります。リカルド様お一人の問題ではありませんもの」

胸に手を当て自分の意思を伝えると、リカルドが「頼もしいな」と笑った。

「体調は大丈夫か？」

尋ねられ、マレーネはいま自分がすべき事に向き合おうと微笑み返す。

「はい。最後の儀式、いたしましょう」

あれだけ具合が悪かったのが嘘のように消え、体に瑞々しい生気が迸っていた。

リカルドに見つめられ、彼の愛情を感じるごとに、その生気は強くなっていく気がする。

見つめ合った二人はどちらからともなく、トロリと微笑んだ。

お互いが、この世界にいる唯一無二。

もう自分たちを引き裂く者は誰もいない。

至福に包まれてマレーネは目を閉じ、その唇にリカルドが口づけた。

これから愛し合うのだと思うと、周囲に立ちこめる香の匂いや、全身から匂い立つ潤滑剤の甘い香りに酔ってくる。

リカルドの手がマレーネの乳房に這い、ゆっくり揉んできた。

「ん……」

何のしがらみもなくリカルドと愛し合うのは初めてで、どこか恥ずかしい。

けれどマレーネも彼の目を見つめ返し、恥じらいながらも微笑んで自分が受け入れている事を示した。

指でクニクニと乳首を弄られると、すぐに敏感な場所が凝り立って、マレーネの体に甘い疼きを与えてくる。

「あ……、ぁ……」

ピクンと感じたマレーネの顔を見て、リカルドは「可愛い」と微笑みまたキスをしてきた。

リカルドはマレーネの背中を支え、優しく彼女を押し倒した。

「ヴァイス神の御前にて、ティグリシア神聖帝国皇帝リカルド・ラス・グシャロット・ティグリシアが、永遠の愛を誓う」

まだ結婚前なのに、リカルドが愛を誓ってくれた。

嬉しくなったマレーネは、両腕を彼の首に回し自分も誓いを述べる。

「ヴァイス神の御前にて、マレーネ・エル・リージェットはリカルド・ラス・グシャロット・ティグリシア皇帝陛下に、永遠の愛を誓います」

二人が誓った時、神殿内にある松明の火が、ボッと長く伸びた。

――が、二人は気づかずに微笑み合い、また唇を重ねる。

そしてリカルドの手が香油を纏ったマレーネの肌を滑り、胸元から腹部、腰から臀部へと撫で下ろしてゆく。

「ん……っ、ん……」

触れられただけで甘い痺れを感じたマレーネは、体の深部に宿った熱に身を震わせる。

そんな彼女の反応に、リカルドは「分かっている」と言わんばかりに、手を秘部に滑らせた。

「んぅ……っ、ん！」

彼とキスをし、肌と肌を触れ合わせているだけで、マレーネはすでに秘部を潤わせていた。

キスをしながらリカルドは潤滑剤の瓶に手を伸ばす。

は……、と息継ぎをしてマレーネを見下ろすと、リカルドは妖艶に笑って両手をすり合わせ、甘い匂いのする潤滑剤を彼女の体に塗りたくってきた。

「きゃっ……ぁ！　あ……っ、ん……っ！」

まう。

　ヌルヌルとして皮膚の滑りが良くなるからか、普通に触られているより数倍も感じてし
　大ぶりな乳房を数度撫でられるだけで、マレーネの両乳首は痛いほど勃起していた。

　二の腕や腋、腹部なども、リカルドの手が触れた瞬間、熱を伴ってマレーネに快楽を教えてくる。

「気持ちいいか？」

　優しく尋ねられ、マレーネは赤面しつつ頷く。

「はい……」

「じゃあ、もっと好くしてあげよう」

　笑みを深めたリカルドの指が、ニチャニチャと音を立てて花弁を擦ってきた。

「ひぅ……っ、う、ぁあ、あ……っ、あ……っ」

　待ち望んでいた場所に刺激を与えられ、マレーネは喉を晒しシーツに足を滑らせる。

「脚を閉じないで。ちゃんと俺に見せて」

　恥ずかしくて膝頭が閉じてしまいそうだったが、リカルドに言われて震わせながら脚を開く。

「綺麗だ」

　囁いて微笑むリカルドがとても美しく妖艶で、見ているだけで胸が高鳴り、お腹の奥からトロリと蜜が溢れてしまう。

リカルドの指が蜜口を軽く揉んだあと、ツプリと侵入してくる。

「ん……っ、ぁ、あ……っ」

二度味わったリカルドの指に、マレーネは震えながら体を緊張させる。

「落ち着いて。俺を見るんだ」

声を掛けられ、マレーネはいつの間にか閉じていた目を開いた。

リカルドがアイスブルーの目で見つめ、優しく微笑んでくれている。

「ここには俺と君しかいない。俺たちは結ばれるべき運命の二人で、もう誰にも邪魔されない。愛し合う姿を見る者もいない。すべてを曝けだして、俺に甘えていいんだ」

許しを与えられ、マレーネはまるで洗礼でも受けたような心地になり、魂の奥から身を震わせた。

「……リカルド様を、……もう、ちゃんと、愛して、……っいいのですね……っ」

宮殿に上がってからずっと、〝誰か〟に遠慮し続けてきた。

本音を押し殺し、自分の本当の望みすら分からなくなった状態で、蛹《さなぎ》のようにすべてから目を背けて耐え忍んできた。

けれどもう、――我慢しなくていいのだ。

「俺を愛してくれ。マレーネ」

彼女の手を握り自分の頬に当てたリカルドが、とろけるように笑う。

マレーネの掌に口づけた彼に優しく見つめられ、マレーネは大粒の涙を零した。

「……っはい！」

この世の歓喜を受け入れると決めたマレーネの蜜壷に、リカルドの指が潜り込みグチュリと柔肉を掻き混ぜる。

「あぁ……っ！」

憚らず声を上げたマレーネは、ジィン……と全身に巡る悦楽に悦びの声を上げた。

リカルドはマレーネの反応を見て微笑み、彼女の乳輪をレロリと舐める。

「んぅ、ん、ぁ、あぁ……っ」

音を立てて乳首を吸われ、温かくぬめらかな舌で敏感な尖りを何度も弾かれた。

体内でリカルドの指が蠢き、グチュグチュと音を立てて蜜を攪拌《かくはん》させる。

「ふ、ぅーっ、う、あぁ……っ、あっ、んぅうっ、あーっ！」

柔らかく熟れた膣襞を指で押し、トントンとノックするだけでなく、リカルドは親指でマレーネのぽってりと腫れた陰核を転がしてきた。

敏感すぎる場所を一度に三点責められ、マレーネは腰を弓なりに反らして大きく痙攣する。

「んぅーっ！　んぁ、あぁあ、あーっ！」

「凄く……吸い付いてくる」

指を膣襞にギュウギュウと喰《く》い締められ、リカルドが興奮した顔で微笑んだ。

「もう一本、指を入れようか」

嗜虐的な熱に炙《あぶ》られた目で、リカルドが見つめてくる。

絶頂に追い詰められたマレーネは抵抗する気力もなく、口端から涎を垂らしてされるがままになっていた。

ぬぷぅ……、とリカルドの指がもう一本押し込まれ、マレーネは大きく口を開き悦楽を逃がそうとする。

だがすぐにグップグップと蜜を掻き出すように指を前後させられ、彼女は仔犬が鳴くように鼻を鳴らし高い声で喘ぎ始めた。

「くぅ……っ、ん、あ、あ、……んーっ、ぁ、あぅ、あ、んぅーっ」

リカルドは彼女の膝を押し上げると、剝き出しになった秘玉を舌でレロレロと舐め始めた。

「っきゃぁあうっ！　それ……っ、駄目ぇっ、ぁ、あーっ！」

指だけでもおかしくなってしまいそうなほど気持ちいいのに、女の弱点を舌で優しく舐められては堪らなかった。

マレーネが抵抗して体を揺さぶっても、リカルドは愛撫をやめてくれない。

ちゅうっ、ちゅぱっと音を立てて淫玉を吸い、その淫らな音からくる羞恥と快楽、一瞬痛みすら感じる気持ちよさに、マレーネは夢中になっていた。

「ひ……っ、ぁ、達く……っ、また、――ぃ、っちゃ、……うっ」

唇をわななかせ、マレーネは顔を真っ赤にしていきむ。

羞恥と快楽の波に攫われているマレーネを、淫玉に唇をつけたままリカルドが後押しした。

「――達け」

低く艶やかな声が、マレーネの一番敏感な場所越しに体に響いた。

「――っ、ぁ、っ、あ、…………っ」

その途端、マレーネは胎児のように身を丸め、激しく体を震わせて絶頂する。

「…………は……っ」

グポッと音を立てて指を引き抜いたリカルドは、愉悦にまみれた表情で愛しい女の愛蜜を舐めた。

指に纏わり付いている白く泡立ったものを丁寧に舐め取ったあと、完全に臨戦態勢になった屹立に手を添える。

先ほどはマレーネが死ぬかもしれない現実に打ちのめされ、興奮するどころではなかった。

だが今は血管が浮かび太く硬く、ずっしりと張り詰めたモノが今すぐにでも愛する女の蜜洞に潜りたがっている。

「マレーネ、君を愛したい」

堪えきれずリカルドは亀頭をマレーネの蜜口に押し当てると、熱っぽい目で彼女を見つめる。

求めてくるリカルドにマレーネは抗わず、コクンと一つ頷いた。

「ありがとう……」

礼を言い、リカルドは腰を進めた。

ぐぷり、と大きな亀頭がマレーネの体に入り込み、彼女は小さな蜜孔が引き延ばされる感覚に僅かに顔を顰めた。

だが一番大きな部分を呑み込むと、あとはリカルドが慎重に腰を進め、やがて最奥に亀頭がキスをした。

「ふ……っ、ぁ、…………っ」

それだけで全身にビリビリッと甘美な痺れが走り、マレーネは涎を垂らしうつろな表情で達してしまった。

「は……っ、いやらしい体だ」

リカルドは彼女の反応を見て悦に入り、己の唇を舐める。

いまだマレーネは心地よい絶頂に身を浸していたが、ずっと欲望を抑えていたリカルドは、我慢しきれず腰を揺らし始めた。

「ぁう、あ、あっ、んーっ、ん、ぁ、あぁ、あ……っ」

ふっくらと熟れた膣襞を、リカルドの太竿が前後する。

張り出た雁首で繊細な肉襞をゴリゴリと擦られ、子宮口近くをどちゅっと突き上げられたマレーネは懊悩《おうのう》した。

リカルドが何をしても、どう動いても気持ち良くて堪らない。

自分の蜜壷が無意識に蠢き、リカルドの肉棒に吸い付いてグチュグチュと食んでいるのが分かる。

「あぁ……っ、ん、あぅ、あ、……っ、は、ぅ……っ」

――いやらしい。

自分もリカルドも、とてもいやらしい〝獣〟になっていると思った。

声になるのは本能からの言葉にならない嬌声。

次から次に襲い来る快楽を期待し、または恐れて視線でもってリカルドに訴える。

彼の前で醜態を晒したくないと思うのに、マレーネの中にいる淫らなもう一人は、より強い快楽を貪欲に求めていた。

理性のタガが外れ、マレーネは潤んだ目でリカルドに「もっと」と求めながら、自ら拙く腰を突き動かす。

「マレーネ、そんなに好いのか……っ？」

彼女の反応を見て嬉しそうに笑ったリカルドは、掌でマレーネのお腹を撫でたあと、ぐうっと下腹を押してきた。

「あ……っ、は！　ぅっ、う……っ」

お腹を押されたままガツガツと腰を振られると、自分の体内でリカルドの肉棒が前後しているのが鮮明に分かる。

（リカルド様の……っ、いやらしい、形、……が……っ）

唇を震わせ、マレーネは喉を反らし体をしならせた。

下腹に力を入れ、両脚をリカルドの腰に巻き付けて大きく全身を痙攣させる。

「は……っ、また達ったのか、マレーネ。君はいやらしくて、とても素敵だ……っ」

リカルドはマレーネを褒め、両手で彼女の大きな乳房を遠慮なく揉みしだいた。

やや乱暴にすら思えるその手つきに、マレーネは自分が彼に支配されているのだと痛感し、被虐的な悦びを得る。

「あんっ、あ、ぁ、ああっ、んーっ、ん、……っ、ぁあっ、んぅっ」

ズンズンと突き上げられ、マレーネの体がマットレスの上で前後する。

大きな亀頭で手加減なく突き上げられているのに、愛する人にわだかまりなく抱かれている悦びで、マレーネはすべてを快楽に変えて喘いでいた。

「ここも大きく膨らんで可愛いな」

リカルドが妖艶に笑い、マレーネの肉芽を摘まんだ。

「きゃうっ！　ぅ、あぁあっ、あーっ！」

愛蜜を纏った指でヌルヌルと淫玉を擦られ、マレーネは小さな孔からブシュッと愛潮を飛ばしてまた果ててしまった。

「あぁ……っ、あぁああ……っ、あ……っ、ぁー……」

目をうつろにしてガクガクと全身を痙攣させているマレーネを、リカルドは抱き上げる。

そしてマットレスの上に座った膝の上に彼女をのせ、下から縦横無尽に突き上げた。

ブチュップチュッと激しい水音がし、しとどに潤ったマレーネの蜜壷が攪拌され、愛蜜が泡立っているのが分かる。

「きゃあぁっ、あっ、あ！　ま……っ、だ、――ぃっ、て、～～～っ」

激しすぎる悦楽に、マレーネは目を白黒させて必死に抵抗する。

力の入らない両手でリカルドの肩を押すが、力で彼に敵うはずがない。

女性として平均的な体重はあるはずなのに、まるで子供のように軽々と扱われ、体を弾ませられる。

今までの体位とは違うからか、より深い所までリカルドの亀頭が届き、そのたびに目の前で星が散るような感覚を味わった。

「あぅっ、あ、あーっ、も、もぉ、やぁ……っ、あーっ！」

膣肉はわななきっぱなしで、マレーネは絶頂したまま戻ってこられないでいる。

尻肉に食い込む力強い指や手の感覚、それに目の前で愉悦の籠もった表情で笑っているリカルドの顔。それらすべてに全身が燃え立つような興奮を得て、マレーネは喘ぎ続けた。

体を上下させられるたび、彼女の大きな乳房がぶるんっぶるんっと揺れる。

リカルドは真っ白な乳房とその先端に熟れた果実を見て、目に煮えたぎった欲を灯した。

ようやく突き上げる動きが止まったかと思うと、亀頭を子宮口に押しつけたまま腰を静かに上下させ、さらにマレーネを攻め立てる。

「んぁ……っ、あ……っ！」

マレーネは腰から脳髄にまでジンッ……と甘い痺れが駆け抜けたのを感じ、口を大きく開き体を震わせた。

リカルドは両手で左右から集めた彼女の乳房に強く吸い付き、赤いうっ血痕を何個もつける。

さらに乳房を寄せ順番に乳首にキスをしたあと、双つ一緒にジュウッと吸い付いてきた。

ビンと勃起したマレーネの肉芽にはリカルドの下腹が当たり、押しつけては擦って刺激を与えてくる。

「うぁああぁっ！　うーっ」

どうにも堪らなくなり、マレーネは獣のように喘いだ。

密着したまま、もう一度彼女はブシュッと愛潮をしぶかせてしまう。

透明な液がリカルドの体にかかって申し訳ない、恥ずかしいと思う心の余裕もない。

だというのに、マレーネは彼に縋り付いた体勢で、無意識に彼に体を擦りつけ淫芽と膣奥から快楽を貪ろうとしていた。

――止まらない。

すべてに許された二人は、お互いを求めて思いの丈をぶつけ合い、本能のまま求め続ける。

立ち膝になったリカルドはマレーネの体を腕力と太腿とで支え、尻肉に指を食い込ませてガツガツと腰を振り立てた。

「マレーネ……っ、マレーネ！」

「あぁあああ……っ、リカルド……っ、さまぁ、あ……っ、ぁ……っ！」

もはや切れ切れの声しか出せないマレーネは、彼に揺さぶられるがまま乳房を揺らし、髪を振り乱している。

膣肉はビクビクと痙攣し続け、リカルドの肉棒をきつく吸い上げる。

やがてリカルドは食いしばった歯の奥で低くうなり、腰を震わせた。

「マレーネ……っ、出すぞっ、――受け止めてくれ……っ」

そしてマレーネは力強い腕に抱き締められ、彼の胸板に頬を押しつけたまま、深い官能を貪った。

自分の体内でリカルドの長大な肉棒が震え、ビュクビュクと子種を吐き出している。

何度も突き上げられ熱く柔らかくなった場所に、遠慮なくリカルドの精液が吐かれるのを感じ、マレーネはあまりの歓喜に涙を流した。

激しい歓交のあとで、思考回路は冷静に働いていない。

けれどもう、仮にリカルドの子を孕んだとしても、後ろめたい思いを抱かずに済むのだと思うと、嬉しくて堪らなかった。

耳元でリカルドが吐息を震わせ、さらに数度マレーネを突き上げて、最後の一滴まで絞り出そうとする。

リカルドに身を寄せて目を閉じていたマレーネの顎に手が掛かり、彼女はソロリと顔を上げた。

絶頂に耽溺《たんでき》しているリカルドが妖艶に微笑み、顔を傾けてくる。

——あぁ、私も愛しています。

何を言わずとも彼が求めるものを悟ったマレーネは、リカルドの唇にキスをし、気持ちを込めて舌を絡めた。

柔らかく温かい舌を絡め合い、チュプチュプと水音を立てている間、リカルドの吐精は終わったらしい。

彼はマレーネを抱き締め、マットレスの上に寝転んだ。

「……具合は悪くないか？」

「大丈夫です。さっきまで指一本動かすのもつらかったのですが、今はリカルド様から命の源を分けて頂いたように、体中に生気が満ちています」

「そうか」

リカルドは嬉しそうに目を細め、チュッとマレーネにキスをする。

しばらく二人は体温を分け合うように抱き合っていた。

やがてリカルドが息をつき起き上がる。

「儀式はこれで終わりだ。今までの三度の儀式は俺とマレーネが結婚するための、本来あるべき形のものだった。あとは周囲に俺とマレーネの婚約を再度発表し、挙式に向けて準備をする」

「……はい」

マレーネも起き上がろうとしたが、疲れきっていて力が入らない。

「無理をしなくていい。いつものように、衣を着せて神官を呼びにいったあとは、俺が君を抱いて連れ帰るから」

マットレスの上に座ったリカルドは、両手でマレーネの手を包む。

「これから君が帰る場所はあの離宮ではなく、中央宮殿だ。君が心地よく住めるよう、すぐ手配させる」

「ありがとうございます」

「仕方がなかったとはいえ、今までつらい思いをさせてすまない」

「いいえ。お気になさらないで。私は何より、リカルド様に皇帝陛下らしくあってほしかったのです。寂しくなかったと言えば嘘になりますが、自分で選んだ道です」

そう言ったマレーネは、幸せになる覚悟を決めた。

「これからはもう、……きっと変わりますから」

(たとえエリス様を傷付ける事になっても、愛する人を渡したくはない。幸せになるためには、誰かの幸せを踏みつける覚悟も必要なのだわ。全員が手を繋いで、ゴールを果たせる訳ではない)

リカルドの揺るぎない愛情を受け取ったあとは、もう心が晴れた湖面のように凪《な》いでいた。

彼女の心境の変化を感じたリカルドは微笑む。

そして自分の衣を着たあと、マレーネを抱き起こし着替えさせてくれる。

自分も身支度を整えると、出入り口まで向かい外にいた神官に話し掛けて、すぐに戻って来た。

「行こう、マレーネ」

リカルドはマレーネをしっかりと抱き上げ、歩き始める。

何があっても、もう離さないし、離れない。

リカルドは自分の腕の中でしっかりと呼吸をし、生きているマレーネを抱き、これから自分にのし掛かるであろうあらゆる重圧に立ち向かう覚悟を宿す。

マレーネも夫となる人に身を預け、彼と共にこれから訪れる苦難も幸せも、すべて受け入れようと胸の奥で決めた。

＊＊

リカルドが言った通り、彼女の部屋はリカルドの私室のすぐ隣に用意された。

そこは皇妃となる女性のための場所で、エリスが今まで寝泊まりしていたのは婚約者のための部屋だ。

なのでエリスが立ち去るのを待たず、マレーネは新しい住まいに移る事ができた。

二人が真に結ばれるべき存在だと知ったティアは、我が事のように喜び泣き崩れた。

「今まであなたには苦労を掛けたわね」

マレーネがねぎらうと、泣き濡れた顔でティアは晴れやかに笑う。

「とんでもありません！　マレーネ様の幸せは私の幸せです」

どこまでも自分の味方でいてくれるティアに感謝しつつも、マレーネは〝受け取って〟ばかりではいけないと思った。

「私が結婚したら、両親があなたにも良い人を見つけると言っていたわ。ティアも幸せになってね」

話の矛先が自分に向かってティアはポカンとしたものの、マレーネの気遣いを察して笑顔になった。

「ありがとうございます！　ですがもし良ければ、良縁があったあとも侍女として召し抱えてください。私がお仕えする方はマレーネ様だけです」

ティアの気持ちに、マレーネも笑顔で「ありがとう」と感謝を述べた。

数日後、マレーネは藤青色のドレスを纏い、緊張してエリスの部屋に向かった。

リカルドが迎えに来て、彼の従者やティアも招かれての公式な訪問だ。

彼女の部屋の前で衛兵が来客を告げ、内側からドアが開かれる。

エリスの侍女はもうマレーネに対して敵対する表情を浮かべず、粛々と客人を部屋に招き入れた。

「ようこそいらっしゃいました」

エリスは変わらない無垢《むく》な笑みを浮かべ、二人に対して淑女の礼をする。

彼女は薄ピンクのドレスを着ているからか、華奢な体型も相まって余計可憐に見えた。

二人は彼女に迎えられたあと、ソファに座る。

侍女がお茶の用意を終えると、リカルドが切り出した。

「エリス、体調は悪くないか？」

神託の相手ではなかったエリスがたびたび体調を崩していたのは、びわの種の粉末を飲んでいたからだ。

神殿でグァハナとダグラスが断罪された時は、様々な事があり事態についていくのが精一杯だった。

だが改めてエリスと向き合うと、自分が如何に無責任な事をしたか、それによりエリスがどんな目に遭ったかを痛感し、罪悪感に苛まれる。

「ええ、もうご心配に及びません。ピンピンしています」

エリスは血色のいい頬を指でつついて笑ったあと、マレーネが何か言う前に自分から話し掛けた。

「マレーネ様、どうかお気に病まないでくださいね」

粉の事か、リカルドの事なのか、どちらの意味か分からないが、エリスが自分を気遣ってくれているのは分かる。

清らかな彼女を前にすると、自分の薄汚さが際立つ気がしてとてもつらい。

（けれど、向き合わないと。幸せになるために傷つく覚悟はしたはずよ）

自分に活を入れ、マレーネは背筋を伸ばした。

「私の責任で、エリス様におつらい想いを多々させてしまった事、お詫び申し上げます」

一度立ち上がり、マレーネは淑女の礼をする。

「マレーネ様、お詫びなんていいんです。どうぞお座りになって」

エリスから声を掛けられ、顔を上げると彼女はとても穏やかな表情で微笑んでいる。

（でも彼女はあらゆる面でとても傷つき続けたはずだわ）

釈然としない思いを抱きつつ、マレーネはソファに座った。

エリスは微笑んで紅茶を飲み、言いにくそうに口を開く。

「どうか、私の話を最後までお聞きください」

言われて、マレーネもリカルドも頷いた。

「びわの種の粉末については、何も知らなかったですし、マレーネ様だって悪気があって私に飲ませた訳ではないと分かっています。何度も申し上げましたが、私はずっとお二人を引き裂いてしまった、罪悪感を抱きながら過ごしていました。マレーネ様に嫌われ、陛下も私の存在を疎ましく感じ、怒っているのだと思い込んでいました」

エリスの言葉を聞いて、二人は同時に何か言おうとしたが、エリスが軽く手を掲げたのを見て口を噤む。

「だから私は、罪滅ぼしに何でもしたかったのです。マレーネ様があの粉末を苦手と仰っていたから、私が飲むと言えば少しでも私を好きになってくれるかもしれない。そんな打算があったから、強引にでも『飲みたい』と言いました」

マレーネの表情を見て、エリスは申し訳なさそうに笑う。

「勿論、マレーネ様は苦しまれていたけれど、私を憎み嫌っていなかった。人間ですもの、心の中でどんな感情を抱いていたかは分かりません。ですが表向きマレーネ様は、とても公正に接してくださいました。その優しさが、何度私を助けてくれたか分かりません。……時に、『ハッキリなじってくだされば、楽になるのに』と思った事もありました。ですがそれは、私が楽になりたいための勝手な希望です」

エリスが自分と同じ事を思っていたと知り、マレーネは苦く微笑む。

「私は精神的に弱っていて、すべて『自分が悪い』と思い込み、何もかも悪い方向に捉えていただけなのです。ですから、粉末の件や私の態度については、本当にお気になさらないでください」

エリスはペコリと頭を下げ、リカルドを見る。

「侍女の不手際について陛下に言及された時も、目が覚める思いでした。私は〝主〟〝貴族の令嬢〟としての矜持や自覚が足りなすぎました。いつまでも庇護された子供、妹分ではいられません。陛下にご注意を受け、心からの羞恥を覚えました。貴族は『優しい』と言われるだけではいけない。厳しさも持たなければ、人の上に立つ存在になれません。陛下、気付きをくださり、ありがとうございます」

顔を上げて微笑んだエリスは、今までの彼女に比べ、一回りも二回りも成長したように思えた。

「最後に、お二人との事についてですが……」

エリスは微妙な顔で微笑んだあと、侍女に向かって「お願い」と合図をした。

何が起こるのか分からないでいると、侍女がドアを開ける。

そして廊下から一人の男性が入ってきた。

「ブライアン様！」

マレーネはとっさに立ち上がり、声を出す。

室内に入ってきた背の高い人物は、今まで何度か関わりのあった、バルティア家当主ブライアンだ。

彼は全員に向けて胸に手を当て、一礼をする。

そしてエリスに招かれ、彼女の隣に腰掛けた。

訳が分からないまま、マレーネも再度ソファに座る。

「実は……。〝お兄様のように慕っていた陛下〟に打ち明ける前に神託があり、誰にも言えずにいました。私、数年前からブライアン様にお声を掛けて頂いて、手紙のやりとりをしていました。それも、侍女にも黙って……です」

思いも寄らない人物の登場に、マレーネは面食らってポカンとする。

「ブライアン様との関係は、きちんと愛の告白を受けてからでなければ公表しないと決めていました。私はもとから立ち回りがへたで、お父様の過保護もあり舞踏会に行ってもずっと壁の花と笑われていました。ですから余計に〝失敗〟したら恥ずかしいと思っていたのです」

彼女の性格やダグラスの過保護さ、社交界での立ち位置を思いだし、マレーネは納得する。

隣に座っていたリカルドは、申し訳なさそうにマレーネに話しかけてきた。

「実は君が思っているよりずっと前から、ブライアンには裏で協力してもらっていたんだ」

「……と、言いますと……？」

一人蚊帳の外であるマレーネは、問い返すしかない。

そんな彼女に、リカルド、エリス、ブライアンは代わる代わる説明してくれた。

＊＊

エリスはアグティット家の令嬢として華々しい地位にありながらも、子供の頃から常に孤独を抱えていた。

父が宰相をしていて宮殿によく遊びに行き、比較的年齢の近いリカルドには妹のように可愛がってもらっていた。

だから周囲には「そのまま皇妃に……」と野心的な事を言われていた。

しかしエリスはリカルドを〝良い兄的存在、保護者〟と思っても、恋愛対象に見る事はできず、彼も同じだった。

エリスにとってリカルドは常に〝皇太子殿下〟であり、優しくていい人ではあるものの、完璧すぎて〝遠い人〟だった。

自分の駄目なところを沢山自覚しているエリスには、隣に立つのも恐れ多い存在だ。

だから、恋愛感情を持つには至らなかったのだ。

社交界デビューしたあとは、大勢の取り巻きができた。

だが彼女たちがエリスに従っている理由は、アグティット家という家名や父の威光だ。

エリス自身は流行に疎く、恋愛にも奥手で活動的でもなく、会話をしても弾まない。

初めは「エリス様、エリス様」と媚びを売ってきた令嬢たちも、自然と離れて気の合う者たちでグループを作っていた。

舞踏会に行っても、決まった相手と踊るのが精一杯で、うまく話せない。

相手の男性が必死に間を繋げようとしているのを見て申し訳なく思い、エリスはダンスを踊る事もやめるようになった。

壁の花になり、飽きると庭園を散歩する。

そんな時に出会ったのが、ブライアンだった。

『一人か？　夜なのに供も付けず危ないだろう』

庭園を歩いていると声を掛けられた。

相手が悪名高いバルティア家当主ブライアンだと知り、エリスはつい泣き出した。

一方、声を掛けただけで女性を泣かせてしまったブライアンは、どうしたらいいか分からず途方に暮れた。その後、とにかくエリスが泣き止むまで側にいた。

そのうち二人はポツリポツリと話を始める。

お互いの口数の少なさが丁度良く、一緒にいても気後れする事がなく楽だと気付いた。

回を重ねて二人は想いを深めていくが、その頃にはエリスは陰で笑いものになっていた。

令嬢たちは話し掛けられた時の、エリスが挙動不審になって言葉に詰まる様子などを真似し、いつまで経っても両親の言いなりになっている様子を馬鹿にした。

ダグラスは大人しいエリスを猫かわいがりしていて、「いつか自分が良い相手を見つけるから、それまでは絶対に男に近付かないように」と厳命していた。

ブライアンの事を誰にも言えず、仮に誰かに気付かれたとしても、社交界のはみ出し者同士……と嘲笑されるのが目に見えている。

彼と付き合う覚悟すらできていなかった時に、リカルドとの神託が下りた。

ブライアンとは付き合っていると言えるのか分からない状態だったので、彼に何も伝えずエリスは宮殿に上がった。

彼との関係は侍女たちにすら教えていなかったので、マレーネには勘違いした侍女が嫌がらせをして、申し訳ない事をしたと大いに反省した。

ある日どうしても話したいと、〝バルティア侯〟としてブライアンがエリスを訪《おとな》った。

その時に、ブライアンはエリスがびわの種の粉末を飲んでいると知ったのだ。

彼はほんの一瞬、マレーネが悪意からエリスに飲ませたのかと激昂《げきこう》したが、それは誤解だとエリスが必死に否定し、丁寧に説明した。


びわの種の粉末の存在を知ったブライアンは、その頃にはすでに神託を疑って独自に動いていたリカルドに協力を申しでた。

それまではエリスに近しい存在としてリカルドに嫉妬し、敵対する様子を見せてしまっていた。

しかしお互いの利害が一致したあとは、優秀な者同士、良い組み合わせとなって動けた。

ブライアンは軍事を司る家柄、毒物となり得る物の知識が深く、すぐに二人はびわの木が沢山植えられている神殿を疑い、大神官が体調を崩している事も怪しいと睨んだ。

リカルドは先手を打ってブライアンを使いに出し、大神官の手元に粉末があるかを確認させ、飲まないようにと忠告させた。

粉末を飲まなくなった大神官が、回復したと知らせを受け取った頃には、ダグラスとグァハナを断罪するためのすべての準備が整っていた。

大神官にもすべてを知らせた上で、あの〝話し合い〟の最初に粉を出してもらうよう協力をしてもらったという流れだ。

＊＊

「そんな事が……」

一人何も知らなかったマレーネの手を、リカルドが握ってくる。

「粉末が怪しいと分かっていても、神託については原本を見た上で、解読できる大神官の協力を仰がなければならなかった。それまでは、『かもしれない』事でマレーネをぬか喜びさせたくなかったんだ。可能性が分かっていたとはいえ、黙っていてすまない」

「いいえ。お気になさらないでください。きちんとした証拠がなければ、皇帝陛下として発言する事もままならないでしょう。へたをすればリカルド様の地位すら脅かされたかもしれません」

マレーネの言葉に、リカルドは「理解を示してくれてありがとう」と微笑む。

そのあと、エリスが申し訳なさそうに言う。

「私が早くに『ブライアン様をお慕いしています』と言っていれば、マレーネ様を無駄に苦しめる事もありませんでした。……ですが彼の気持ちを確認できず、父の意見を気にしなければならず、神託が本当であれば私の命も危なかった……。諸々の事情で本当の事を言えず、すみませんでした」

謝られ、マレーネは緩く首を左右に振る。

「仕方がありません。今はすべて解決したのですから、もう謝らないでください」

確かに深い苦しみを味わったが、おのおのきちんとした理由があった。

当時はどうにもならなかった事をいま責めても仕方がない。

それにマレーネは、自分がリカルドの運命の相手だと分かっただけで嬉しくて堪らない。

この場で謝られた件については、些細な事としか思えなかった。

全員が抱えていたものをすべて知り、マレーネは破顔した。

「過去は変えられません。ですが未来なら変えられます。エリス様、これからでも構いません。どうか私のお友達になってください」

「はい！」

初めて、エリスの心からの笑顔を見た気がする。

ブライアンの分のお茶も用意され、しばし穏やかな時間が流れる。

「結局、ブライアン様はとても良い方だったと分かったのですが、今まで私も耳にしていた恐ろしい噂は何だったのでしょう？」

マレーネが素朴な疑問を口にすると、リカルドは小さく噴き出し、エリスも小さく笑う。

そして表情を変えないまま本人が説明し始めた。

「私は仕事柄、他国への警戒の他にも、貴族たちが陛下に謀反を起こさないか見張り、また国内の犯罪行為の報告書類なども目にする。日頃からそういうものばかりを目にし、耳にしているので、少々心がすさんでいると自覚している。だから時々、気晴らし……と言えば言葉が悪いが、現場を駆け回る警察組織と共に怪しい店を摘発するなど、自ら行動する事も多い。机に向かってばかりだと、気が滅入るからな」

「確かに……。それは想像できます」

責任のある仕事で、とりわけ人の汚い面ばかり見るには並大抵の精神力では務まらないだろう。

そういう意味で、彼がエリスのように純真無垢な女性を選んだのが分かった気がした。

「娼婦を買っているというのは、娼館を摘発した際の無慈悲な様子に尾ひれ背びれがついたり、関わっていた者が悔し紛れに悪口を広めたのが大きい。確かに私の屋敷には尋問などを行うための地下室があるし、あまり大きな声で言えない物……毒や変わった武器、拷問具などを代々の当主たちが集めた部屋もある。しかし歴史のある家だから、勿論それらは陛下により許可され、厳重に管理している」

きちんとした説明を受け、マレーネは頷いた。

「……ではすべて、恨みや、恐ろしさなどの勝手な印象からの流言飛語……」

彼女の言葉に、ブライアンは首肯する。

リカルドはクツクツ笑い、もう少し補う。

「この通り、現場に立って少し荒っぽい事もするから、体には生傷が絶えないし、周囲を警戒する癖がついているので目つきもあまり良くない。だがまじめさや忠誠心、仕事に対する実直さなどは俺が保証する」

「分かりました。エリス様と一緒に、ブライアン様もどうぞお友達になってください」

すっかり安心したマレーネが微笑みかけると、彼は僅かに表情を緩めて笑い返した。

「ああ。こちらこそよろしく頼む」

やがてリカルドが、少し表情を引き締めてエリスに告げた。

「エリス、君にとってはつらい事だが、君の父は皇妃となる女性の殺害を目論み、神託を歪めた。その罪は重く、彼はもう帝都に入る事はできないだろう。帝国議会としては、彼の長男を後継者としてアグティット家の家長として受け入れる事にした」

「はい」

覚悟はできていたのか、エリスは父の処分を聞いても悲しまなかった。

「グァハナも聖職者の地位を剥奪され、国外追放となる。膿《うみ》となるものを切り捨てたのち、神に選ばれた花嫁を迎え、俺の治世と帝国がより繁栄する事を望む。……補佐してくれるな？　ブライアン」

皇帝としての言葉に、ブライアンは胸に手を当て頭を下げた。

明るい表情になったエリスが笑いかけてきた。

「マレーネ様、結婚式の準備でもしご協力できる事がありましたら、何でも仰ってくださいね」

「はい」

自分たちの未来が良い方向に動きだしたのを感じ、マレーネはつらさを共に味わった友人に向かって微笑み返した。

終章　神が望みし運命の二人

その後、二人の結婚式の準備はつつがなく進んでいった。

　花嫁となる人物が誰になろうとも、賓客をもてなす準備に変更はない。

　変わったのはウエディングドレスなどの花嫁に関する物と、書状の変更、各国への連絡で済んだ。

　マレーネが花嫁になると正式に発表したあとは、大急ぎで彼女の体に合ったドレスを作り、アクセサリー類を用意していくのみだ。

　神託が下りたのが春の初めで、二人の式が挙げられるのは晩夏の頃となった。


　結婚式当日。

　この日ばかりは神殿の門も外部の者に開放され、貴族や招かれた他国の王侯貴族が式に参列する。

　皇室の儀式を執り行うための大神殿では、数名の神官たちが天井から下りた縄を引き、巨大な銀の振り香炉の乳香が、神殿中に行き渡るよう空間中に振っていた。

儀式用の大神殿は天井がステンドグラスによるドームになっていて、そこから差し込む光が美しい。

左右にいる神官と巫女たちが新郎新婦のために聖なる歌を唱歌するなか、大神官に導かれたリカルドが毛皮のマントを引きずり、悠然と歩を進める。

金と銀を溶かし合わせたような髪に、大きなサファイアとダイヤモンドを抱いた宝冠が映える。宝冠の周囲には栄光と勝利を表す、月桂樹《げっけいじゅ》の葉が飾られていた。

マントの下は白と青を基調とした軍服を着て、儀式用の宝剣も腰に下げている。

主神ヴァイスの通り道とされる、太陽の道を模した黄色いヴァージンロードを歩いたあと、リカルドは祭壇の前に跪き大神官から聖水を掛けられた。

そして朗々とした声で主神ヴァイスに祈りを捧げ、神が決めた花嫁を娶る喜びを訴える。

リカルドが花嫁を招き入れていいかという問いかけをしたあと、大神官が手に持った純金の大きなベルを、銀製の棒で叩いた。

澄み渡った音色が神殿内に響き、太陽が中天に輝く十二時の時の数だけベルが鳴らされる。

十二回目のベルの余韻が消える頃、マレーネは巫女たちに先導され神殿内に入った。

（あぁ……）

見上げるほど高いドームから差し込む七色の光を見て、マレーネはヴェールの中でうっとりと微笑む。

（ずっと、リカルド様の花嫁になる事を夢見ていた……）

幸福を胸に、マレーネは微笑んだまま一歩ずつヴァージンロードの上を歩いていく。

豪奢なウエディングドレスは胸元にダイヤモンドと真珠がちりばめられ、トレーンの先には繊細なレースがびっしりと施されている。

二の腕にはダイヤが嵌《は》まった白金の飾輪があり、そこから透けるほど薄い布が袖となってヒラヒラとはためいている。勿論その袖にもレースが施され、まるで女神と見まごう美しさだ。

黒髪は複雑な形に結われ、纏められた髪のあちこちにパールとサファイアのピンが止められている。

リカルドが被っている物よりも繊細な作りのティアラが頭にあり、花嫁の顔を隠すヴェールが一歩進むごとに揺れる。

彼女は両手に白いダリアやラナンキュラスが豪奢に纏められた、ウエディングブーケを持っていた。

巨大なドームに反響した聖歌が、まるで自分の体に降り注いでいるように感じられる。

荘厳で、それでいて神聖な空間の中、マレーネは衣擦れの音を立てて進む。

やがて祭壇前に辿り着いたマレーネは、リカルドの隣に跪き、大神官により聖水を掛けられる。そして今日の日を迎えられた喜びを祈りの言葉と共に唱え始めた。

マレーネの祈りが終わると、二人は立ち上がり大神官の祈りを聞く。

歌うような抑揚で大神官が神々を讃え、帝国の繁栄と、皇帝と皇妃の結婚に祝福があるようにと祈る。

その後、聖杯に満たされた葡萄酒を、リカルド、マレーネの順に飲む。

さらに聖水で洗われたヴァイス神の心臓――赤く熟れた林檎を、同じ順番で一口囓った。

大神官がリカルドの誓いを確認したあと、マレーネに誓いを確認してくる。

「マレーネ・エル・リージェット。あなたはティグリシア皇帝リカルド・ラス・グシャロット・ティグリシアを夫とし、帝国の母として神と国に忠誠を誓い、愛する事を誓いますか？」

「はい、誓います」

マレーネは誇りを胸に、大きな声で宣誓する。

神官がリングピローにのった指輪を運び、リカルドがマレーネの指にリングを嵌めた。

自分の左手で輝くプラチナにダイヤの嵌まった指輪を見て、マレーネは歓喜に目を潤ませる。

そしてマレーネも、同じデザインでシンプルな物をリカルドの指に嵌めた。

「それでは、誓いのキスを」

大神官に言われ、マレーネは軽く膝を曲げてリカルドにこうべを垂れる。

リカルドの手がヴェールに掛かり、マレーネの顔を露わにした。

顔を上げると、正装に身を包んだリカルドがこちらを見て微笑んでいる。

彼の優しい眼差しを受け、マレーネは幸せに満たされ笑い返した。

リカルドの指先が彼女の耳を撫で、大ぶりのダイヤモンドと真珠を揺らしてから、頬から顎の輪郭をたどった。

胸を高鳴らせてマレーネは目を閉じ、誓いのキスを待つ。

「……愛してる」

キスをする寸前、リカルドが囁いたのが聞こえた。

（私も……）

陶酔しきったマレーネの唇にリカルドのそれが重なり、優しくついばんできた。

カーン……！　と遠くで鐘の音が鳴った。

鐘は十二回鳴り続ける。

「…………っ」

その音を聞きながら、マレーネはリカルドの唇を吸い返し、歓喜の涙を流していた。

十二回目の鐘が鳴らされたあと、名残惜しい心地で唇を離す。

リカルドのアイスブルーの目にも熱が宿っていて、彼が目だけで「続きは初夜で」と伝えてきたのが分かった気がした。

彼に微笑み返し、マレーネはまた前を向く。

そのあとは結婚証明書にサインをし、大神官が二人が夫婦になった宣言をして式が終わった。

また神官と巫女たちが歌う神聖な雰囲気の中、退場する二人は参列者から『幸福な愛』を意味するブルースターの花を投げられる。

リカルドにエスコートされ、笑顔で歩くマレーネの視線の先に、エリスとブライアンの姿が映った。

（どうか、お幸せに……！）

マレーネはエリスに向かって笑いかけ、手にしていたブーケをポンと彼女に投げた。

周囲にいた人たちがワッと沸き、エリスとブライアンに向けて拍手をする。

皇妃になったマレーネから祝福をもらったエリスは、嬉しさのあまり涙ぐんでいた。

晴れやかな笑みを見せる彼女を見て、マレーネは心の底から、エリスが自分の好きな人を公言し、堂々と幸せになれるよう願う。

神殿の出入り口から外に出た時、一緒になって外へ出た貴族たちや神官、巫女たちがどよめいた。

高い所にある太陽の軌道上に完全なリング状の虹の輪ができ、さらにくっきりと濃い二重の虹が見えていた。

「凄い……」

普通ならあり得ない空を見て、マレーネはポツンと呟く。

たなびくように浮かんでいる薄い雲も虹色に輝いていて、世界が二人の結婚を祝福してくれているように思えた。

「マレーネ」

呼ばれてリカルドを見ると、彼は幸せそうに笑っている。

「天も祝福してくれているようだ」

「……っはい！」

神々しいばかりの皇帝に、運命の乙女は花が綻ぶような笑みを浮かべた。

＊＊

その後、祝宴は宮殿の大広間で行われ、外に通じるテラスのガラスドアも開放された。屋内で挨拶をしてある程度料理を楽しんだ者たちは、庭に並べられているガーデンテーブルやベンチなどに座り、それぞれお喋りを楽しんでいた。

大陸随一の国土を誇る帝国なので、各領土の首長が献上物を持参してはせ参じたのは勿論、他国の王侯貴族もいる。

新郎新婦の前には長蛇の列ができているが、二人の傍らに立っている大臣が時間制限を設けるなど、対応も徹底している。

式を挙げると各国に通達した頃からひっきりなしに祝いの品が届けられていたのに、今日もまた挨拶する者たちはその手に最高の贈り物を手にしていた。

従者たちは贈り物を受け取っては横に置き……、を繰り返している。

夕方から始まった祝宴はずっと続くかと思われたが、深夜を前にして新郎新婦は初夜のために席を離れた。


（どうしよう……。緊張するわ……）

ティアが見守るなか、マレーネはメイドたちによって丁寧に体を洗われる。

たっぷりと薔薇の香油が垂らされたお湯に浸かり、泡立てた石鹸の泡がついた海綿で優しく体を擦られた。

「ティア、大丈夫……よね」

大理石の上に横たわって香油でマッサージを受けている間、マレーネはずっとティアに手を握ってもらっていた。

「大丈夫ですとも。三度にわたり、マレーネ様はリカルド様と儀式をされました。婚前の三度の儀式は、神々の逸話に則る側面もありますが、初夜に至る前に新郎新婦が身も心も深く結びつくためのものです。それ以上の試練を乗り越えてきたお二人ですもの、もう何も恐れる事はありません」

マレーネの手をしっかり握ったまま、ティアが頷く。

「……三度もリカルド様に愛されておきながら、今さら怖い、不安だなんておかしな話よね」

自分の心配が杞憂なのだと言い聞かせるように、マレーネは笑う。

儀式以外でも、リカルドからの想いはたっぷり受け取ったはずだ。

「お気持ちは分かります。儀式も特別ですが、初夜はもっと特別ですもの。苦労された分、どうぞ幸せな初夜をお過ごしください」

「ありがとう、ティア」

労ってくれるティアに感謝し、体を磨かれたマレーネは、初夜用の薄いネグリジェを身に纏い、ガウンを羽織ってリカルドの訪いを待った。

ティアもメイドたちも下がり、寝室には大きなベッドの上にマレーネ一人きりだ。

カーテンの閉められていない窓からは、月光が差し込み床に窓枠の影を落としている。

外ではいまだ祝宴が続いていて、音楽が奏でられるなか招待客が楽しげに笑い合っている声が聞こえる。

これから一か月は、蜜月という名の休暇がある。

勿論、皇帝の判断を必要とする急ぎの用事があれば対応するが、そうならないよう貴族たちや、今回参列した他国の王族たちも配慮する事になっている。

幸せな休暇を思い、マレーネは幸せな吐息をつく。

「本当に夢みたい。一度は妾にと言われたのに、こうしてリカルド様と結婚できるだなんて……」

遙か彼方の星々を見て呟いた時、小さな笑い声がした。

「本当に君には苦労を掛けたな」

振り向くと、マレーネと同じように湯浴みを終えたリカルドが、ガウン姿で立っている。

ゆったりとこちらに歩み寄った彼はベッドの端に座り、息をつく。

「式のあとは座っていればいいものと思っていたが、意外と疲れるものだな」

気さくに笑いかけられ、マレーネも思わず微笑む。

「そうですね。皇帝陛下の結婚式は、とても大変な行事なのだと思い知りました。私もこれから、皇妃として恥じない行動を取るよう心がけます」

マレーネの下ろされた黒髪を手に取り、リカルドは毛先にキスをする。

そして目を覗き込んで甘く微笑んだ。

「俺と二人きりの時は皇妃の荷を下ろして、ただのマレーネになってほしい」

「リカルド様もですよ？　普段はとても大変なお仕事と立場を負っているのですから、妻の前では本音を言い、安らいでください」

マレーネは自らリカルドに抱きつき、彼の髪を撫でて耳元で囁く。

彼女の言葉を聞き、リカルドは微かに笑って優しく抱き締めてくる。

「今まで、私は自分の事ばかりを考えていました。二人の女性の板挟みになって、リカルド様がおつらくなかったはずがありません。それなのに私は、自分を哀れんで、あなたを気遣う心の余裕がありませんでした。これからは、もっとしっかりします。皇帝陛下であるあなたが、安心して床につける妻でありたいです」

マレーネもリカルドを抱き返し、式を経て感じた事を伝えた。

すると耳元で彼が小さく笑い、頬にキスをしてきた。

「君は相変わらず他人の事ばかりだな。そういう所が好きなんだが、俺としてはもっと我が儘になってほしい。俺が不甲斐ないばかりに今回は君もエリスにも、つらい思いをさせてしまった。その詫びに、宝石でもドレスでも、何でも望んでくれて構わない」

彼なりの思いやりに、マレーネは穏やかに笑う。

「リカルド様には、もう沢山の価値ある物を頂きました。これからはどうか、妻として私を愛してください。私が望むのは、ただそれだけです」

マレーネの言葉を聞き、リカルドは苦笑いする。

「俺は駄目だな。君が控えめな女性だと分かっているのに、金に物を言わせて機嫌を取ろうだなんて。君にもっと、人としての素晴らしさを学ばせてもらいたい」

ちゅ、とマレーネの唇にキスをして、リカルドは彼女を優しく押し倒した。

「マレーネ、愛してる」

リカルドは彼女の頬に手を当て、青い瞳を見つめてから蕩けるように微笑んだ。

愛しむ目で何度もその顔を確認し、指で絹糸のような黒髪を梳き、撫でつける。

指先が顔の輪郭をたどり、顎まで至ると柔らかな唇に触れ、フニュリと押し潰した。

すべてが愛おしいという表情をしているリカルドを見て、マレーネもこの上ない幸せを得ながら、彼の指先に口づける。

「私も、心の底から愛しています」

見つめ合い、互いが側にいる事を二人は確認しあっていたが、やがて我慢できないと言うようにリカルドがのし掛かり、本格的なキスをしてきた。

「ん……っ、ん、……ぅ」

柔らかな唇に何度も唇をついばまれ、夢中になってキスを交わすうちに温かな舌がヌルリと唇の内側を舐めてきた。

ゾクゾクとしながら口を開くと、前歯の裏側を舌先で探られて体の奥に火が灯った。

羞恥で緊張するものの、できるだけ舌の力を抜いて彼の舌を舐めていると、トロトロと蕩け合って口の中で一つになったように感じる。

リカルドの舌はマレーネの口内を舐め回し、舌の裏側や付け根をなぞられると、キスだけで達してしまいそうになった。

「んぅ……っ、ふ、――うぅ、ン」

キスをしている間、リカルドが胸をやんわりと揉んできた。

コルセットを着けていない柔らかな胸を揉まれ、興奮が徐々に高まっていく。

薄い布地越しに乳首をカリカリと引っ掻かれ、マレーネは小さくうめいて腰を揺らした。

リカルドはクスクス笑いながらキスを続け、両手で彼女の脚を広げてその間に腰を入れる。

ドロワーズ越しに昂ぶりを押しつけられ、数度擦られているうちに、彼の股間はより硬く張っていった。

「っあぁ……、……はぁ……っ」

細い銀糸を引いて唇が離れ、マレーネは切ない声を漏らす。

赤面して目を潤ませた花嫁をリカルドは目を細めて見つめ、数度頭を撫でてから彼女のガウンとネグリジェを脱がせ始めた。

程なくしてマレーネは一糸まとわぬ姿を晒す。

羞恥を覚えて両手で胸元と下生えの辺りを隠そうとしたが、やんわりとリカルドに両手首を摑まれて阻まれてしまう。

「俺の妻を余すことなく見せてくれ」

「………はい」

隠せない状態で裸を見られるのは、この上なく恥ずかしい。

だがこれまでの二人の歩みを考え、リカルドが〝自分の妻〟として求めてくれるのが堪らなく嬉しかった。

見られているだけで直接愛撫されているような感覚に陥り、素肌が微かに粟立つ。

やがて乳首も色づいて凝り立ち、マレーネは恥ずかしさのあまり小さく息をつく。

「……美しい。見ても、見ても、見たりない」

リカルドは彼女の美身を賛辞し、感嘆の息をついた。

「これからずっと見られますよ」

クスクス笑うマレーネに、リカルドは目を細めてチュッとキスをしてくる。

「君が愛しすぎて、一緒に過ごす時間がとても速く感じる」

「これからひと月は蜜月です。ゆっくり愛し合いましょう？」

「そうだな」

妻に宥められ、リカルドは破顔すると、自身のガウンや纏っている物をすべて脱ぎ去った。

（あぁ……）

惜しげもなく晒されたリカルドの裸身を見て、マレーネははしたなく興奮する。

太陽と月を溶かしたかのような色の髪に、極北の氷を思わせる目。

地上における神の代行者と呼ばれるのが相応しい、極上の美を誇り、それでいて逞しく雄々しい男性。

それが自分の夫なのだと思うと、歓喜のあまり胸が高鳴っていく。

リカルドも自分の妻となったマレーネを見て、何度目になるか分からない溜め息をついていた。

窓の外から差し込む月光を反射し、真珠のようにまろく光る裸身は、どこも柔らかくてむしゃぶりつきたくなる。

癖のない黒髪はシーツの上に芸術的な弧を描いて広がり、こちらを不安と期待を抱いて見上げている青い目も、サファイアのように輝いている。

母性の象徴というべく乳房はずっしりと重たげで、それでいて信じられないぐらい柔らかいのを彼は知っている。

先端はとても可憐な色で、彼女が緊張し快楽を得るとプツンと凝るのが可愛くて堪らない。

細く括れた腰や、張り出た臀部、むっちりとしていながらスラリとした脚。手や足の爪は、まるで桜貝のようだ。

自分にとってこの上ない美姫を、今夜本当の意味で妻とし、抱く事ができる。

三度の儀式で彼女の肉体を貪ったが、結婚して初夜を迎えた今は感動もひとしおだ。

リカルドはマレーネの首筋に顔を埋め、ちう……と吸い付いてきた。

「ん……」

くすぐったさも感じてマレーネは身じろぎをする。

そんな彼女の乳房を揉みながら、リカルドは徐々に唇の位置を下げ、デコルテにくまなくキスをした。

優しい唇の感触にマレーネは切ない吐息をつき、リカルドの髪を撫でる。

やがて彼の唇が乳首に至り、乳輪を温かな舌で舐められた時、マレーネは大きく息を吸ってこみ上げる愉悦を堪えた。

リカルドはレロリとマレーネの乳輪を舐めたあと、唇をすぼめて彼女の乳首を吸い立てた。

「んぁ……っ、は……っ、ぁ、あ……」

もう片方の乳首も指で擦られ、クリクリとこよられる。

ジィン……と子宮に甘い疼きが宿り、マレーネは無意識に腰を揺り動かし、突き上げてリカルドからの刺激をねだっていた。

空いた片手がスルリと腹部から腰、臀部に至って太腿を撫でてくる。

マレーネの太腿を開かせるようにして、彼の手は内腿を辿って恥丘に触れた。

あえかに生えた和毛をショリショリと弄んだあと、指先が潤んだ花弁をつつく。

「んぁ……っ、あ、あぁ……」

肉芽にトンとリカルドの指が当たり、コリュコリュと包皮ごと陰核を刺激してくる。

求めていた悦楽を得て、マレーネはうっとりと目を細め、彼から漂う石鹸のいい匂いを吸い込んだ。

愛撫を受けていると、すぐに秘部からクチュクチュと濡れた音が聞こえ始め、彼女は赤面する。

「気持ちいいか？　マレーネ」

尋ねられ、彼女は恥じらいながらも「はい」と頷き微笑んだ。

「もう香や催淫剤を使わず、俺自身の力で君を感じさせられる」

「嬉しいです。儀式の時はとても気持ち良かったですが、香や催淫剤で頭がボーッとして、きちんとリカルド様に愛されているという自覚を持てませんでした。けれど今は……」

マレーネは夫を見つめ、嬉しそうに笑みを零した。

「あ……っ」

濡れた蜜孔に彼の指が埋まる。

リカルドは妻の顔を見つめ、彼女の反応を窺いながら慎重に指を入れていった。

その気遣う優しい動きを感じて、彼女は恥じらいつつも思い切って伝える。

「大丈夫ですよ。もう初めてではないんですもの。少しぐらい乱暴にしたって……、その、リカルド様がしてくださるのなら全部感じてしまいますし」

「あんまり可愛い事を言うんじゃない。我慢がきかなくなる」

言った途端、リカルドは物言いたげな視線を向け、遠慮なく彼女の肉壷を探り始めた。

「うん……っ、あ、あぁ……っ」

クチュクチュと水音を立てて指が前後し、膣壁を擦って彼女が感じる場所を探そうとする。

「あんっ……、あ、あ！」

あっけなく弱点は探り当てられ、その反応を見てリカルドがペロリと舌なめずりをした。

「もうこんなにふっくらしてるぞ」

言いながら、リカルドがぐぅっと膣壁を押してくる。

「ん……っ、ぁ、……ぁー……、ぅ、う……っ」

何度も指の腹で膣壁を擦られ、そのたびにグチュグチュという水音が激しさを増してきた。

彼は乳首を舐めた上にチュパッとわざと音を立てるので、恥ずかしくて堪らない。

全身の神経が集中したのではないかと思うほど、リカルドに触られる所すべてが気持ちいい。

（もっと……っ、触ってほしい……っ）

恥ずかしくて堪らないが、マレーネは自分の欲望に正直になり、腰を突き上げリカルドにさらなる刺激を求める。

彼女の反応を見てリカルドは満足気に笑い、口に乳首を含んでレロレロと舌で弾きつつ、蜜壷から溢れた蜜を指に纏わせ、親指で陰核に触れてきた。

「あっ！　きゃ……っ、う、……ぅ、っぁ、あぁっ」

マレーネはビクビクッと体を跳ねさせ、下腹に力を入れてリカルドの指を締め付ける。

「あぁ、マレーネ、凄い締め付けだ。俺の指が君の柔肉にギュウギュウ食いつかれている」

「やぁ……っ、あぁああ……っ」

気持ち良くて、勝手に蜜壷に力が入ってしまう。

ピクピクとわななく蜜洞は、次から次に涎を垂らしてもっと太く大きなモノの侵入を望んでいた。

「ふぁ……っ！　あぁあぁぁっ！」

触れるか触れないかのタッチで、リカルドが五指でフワリとマレーネのお腹を撫でてきた。

それだけで脳天に突き抜けるような快楽が訪れ、マレーネは腰を弓なりに反らせて蜜壷を引き絞った。

「もっと好くしてあげよう」

その反応に気を良くしたリカルドは一度指を引き抜き、枕元に幾つも重なっているクッションの一つを取ると、彼女の腰の下に挟んだ。

角度を得た秘部はぽってりと腫れ、愛蜜によってしとどに濡れてテラテラと光っていた。

「脚を開いて」

トン、と内腿を手でつつかれ、マレーネは太腿を震わせながら言う事を聞く。

（恥ずかしい……っ）

顔から火が出てしまいそうなほどの羞恥を覚えながらも、マレーネはこれからされる事に期待をして、蕩けた目でリカルドを見ていた。

「ん、……む」

両手の親指で花びらを引っ張ると、リカルドは平らにした舌を柔らかく押しつけ、レロレロと舐めてくる。

「ふ、――ぁあっ、あぁああっ、――ぁー……、ん、んぅ……っ」

　敏感な場所に柔らかく温かな舌が当たり、マレーネは思わず両手でリカルドの頭を押し返した。

　が、唇で陰唇を咥えられ、秘裂に添って舐め回され、次第に彼女の目はうつろに蕩けて抵抗する意思を失ってゆく。

　二回目に入れられる指は、たっぷりとした蜜に包まれてヌプンとマレーネの体内に包まれた。

　すぐにチュクチュクと蜜壷を掻き回す音がし、官能を得てぽってりと充血した蜜豆にリカルドの舌が這う。

「っあぁあああっ！　それ……っ、駄目ぇ……っ！」

　最も弱い場所を細やかに舐められ、あっという間にマレーネは絶頂のきざはしを駆け上がる。

　リカルドの指を膣肉で喰い締め、マレーネは喉を晒して大きく震えた。

　足にも力が入り、ピンと張られたシーツの上を滑って皺を作る。

「は……、もう達ったのか」

　リカルドは唇についた蜜を舐め、妖艶に笑う。

　ピクンピクンと子宮を震わせているマレーネは、彼が指に付いた蜜をいやらしく舐めている姿をぼんやりと見るしかできない。

――が、その視線が彼の下腹部に移動する。

自分の嬌態を見て興奮してくれているリカルドの雄々しい雄茎を見て、マレーネは体の奥底からジュワリと雌のエキスが湧き出るのを感じた。

(アレが……今まで私の中に……)

三度の儀式で味わった気持ちよさを思いだし、彼女は体を熱く燃え立たせながら、ヨロリと起き上がってリカルドの肉槍に手を添える。

「マレーネ?」

リカルドは微かに目を瞠り、少し期待した視線を向けてくる。

「……触らせてください。私も、リカルド様を愛したい」

思い切って申し出て見ると、彼は照れくさそうに、けれど嬉しそうに微笑んで仰向けになった。

足を開いた彼の股間に顔を埋め、マレーネは熱の籠もった目で肉色の亀頭を見つめる。

滑らかなそこには小さな孔が空いていて、そこからトロトロと透明な液が滴っていた。

(リカルド様も、濡れてる……)

きっと自分の体を見て興奮してくれたのだと思い、マレーネは嬉しくなった。

そして自然と口を開き、舌を出して亀頭を包み込む。

「う……っ」

丁寧にレロンと舐めると、リカルドが気持ちよさそうに呻く。

気を良くしたマレーネは、それから何度もペロペロとリカルドの亀頭を舐めた。

「……マレーネ、竿の部分に手を添えて、上下に擦って」

「ふぁい」

言われた通りに肉竿に手を掛けたマレーネは、指が回りきらないほど太い幹をしごき始めた。

手を動かしながら亀頭を丁寧に舐め、それが終わると括れた部分に舌を這わせる。

「ぁ……っ」

そこを舐めた途端リカルドが大きく反応したので、ここが感じるのだと理解したマレーネは雁首を重点的に攻めた。

横から咥えてジュウッとはしたない音を立てて吸い付き、舌で舐める。

ここが男性の弱点だと言う事は分かっているので、リカルドの反応を見ながら陰嚢《いんのう》にも手を這わせてやんわりと揉んだ。

「っあぁ、マレーネ……っ」

リカルドはマレーネの頭を撫で、気持ちよさそうに息を乱す。

(気持ち良くなってくれている……)

嬉しくなったマレーネは、分からないながらも彼が自分に口淫をしてくれたように、口全体を使って愛撫する事を考えた。

(これで合っているのかしら？　分からないけれど……)

不安に思いながらも、マレーネは大きく口を開き口内に亀頭を迎え入れる。

ずっぷりと奥まで屹立を呑み込んで口腔全体で包み、唾液を纏った舌でヌルヌルと肉竿を舐めると、リカルドが歯を食いしばった隙間から獰猛な息を漏らした。

「――っく、……っはぁっ、マレーネ……っ」

彼の声音からは、ここまでするとは思わなかったという、戸惑いと喜びが窺える。

(私だって、愛する方のために何だってしてあげたいのです)

彼女は上目遣いにリカルドを見て訴えると、グッポグッポとはしたない音を立てて顔を前後し始めた。

「つあぁ、マレーネ……っ、凄く……っ、気持ち、いい……っ」

彼の下腹の上に自分のたっぷりとした乳房がのっているのに気付き、マレーネは使えるものはすべて……と思って両手で乳房を寄せた。

柔らかな乳房で屹立を圧迫し、両手で寄せたままユサユサと上下させ亀頭や雁首を舐め回す。

「……っ、駄目だっ、マレーネ！」

とうとうリカルドが降参し、彼女の肩をグイッと押して起き上がった。

「っきゃあっ！」

その勢いでマレーネは押し倒され、ギラギラと野獣のような目をしたリカルドに見つめられる。

「……っ、大切に抱こうと思っていたのに……っ、もう、――駄目だ」

マグマのように燃えたぎる感情をなんとか押し隠し、リカルドは亀頭をマレーネの蜜口に押し当て、一気に貫いてきた。

「っあぁあうっ！」

どちゅんっと子宮口を亀頭で突き上げられ、彼女は目を見開いて頭の中を真っ白にさせる。

丁寧な愛撫で深部に熱が蓄積していた淫らな体は、リカルドに挿入されただけで絶頂してしまった。

ハクハクと口を喘がせているマレーネを見てリカルドは舌なめずりをし、すぐにズグズグと突き上げてくる。

すでにたっぷりと潤った蜜壷が太竿に掻き混ぜられ、グチュグチュニチャニチャと粘ついた音が寝室に響いた。

「っ君のここは最高に気持ちいい……っ」

熱の籠もった声でリカルドが唸り、マレーネの細腰を摑んで縦横無尽に突き上げてくる。

「あんっ、あぁあっ、んーっ、んぅ、ん、あぁっ、あぁああっ」

大きく硬い亀頭でどちゅっどちゅっと子宮口を突き上げられ、捏ねられるたびに、マレーネの目の前で白い閃光が走った。

挿入してすぐ絶頂しっぱなしになり、マレーネは自分がどんな声で喘いでいるのかすらも分からなくなる。

待ち望んだ初夜を丁寧に、愛情たっぷりに過ごそうと思っていたのも、もうどこかに飛んでいってしまっている。

マレーネは吠えるように喘ぎ、全身に汗をびっしょりと掻いて無意識に自らリカルドに腰を押しつけていた。

「っ可愛い……っ、マレーネ……っ」

リカルドはさらに彼女を感じさせたいと、指に愛蜜を塗りたくり、さやから顔を出した淫玉にヌチュヌチュと塗りつけてくる。

「っひあぁああ……っ！」

メスの弱点を攻められて、マレーネは思いきり膣を引き絞ってまた絶頂した。

妻の淫らな姿に興奮したリカルドは、彼女の中でより肉棒を大きく張り詰めさせる。

突き上げるごとにブルンッと震える魅惑的な乳房を遠慮なく揉んだあと、蜜を纏わせた指で乳首をチュコチュコとしごき立てた。

「やぁあっ、んーっ、それやぁああっ」

どこを触られても鋭敏に快楽を拾ってしまうマレーネは、涙を零し体をくねらせる。

そんな仕草がリカルドの劣情に火を付けるとも知らず、マレーネは白い肌を薔薇色に染め、妖艶に腰を振り立てた。

「……っ、駄目だ……っ、優しくできない……っ」

リカルドは喉の奥で低くうなり、マレーネの両膝を抱えると彼女の頭の両側につくまで腰ごと押し上げた。

そして完全に天井を向いた秘部を、上からズボズボと貫き始める。

「っあぁあっ、深い……っ！」

目の前で自分の恥ずかしい場所が露わにされ、そこに血管の浮いた赤黒い欲棒が突き立てられている。

見るもいやらしい光景にマレーネは顔を真っ赤にしながらも、どうしても目をそらせないでいた。

リカルドが腰を叩きつけるたび、結合部で蜜が弾け飛んでマレーネの胸まで飛んでくる。

滴った愛蜜はどろっと白く濁っていて、粘度の高さを見せつけたまま、お腹に伝っていた。

「あぁあぁあっ、ぁあぁあ、――ぁ、――っ達く、ぃ、……っ、あぁあぁあ……っ！」

視覚的に興奮したマレーネは、大きく体をわななかせてまた絶頂した。

両手で枕を掴み、後頭部を押しつけて陶酔した時、きつく蜜壷に締め付けられたリカルドが低くうめく。

「――出る……っ」

ぼんやりと見ているなか、リカルドは奥深くまでマレーネを貫き、子宮口に亀頭を押しつけてくる。

そして肉棒をビクビク震わせたかと思うと、子種をたっぷりと吐き出した。

「……っ、ぁ、……あ……」

行為の終わりを感じて全身の力を抜いたマレーネだが、腰を下ろされたあと体をうつ伏せにされ、緩慢にしか動かない頭に疑問符を浮かべる。

――と、泥濘《ぬかる》んだ場所にリカルドの亀頭が押し当てられたかと思うと、いまだ衰えない硬い雄茎がズブゥッと一気に入ってきた。

「っあぁあああーっ！」

すっかり気を抜いていたところで挿入され、マレーネはシーツにタラリと涎を垂らす。

四肢を弛緩《しかん》させたままビクビク痙攣している彼女の腰を抱え上げ、リカルドは獣のような格好でズチュズチュと抜き差しを始めた。

「――っ、待って……っ、まって、――ぁ、あぁああ……っ！」

向かい合っての体勢とは異なる場所に亀頭が当たり、マレーネは目を白黒させ蜜壷を締め付けるしかできない。

ようやく力を入れて四つ這いの体勢になれたはいいものの、抵抗する手段がなく、されるがままだ。

抽送に伴ってタプンタプンと揺れるマレーネの乳房を、リカルドが後ろから揉みしだく。

先ほどの愛蜜で濡れた乳首を指でくすぐられると、どうにもならない気持ちよさに見舞われて、また蜜壷が締まった。

「うーっ、ぅう、待って……っ、あぁ、あ……っ、気持ち……っ、ぃ、から……ぁっ」

「もっと愛させてくれ」

理性のタガの外れたリカルドは愉悦の籠もった笑みを浮かべ、最奥まで突き上げるとプルンと震えるマレーネの白いお尻を見下ろしていた。

すべすべとした背中から脇腹に両手が滑り、マレーネはくすぐったさと気持ちよさとに身をよじらせる。

「ここも好きだろう？」

悪戯っぽい声音でリカルドが尋ねてきて、結合部に手を移動させたかと思うと、ぬるついた蜜を纏わせた指で秘玉を転がしてきた。

「──あぁあぁ……っ、そこっ、やなのぉ……っ！」

マレーネは哀れっぽい声を上げ、背中を丸めて絶頂する。

小さな孔からブシュッと愛潮を飛ばし、シーツが濡れる。それすらも気付かず、マレーネはシーツに爪を立てたまま痙攣し続けた。

激しい絶頂が過ぎてドサッと倒れ込んだ瞬間、リカルドの肉茎がニュポンと抜けてしまう。

これで終わってほしいと思っていたが、片脚を抱え上げられ体を横臥させられる。

「待っ……っ、──ぁあああぁあっ！」

より深い場所までドチュッと貫かれ、マレーネはまた高みへ押し上げられて全身を痙攣させる。

リカルドはマレーネの片足を自分の肩の上に置き、ズグズグと突き上げながら乳房を揉んできた。

「マレーネ、待ちに待った蜜月の始まりだ。後悔しないようたっぷり愛し合おう」

「――っ、あ、……ぁあ、……っ」

これからの一か月を思い、彼女は嬉しいはずなのに、恐ろしさすら感じて泣きそうな表情で笑った。

「マレーネ……っ、マレーネ……っ」

深い場所まで何度も太竿で膣襞を擦られ、掻き回され、彼女は官能の坩堝に引き込まれてゆく。

彼の指先が蜜を纏ってヌチュヌチュと淫玉を弄ってくるのも堪らないし、遠慮のない手つきで乳房を捏ねられ、揉まれるのにも被虐的な悦びを得る。

自分はもう完全にリカルドのもので、妻になり、誰にも気兼ねなく好きなだけ愛し合えるのだと思うと、彼がしてくれるすべての行為が嬉しかった。

「リカルド様……っ、――好き……っ」

涙を纏った目でマレーネは微笑み、愛する夫の首を両手で引き寄せた。

体に掛かる体重とリカルドの律動を感じながら、舌を出し合って深い場所まで口内を探るいやらしいキスをする。

リカルドがマレーネの両脚を抱えて体位を変え、彼女は自然と夫の腰に脚を巻き付けた。

切ない吐息を漏らしながら互いの舌を舐め、吸う。

肺いっぱいにリカルドの香りを吸い込み、マレーネは彼の逞しい背中に手を回して大きな波を迎えた。

「――っ、んぅぅうう……っ！」

リカルドの体温、息づかい、汗を全身に感じながら、彼女は随喜を味わう。

同時にリカルドも喉の奥で低く唸り、腰を震わせたあとに数度マレーネを膣奥まで突き上げ、吐精した。

熱い肉槍が体内でビクビクと震えるのを感じ、マレーネは陶酔する。

愛する人の子に繋がる種が自分の中に吐かれているのだと思うと、嬉しくて涙が零れ落ちた。

リカルドはすべてを吐き切ったあと、マレーネに体を預けてくる。

幸せの重みを感じたマレーネは、目を閉じて激しい快楽の残滓《ざんし》を味わい、うっとりと微笑んだ。

＊＊

蜜月を過ごし始めて十日ほどたち、各国の賓客も帰った頃になり、マレーネは新婚旅行としてリカルドと共に避暑地である大きな湖にきていた。

湖の畔にある白い城は優美で美しく、帝都にある宮殿のどっしりとした作りとはまた違う良さがある。

湖に直接続く階段もある城で、マレーネは毎日リカルドといちゃつきながら過ごしていた。

その時もリカルドと身を寄せ合って湖畔を歩いていた。

和やかに会話をしながら歩を進めていたのだが、不意にマレーネは眩暈を感じ、足を止めしゃがみ込んだ。

「……マレーネ？」

リカルドも膝を突き、新妻の顔を覗き込む。

「どうした？　陽に当たりすぎたか？」

彼は心配そうに声を掛けてくれるが、マレーネは眉間に皺を寄せじっと眩暈が過ぎ去るまで待つ。

「……大した事はありません」

波が引いたあとに弱々しく笑うと、リカルドが額に手を当ててきた。

「……少し熱がないか？」

「え……」

言われて自分の額に手を当ててるが、ここ最近ずっと体が火照っている感じが続いていたので、熱があると言えるほどなのか自分で判別がつかない。

「城に戻って侍医に診てもらおう」

そう言うリカルドは、神託でマレーネを失いかけた事もあり、神経質な表情をしていた。

城に戻ったあと、マレーネはティアやメイドたちに世話を焼かれ、ベッドに横になる。

やがて部屋を訪れた侍医の診察を受け、傍らに座っているリカルドと共に緊張して診断を待つ。

老齢の侍医はにっこり笑って診断を告げた。

「ご懐妊ですな」

「…………っ！」

息を呑んだマレーネの横で、リカルドは彼女の手を握りながら大きく目を見開く。

そのあとゆっくり口が開き、クシャリと泣き笑いの表情になったあと、夫は力一杯妻を抱き締めてきた。

「マレーネ……っ！」

「リカルド様」

自分の懐妊を手放しで喜んでくれる夫が嬉しく、マレーネも目尻に涙を浮かべて彼を抱き返す。

「経過を見ていきましょう。良い子が生まれるよう、尽力いたします。帝都に戻ったあとは何でも相談のできる、信頼のおける女医にも連絡をしましょう」

「はい……！」

侍医が立ち去ったあと、マレーネは自分を抱き締め何度もキスをしてくるリカルドや、部屋の隅で泣いているティアやメイドたちを見て相好を崩す。

これからエリスや家族に向けて手紙を書こうと思いながら、窓の外で光る湖面を見て目を細める。

（半年前、リカルド様から『妾になってほしい』と言われたのが嘘みたい。こんな幸せがあるなんて……）

三年前にリカルドと会って運命を感じた時から、ヴァイス神はこうなる未来が分かっていたのだろうか。

神々の意思は分からないが、リカルドの愛とこの身に授かった命、そして大切な人々や帝国にも、どうか祝福があるように――。

マレーネは聖母の如き笑みを浮かべながら、そう祈るのだった。

番外編　皇帝と皇妃の甘い午後

リカルドとマレーネが結婚した直後、ブライアンとエリスがその関係を公表した。

まさかの組み合わせに、帝都じゅうの貴族がざわめいた。

しかし何を言われても動じないブライアンと、皇帝と皇妃の後ろ盾があるエリスだ。

どのような出会いだったのか気にする者はいても、悪い噂を流す者はいなかった。

マレーネは頻繁にエリスとお茶会を催し、それまで以上に絆《きずな》を深めた。

今までエリスを馬鹿にしていた令嬢たちは、彼女が四大侯爵家の当主と結婚し、皇妃の親友となった事で、負け惜しみすら言えなくなったようだ。

今ではエリスにおもねる者が増え、彼女は困惑している。

「騎士団の方々も同行する、令嬢たちの乗馬愛好会に誘われてしまったのですが、どう断ったらいいでしょう……」

お茶会で相談してきたエリスは、深く悩んで今にも泣きそうだ。

「嫌だったら無理に参加しなくてもいいのですよ。エリス様はどちらかというと読書やレース編みなど、室内でできる事を好んでいます。趣味が合わないのは悪意があっての事ではありませんし、気が向かなければ用事があると言えば良いのではありませんか？」

マレーネは彼女の相談に乗り、ティアが淹れてくれた紅茶を飲む。

「ですが、断ったら次に呼んでもらえないかもしれません」

その気持ちも少し分かる気がするので、マレーネは提案した。

「乗馬や皆で和気藹々《わきあいあい》……という雰囲気に不安があるのですよね？」

「はい。私、運動音痴で……」

「なら、ブライアン様に同行して頂き、乗馬の補佐をして頂きましょう。騎士団も一緒となれば、彼も心穏やかではないはずです。誤解を生まないために一緒に行くのはいい手立てとなります。加えてブライアン様がいらっしゃれば、令嬢たちも軽々しい話題は振ってこないでしょう」

マレーネの言葉を聞き、エリスはしばし反芻するように沈黙したあと、顔を上げて微笑んだ。

「そうします！　ああ、マレーネ様に相談してみて良かった……！」

「解決できたのなら良かったです。今、エリス様は時の人ですものね。気苦労をお察しします」

二人が付き合っていると発表したのち、ほどなくして十月には婚約パーティーが行われる事になっていた。

そして来年の初夏になり、花が咲き乱れる良い季節に、二人は結婚式を挙げる予定だ。

マレーネは翌年の一月頃に出産予定なので、二人の結婚式には体調を戻し万全を期して出席できるつもりだ。

「お子様、元気に産まれると良いですね」

彼女の思考を読み取ったように、エリスは前屈みになるとマレーネのふっくらしたお腹を見て微笑む。

現在は九月で、マレーネは妊娠五か月だ。

リカルドは体を気遣って以前の様に情熱的に求めてこないものの、マレーネとお腹の子が心配で愛しくて堪らないらしく、執務の間に休憩と称して頻繁に顔を見せてくる。

先ほども二人がお茶をしている時に訪れ、妻を愛でてデレデレしていたところ、ブライアンに引っ張られて執務室に戻っていったところだ。

「陛下は本当にマレーネ様を溺愛されていますよね。お二人の仲睦まじい姿を見ていて、本当に心が温かくなります」

「ありがとうございます。私も、ブライアン様の守護者ぶりを見ていると、キュンとなってしまいます。お二人の関係性がとても尊くて……」

二人はお互いの関係性に赤面してキャッキャとはしゃぐ。

リカルドがマレーネを、ブライアンがエリスを、どのように愛でる時にキュンとするのかを夢中になって話したあと、ポットのお茶が空っぽになってしまってティアにお代わりを頼む始末だった。

そのように周囲とうまくやりながら時は過ぎ、収穫の秋にはブライアンとエリスの婚約パーティーが華々しく行われた。

リカルドとマレーネは、ブライアンと連携して、主役であるエリスが不慣れな応対に困ってしまわないよう、手を回した。

すっかり改心した彼女の侍女たちも、エリスの手助けは勿論、リカルドやマレーネの命令をよく聞いて協力してくれた。


やがて翌年一月の半ばに、マレーネは元気な男児を出産した。

「マレーネ！　よくやった！」

彼女がいきみ、叫んでいる姿を側で見て、しっかり手を握っていたリカルドは、涙ぐんでいた。

その腕には生まれたての赤ん坊が抱かれている。

「赤ちゃんを……」

びっしり汗を搔いたマレーネの顔を、ティアが拭う。

もともと体が弱い彼女だったが、リカルドと真の意味で結ばれてからはまったくの健康体になっていた。

しかし出産ともなると大きな負荷が体に掛かり、彼女は青白い顔をしている。

「君と俺の、愛の証だ」

リカルドはマレーネの腕に産声を上げる赤ん坊を抱かせ、側にしゃがんで一緒に息子の顔を覗き込む。

「本当に……、リカルド様のお子を産めたのですね」

「よく頑張ってくれた」

夫が愛しげに妻の頭を撫で、額にキスをしてくる。

「俺は側で皇子を見ているから、君はゆっくり休んでくれ」

「はい」

「君の母君が側にいた方が安心できるだろうから、リージェット家に使いをだしておく。加えて君が面接をして厳選したナーサリーメイドたちも、いつでも動けるようになっているから、安心してくれ」

「何もかもありがとうございます」

マレーネはリカルドに感謝を伝える。

「一番の大役を果たしたのは君なのだから、あとは周りの者が協力し合うだけだ。俺たち二人の子供でもあるけれど、この帝国の皇子でもある。全員が協力して育てなければ」

「……はい！」

本当は、母になる事に大きな不安があった。

自分一人の面倒すらろくに見られていない気がするのに、いずれは帝国の未来を担う子を立派に育て、導いていけるのだろうかと。

リカルドも「俺も父親の初心者だ。一緒に頑張ろう」と言ってくれていたが、ここまでしっかりと周囲を固めてくれるとは思っていなかった。

出産前後は気持ちが不安定になる事も多々あったが、彼の頼もしい言葉に、ふ……っと張り詰めていたものが楽になった気がした。


マレーネが出産してから半年が経つ頃には、帝都はブライアンとエリスの結婚式の話で持ちきりになっていた。

とある午後、マレーネは自室で皇子リグルスに乳を飲ませている。

その隣に座ったリカルドは、妻の真っ白な乳房を見て微かに劣情を催しながらも、父としての自分を優先して二人を見守っている。

「まさかあの二人が……、と初めは思ったが、見ているとお似合いなものだな」

「そうですね。エリス様もブライアン様にしっかり庇護され、安心されているように見えます」

半年経ってマレーネはすっかり体力を取り戻し、さらに以前よりも成熟した魅力を発するようになっていた。

リカルドは結い上げられた彼女のうなじを見て、熱っぽい目を向ける。

さらにはだけられた胸元には、妊娠前よりも遙かにずっしりとした乳房が実っていて、ついつい触りたい気持ちに駆られる。

「マレーネ」

「はい？」

呼ばれて顔を上げると、リカルドが顔を傾けキスをしてきた。

「たまには、俺だけの妻に戻ってほしい」

甘えるような声で言われ、マレーネは思わず破顔する。

「陛下には私の愛が足りていませんでしたか？」

「出産前後からずっと、少し寂しかったかな」

言われて、周りの助けはあるものの、初めての子育てで頭が一杯だった気がする。

それに、つい先日母から言われてギクッとしたのを思いだした。

『出産後の女性は子供の事で頭が一杯になって、子を守って生きなければという生存本能に支配されるわ。それで男性が寂しさを覚えてしまう事もあるから気をつけて。まずはあなたが健やかでいる事が一番だけれど、皇子の健康は私やナーサリーメイドに任せて、二番目には皇妃としての務めを考えて』

母に言われた時は『大丈夫です』と笑っていたものの、あとになってから考えてみて、恐ろしくなったのだ。

もし自分がリカルドの相手を十分にしきれていなくて、彼が他の女性に心変わりをしたらどうしよう。

それこそ、愛妾を迎える事になったらどうしよう……と。

「私……、いつ、どのタイミングでリカルド様に対して〝女〟に戻ったらいいのか、分からなかったのです」

自分の乳首に吸い付き、んくんくと乳を飲んでいる皇子を愛しげに見てから、マレーネは困った様に笑う。

「決められたタイミングなんてあったのか？」

彼はおかしそうに笑い、マレーネの髪を撫でてくる。

「初めてのお産で、私は自分が生き延びる事と、皇子を無事に産む事で頭が一杯でした。無事に出産できたあとも、何とかして皇子を完璧に育てていかなければ……と、そればかりだった気がします」

リカルドの手が、優しくマレーネの頬に触れる。

「皇子の成長は早くて、少しでも目を離したら、見逃してしまうかもしれないと思う気持ちもあります。……でも、夫をないがしろにしていい理由にはなりませんね」

頬に触れる彼の手に、マレーネは自身の手を重ね、頬ずりする。

「……愛妾を迎えないでくださいね？」

心配になって彼に訴えると、リカルドはこれ以上ないほどに目を見開いた。

そして、しげしげと妻を見てから、首を傾げる。

「どうしてそうなった?」

「……リカルド様を放っておいてしまったので……」

悲しげな表情で呟くと、彼はがっくりと項垂れ「君は……」と溜め息をつく。

「君の命が掛かった障害を乗り越えて、ようやく結婚して第一子までできたというのに、俺が愛妾を迎える訳がないだろう」

リカルドは諌《いさ》めるように、チュッと強めにキスをしてくる。

話しているうちに、リグルスはお腹一杯になって眠ってしまったようだった。

マレーネは胸元を整え、室内に立っているナーサリーメイドに視線を送る。

彼女は無言で近づいてきたリグルスを抱きかかえ、ベッドがある部屋へ連れて行った。

気を利かせたティアが続き部屋のドアを閉め、室内には二人きりになる。

「君はいつ見ても、最高の女性だ。君の代わりなんて一生現れない。それは保証するよ」

リカルドは愛しげに妻を見つめ、もう一度吸い寄せられるようにその甘い唇を堪能する。

「初産で、いずれ皇帝となる子を産んだとなれば、感じる重圧も相当なものだろう。君は本当によくやっている。まじめな性格だから、母として、皇妃としてきちんとしなければと思っている気持ちも理解する」

肩を抱かれて夫の言葉を聞いていると、心が安らいでいくのを感じた。

出産したあとも、落ち着いたあとは彼と同じベッドで眠っているし、お茶を飲んだりキスをしたり、触れ合いは続いている。

けれどマレーネは常に気を張って皇子を第一に考えていたため、いつどのタイミングでリカルドに甘えたらいいのか分からなくなっていた。

「君が求めてくれたら、俺はいつだって君を愛したい」

「……本当ですか？」

不安げな彼女に、リカルドは優しく笑う。

「呆《あき》れないでくれるなら、言わせてもらうが。今だってリグルスが君の乳を飲んでいる姿を見て、正直ムラムラしていた」

「まぁ！」

まさかそのように見られていたとは思わず、マレーネは胸元を押さえて赤面する。

「リグルスのご飯をあげているのに、そんな目で見てしまってすまない。なるべく父親として二人を見守りたいと思っているのに、子供がまだ小さいからか君を欲目で見てしまう自分がいる」

彼の本音を聞いて、マレーネは思わずクスクス笑った。

「確かに、分別がつくようになったら、あまり目の前でイチャイチャできませんものね」

「その通りだ」

二人は顔を見合わせて笑い、またキスをする。

「今はまだ、独り占めしたいな。……そう思う自分を大人げないと思うし、君は母として立派にすべき事をしているのに……と、俺自身、誘いづらく感じていたのも事実かもしれない」

「教えてくださり、ありがとうございます。……私も本当は、リカルド様と二人きりの時間をとりたかったです」

意見を言い合い、仲違いをしていた訳ではなかったが、分かり合う事ができて二人は微笑み合う。

「じゃあ、少し君に触れてもいいか？」

誘いの声に、マレーネは頬を赤らめ頷く。

「少しだけじゃなく……、しっかり触ってください」

受け入れられ、嬉しそうに笑ったリカルドは、ずっしりと張り詰めた彼女の乳房を下から持ち上げた。

「ん……っ」

敏感になっているそこに触れられ、マレーネは声を漏らす。

「駄目だったか？」

リカルドはすぐにそっと手を引き、心配そうな顔で尋ねてくる。

「いえ。そうじゃないんです。今は胸が一杯になっていて、お乳が詰まっているように思えるんです。痛くはないのですが、早く皇子に沢山飲んでもらわないと、そのうち胸が張って痛くなると侍医に言われました」

「大変だな……」

そのような体の変化は勿論男性にないため、リカルドは真剣な表情で聞いている。

「いずれお乳が張ってしまいそうな時は、自分で絞り出して、胸が詰まってしまわないようにしなければならないそうです」

「それは……」

何か言いかけたあと、リカルドはサッと赤面し、視線を泳がせる。

そのあと、少し真剣な表情をして尋ねてきた。

「それは、俺が吸ったらいけないものか？」

「えっ？」

驚いて顔を上げると、リカルドが何ともいえない表情でジッと見つめてくる。

「……飲みたい、のですか？」

尋ねると、彼は恥ずかしそうに呟いた。

「俺だって君に甘えたい」

素直な言葉を口にした彼に、マレーネは笑いかけた。

「ちょっとだけですよ」

そして彼女は、ドレスのボタンを外し、乳房を出す。

「いらして、陛下」

マレーネは長椅子の上に座り直し、自分の膝の上を軽く叩いた。

その意図を察したリカルドは、仰向けになって彼女の膝枕を堪能する。

彼女は恥じらいながらも、彼の口元に胸を当てた。

「陛下、どうぞ存分に味わってくださいまし」

悪戯っぽく言った彼女は、先ほどから夫をわざと〝陛下〟と呼んでいる。

皇帝である彼が、自分にだけこんなに甘えてくれるのが嬉しくて堪らないのだ。

リカルドはうっとりと目を細め、以前より色を濃くした妻の乳首にしゃぶりついた。

ちゅう、ちゅう、と音を立てて妻の母乳を吸う彼を、マレーネはうっとりとした顔で見て、髪を撫でる。

ずっと、夫婦の触れ合い、営みを求めていた。

すぐ側に彼はいるのに、寝る前に手を握っても優しい抱擁があるだけ。

彼が大好きだった自分の乳房も、気がつけば息子専用になっていた。

母親になったのに、夫を女として求めてしまうのはいけない事なのだろうか、と何度も自問した。

結局自分では答えを見つけられず、直接リカルドと話し合った結果、こうして触れ合う事ができて心底安堵している。

（もっと気持ちよくなってほしい）

久しぶりに体の奥に熱を宿らせたマレーネは、手を伸ばしてリカルドの股間を撫で始めた。

彼がビクッと腰を震わせ、起き上がろうとするので、マレーネは力業で彼の顔面に巨乳を押しつけた。

「んっ、む……」

滑らかで柔らかい乳房に顔を覆われ、リカルドは幸せとも苦しいともつかない声を上げる。

「大人しくしていてください、あなた。気持ちよくして差し上げますから」

いつにない優越感を覚えたマレーネは、いい気になったまま彼のトラウザーズを寛がせ、硬くなって飛び出た屹立を軽く握った。

「は……っ、マレーネ……っ」

彼女が少し上体を起こしたので、リカルドの口元が自由になる。

「こうなるのを、望んでいたのではありませんか？」

手の中でムクムクと大きくなるたくましい肉棒を懐かしいと感じながら、マレーネは妖艶に笑う。

「そう……っ、だけど、――少し、違……っ」

親指で亀頭を撫でると、リカルドの声が途切れた。

「あ……っ、ん、ン……」

仕返しと言わんばかりに、ちゅうう……っ、とリカルドに乳首を吸われ、レロレロと舐め回されてマレーネは声を上げる。

陶酔してその感覚を味わい、マレーネは自分が母から女に戻ったのを感じた。

無意識に腰をくねらせていたからか、リカルドが起き上がったかと思うと彼女を押し倒してきた。

「あ……っ」

何か言うよりも早く、バサリとスカートをペチコートごと捲り上げられ、あっという間にドロワーズも脱がされてしまった。

「や……っ、リカルド様……っ」

「『嫌』じゃない。散々俺を弄んでおいて」

「もっ、弄んでなんていません！」

「いいや、弄んだ」

彼はムキになって言ったあと、マレーネの片脚を背もたれに掛け、反対の足を床に下ろし大きく開かせる。

そしてリカルド自身は床に膝を着き、彼女の潤んだ秘唇に唇をつけた。

「あん……っ、や……っ」

抵抗しようとしたが、レロォ……と秘唇を舐め上げられて言葉が嬌声に消えた。

すぐに室内にはいやらしい水音が立ち、マレーネの荒々しい息づかいも聞こえてくる。

「あん……っぁ、あぁ……っ、あ……」

ずっと待ちわびていた場所に柔らかく温かい舌が与えられ、自由に動いて彼女の官能を煽ってくる。

舌は秘唇に沿って縦に動いたかと思えば、密孔をほじるように硬く尖って彼女を攻め点てた。

最後には肉芽を唇で包み、ちゅっちゅっと音を立てて吸い立て、中に隠れている敏感な肉珊瑚《さんご》を舌でチロチロと舐め回す。

「はぁ……っ、あぁああ……っ、ん……っ、ン、あぁあ……っ！」

悶えているマレーネの両胸に、リカルドの手が這い、やわやわと揉んでくる。

そして口淫を続けながら、彼女の乳首を指で優しく触れてきた。

「んゃ……っ、待って……っ、あ、何か……っ、おかし、の……っ、あ……っ」

夫に乳首を吸われて女としての感覚を取り戻したそこは、トントンと指の腹でノックされるだけで、子宮に甘い疼きを与えてくる。

乳首を刺激されるだけで達してしまいそうなのに、秘所には夫の顔があり、一番の弱点である淫玉を舌でチロチロと舐めている。

「――――ひ、ぅうっ、あ！　あぁーっ！」

こみ上げてくる愉悦を耐えられなくなったマレーネは、激しくいきんだかと思うと、ピュッピュッと母乳を飛ばして絶頂してしまった。

「……っあ、あぁ……っ」

まさかこんなに派手に達してしまうと思わず、彼女は半ば呆然としたまま体を弛緩させる。

「とてもいやらしかったよ。マレーネ」

顔を上げたリカルドは濡れた口元を舌で舐め、彼女を抱き起こす。

そしてすでに臨戦態勢になっている己の肉棒を確かめると、長椅子の上に座って自分の腰をマレーネに跨《また》がせた。

「ずっと欲しかったはずだ。自分で入れてごらん」

囁かれて、マレーネは赤面する。

恥ずかしくて顔を逸らしてしまいたいほどなのに、彼が言っている事は事実だし、彼女の下腹は疼いてジクジクしていた。

潤んだ目で夫を見つめたまま、マレーネは手を伸ばしリカルドの屹立に触れる。

血管を浮かばせ硬く漲っているそれを愛しげに撫でると、彼が嬉しそうに目を細めた。

はふ、はふ、と呼吸を整え、彼女は亀頭を蜜口に宛がい、ゆっくり腰を落としていく。

「んっ！　——あ、……ぁ、あ、……あー……」

随分久しぶりに呑み込む一物の感触に、マレーネは口を大きく開き、トロンとした表情で間延びした声を漏らす。

（気持ちいい……）

「あぁ、マレーネ……。美しい」

髪とドレスを乱し、赤面した顔で目を潤ませている彼女を、リカルドは讃美する。

そして両手でマレーネの乳房を寄せ、零れている母乳を舐め始めた。

「や……っ、あ、あん……っ、ン、ぁあ……っ」

彼女はか細い声で喘ぎながら、無意識に腰を揺らして夫の肉棒を貪欲に味わう。

腰を回すと、濡れそぼった蜜壷をグチュグチュと攪拌される音が立つ。

上下に動けば硬い亀頭が子宮口に押しつけられ、思わず涎が垂れてしまいそうなほどの淫悦がジィン……と染み渡る。

「リカルド様……」

夫の髪を両手で掻き混ぜ名前を呼ぶと、彼はマレーネの胸元に顔を埋め、レロォ……と舌を這わせながら上目遣いに見てきた。

「あぁ……、あ……」

——どうしてこんなに気持ちいい事を、忘れられていたのだろう。

うっとりと目を閉じたマレーネは、胸元をはだけさせた姿で懸命に腰を振る。

(もっと気持ちよくなりたい……)

トロリとした願望が湧き出て、マレーネは自身の秘所に手を滑らせると、先ほどまでリカルドが舐めてくれていた秘玉に指を這わせた。

たっぷりと蜜で潤っているそこをスリスリと撫でると、この上なく気持ちいい。

「きゃっ……、ぁ、あ！」

ビクビクッと腰を跳ねさせたマレーネは、それだけでまた達してしまった。

「もう達ってしまったのか？」

微笑んだリカルドは、妻を抱き寄せキスをしてくる。

それだけでお腹の中で彼の分身がムクリと大きくなったので、マレーネは赤面した。

「……リカルド様は……、まだ、でしょう？　……動かれてもいいのですよ？」

おずおずと申し出ると、彼は欲を孕んだ目で頷いた。

そして妻を長椅子の上に横たえ、また脚を背もたれに引っかけると、ズグズグと細やかに屹立を突き立ててきた。

「あぁ……っ、ああ……っ、んっ、気持ちいい……っ」

律動に合わせてマレーネの乳房がユサユサと揺れ、夫の目を楽しませる。

リカルドの唾液と新たに零れた母乳で濡れたそこは、テラリと光って実に淫靡だ。

「マレーネ、愛してる……っ」

「私も……っ、愛しています……っ」

キュウッと胸の奥が切なくなり、マレーネは涙を流してこみ上げた想いを伝えていた。

息子に対する無限の愛情とは別に、やはりリカルドに女として愛されたいという気持ちもある。

それを自覚した時はなんと欲深いのだろうと思ったけれど、リカルドがすべてを理解した上でこうして求めてくれるのなら、両方を欲してもいいのではないかと思い始めた。

「君を……っ、何度だって愛したい。母親になったから何をしてはいけないとかじゃなく、俺は皇帝ではあるが、君の夫で、リグルスの父だ。君が求める時に、俺はきちんとその役を演じ分けられる……っ。だから、安心して俺を頼ってほしい……っ」

温かく柔らかな妻の肉壷に締め付けられながら、リカルドが懸命に訴える。

彼の言葉を聞いた途端、マレーネは自分が見えない腕によって、常に優しく抱き締め守られているような感覚に陥った。

「……っ、はい！」

いくら出産して大変だったとはいえ、自分と息子の事ばかりにしか意識がいっていなかった自分を恥ずかしく思っていたのだがリカルドはすべて受け入れてくれ、心底安心した。

彼も多忙を極めているはずなのに、頻繁に顔を出してはマレーネと息子の顔を確認し、できるだけ時間を作ろうとしてくれている。

リカルドが父として、皇帝として努力しているのなら、自分も頑張らなくては……と思い、マレーネは自身の望みを置いてけぼりにしていた。

けれど今それを受け入れられ、フワッと不安が消えていった。

――このままの私でいいんだ。

そう思った途端、何にも囚われていなかった〝ただのマレーネ〟に戻れた気がした。

「……っ、好き、――です」

笑いかけると、リカルドも愛しげに微笑みキスをしてくれた。

「俺は欲張りだから、君もリグルスも、帝国も、全員を抱えて幸せにする」

言い切った彼の、なんと頼もしい事か。

――あぁ、この人を愛して良かった。

眦から涙を零し、マレーネは幸せいっぱいに笑う。

想いを伝え合ったあと、リカルドはさらに遠慮なく腰を使い彼女を官能の坩堝に引きずり込もうとする。

「あ……っ、ん！　あぁっ、あ……っ、あーっ！」

ズコズコと肉棒を抜き差しされ、さらに勃起した肉芽を親指で撫でられて、マレーネは足をピンと伸ばして深く絶頂した。

「っはぁあああぁ……っ、あーっ！　ん、……あ、あー……」

とても久しぶりに深い随喜を味わい、マレーネは目の前を真っ白にさせて身を震わせる。

「……っ、く、ぁ……っ、出る……っ！」

思いきり締め付けられたリカルドが苦しげな声を漏らし、ジュボッと肉棒を引き抜くと余裕のない顔でそれをしごいた。

大きく膨らんだ亀頭がヒクつき、先端の小さな孔から白濁が勢いよく吐き出される。

「……あぁ……」

彼が達してくれたのを感じ、マレーネは陶酔した声を漏らし、目を閉じて全身を包む心地いい疲れに身を浸した。

「第二子は、リグルスが立てるようになり、卒乳して安心できる頃に……と思っている」

行為が終わったあとは衣服を整え、マレーネはリカルドに抱かれて寝椅子にもたれかかっていた。

「……そうですね。私もその頃がいい気がしています」

彼の体に身を任せ、マレーネは髪を優しく撫でてくれる手にうっとりと目を閉じる。

「リグルスには弟妹を大勢作ってあげたい。でも、君の体を一番に考えたいから、ゆっくり焦らずにいこう」

「はい」

顔を見合わせ、二人は微笑み合うと触れ合うだけのキスをする。

「エリス様からも、母になった時は色々教えてほしいと言われているのです」

「確かに、彼女には君という先輩がいると心強いだろうな。ブライアンも俺に父としての手本を求めてくる訳か」

満足そうに言うので、マレーネは思わず笑ってしまう。

「ブライアン様は、エリス様とお付き合いして変わりましたか?」

「そうだな。仕事に関しては決して手を抜かず、変わっていないと思う。ただ、休憩時間にはエリスの話をする事が多くなって、笑顔を見せる時も増えているから、いい兆候だと思っている」

マレーネは二人の結婚式の様子を想像し、幸せいっぱいに微笑む。

「皆、幸せになるといいですね」

「そうだな」

愛妻の言葉に頷き、リカルドは彼女から立ち上る甘い香りを吸い込むと、幸せに満ちた午後のけだるさに身を浸した。

あとがき

こんにちは。臣桜です。

このたびはムーンドロップス文庫版『皇帝陛下と将来を誓い合いましたが、神託により愛妾になりました』をお手に取っていただきありがとうございます！

今回、ムーンドロップス文庫版では、番外編を書き下ろしさせていただきました。

ややネタバレになりますが、エリスは最初から意地悪な悪役としては書かないつもりでしたので、番外編で彼女が幸せになる姿を書けて良かったです。

このお話のネタを考えた時、「結婚が決まっていたのに、愛しい人から『愛妾になってほしい』と言われたらパンチがあるかな？」と思ったところから始まりました。

ある意味、婚約破棄と似てはいるのですが、愛のある感じでいきたかったです。

そこから考えたお話は、本当なら両思いでストレートに結婚できるはずの二人が、神託というものに引き裂かれて、愛し合っているのにすれ違う……というお話でした。

影嫁となる運命、エリスの命もかかっていて、「どうなるの？」というドキドキと、切なさを感じてもらえたら嬉しいです。

本編もルキア版より色々調整、修正しておりますので、お楽しみいただけたら幸いです。

そして今回もムーンドロップス文庫版で、天路ゆうつづ先生にイラストを担当していただけてとても嬉しいです！

表紙イラストを受け取った時、本当にうっとりしました。

リカルドの金と銀が混じったような髪の色や、アイスブルーの目がイメージ通りで、加えて儀式の衣装から出た肉体美!!（この喜びを分かち合える読者さまが、大勢いらっしゃると信じています）マレーネも黒髪ストレートが美しく、青い目もイメージ通りです。グラマーに描いていただけて嬉しい……！　色味や儀式の服の塗りとか、天才ですね⁉

と、イラストを見ながらしばしうっとりしました。

あとがきを書いている現段階では、まだ挿絵がどうなっているかは分からないのですが、素晴らしい出来なのは見なくても分かっています♪

天路先生、今回も本当にありがとうございました！

担当さま、デザイナーさま、その他関係者さまにも、心よりお礼を申し上げます。

支えてくれている家族、話を聞いてくれる友達にも感謝です。

今回は沢山あとがきページをいただいたので、少し近況などを。

子供の頃から映画が好きで、映画館通いも好きでした。コロナ禍になって映画館も閉まり気味になっていましたが、ある程度色々なものが自由になってからは、毎週のように映画館通いをしています（笑）。

　基本的に一人で行動するのが好きなので、誰とも話さずスッとでかけて映画を三、四本、多い時は五本ハシゴしてスッと帰ります。

　集中して楽しみたいので、飲食物なしで見て、帰ったらめちゃくちゃお水を飲みます（笑）。

　出かけたらランチ等は楽しみたいのですが、映画優先なのですぐに食べられて次の上映に間に合う物を選択しているので、毎回決まった麺類をパッと食べて終わりです（笑）。

　他にも今年は、こちらも元から好きだったクラシック音楽のコンサートや、ミュージカル（『ミス・サイゴン』）、バレエ（ウクライナのバレエ団）など。来年はオペラに挑戦する予定です。今年は初めて吉田兄弟の、津軽三味線のコンサートを聴きに行ったのですが、とても良かったです！

　そしてこのあとがきを書いている今日は、小樽へ行ってヒストリカルの資料になるような、アール・ヌーヴォーの家具や壺など、本物の馬車や、ステンドグラスも沢山見てきました。そして旧三井銀行小樽支店へ行って、金庫や地下の貸金庫なども見られて「おお！」と。

　海外旅行はまだ、なかなか行けなさそうな雰囲気ですが、国内で身近なところでも、見応えがあるなと感じました。

勿論、旅行に行けそうになったら海外まで取材がてら行きたいですが！

また、食道楽にもはまっていまして、ちょっといいお店へ取材がてら食べに行って、作品に生かしたりもしています。お取り寄せも好きなので、もしお勧めがあったら教えてほしいです（笑）。

色んなものにインスピレーションをもらい、またストレス発散させてもらって、お話を書いていけたらと思っています。

趣味のWeb小説も頑張っていますので、もし良ければそちらも宜しくお願いします！

そして今年の十月に新しい家族として、五年ぶりぐらいに犬を迎えました。ミニチュアダックスフントの子犬です。彼のためにも頑張っていきたいです！

まだ善し悪しも分かっていない赤ちゃんなので、毎日お世話が大変です（笑）。

それでは、そろそろこの辺りで。次のお話でお会いできたらと思います。

お話の感想がありましたら、公式サイトのお問い合わせからか、ファンレターをいただけたらと思います！

二〇二二年十一月　雪が降る気配を感じつつ　臣桜

椋本梨戸

怖がりの新妻は竜王に、永く優しく愛されました。

杜来リノ

色彩の海を貴方と泳げたら　魔砲士は偽姫を溺愛する
冷酷王は引き籠り王妃に愛を乞う 失くした心が蘇る恋の秘薬

天ヶ森雀

魔王の娘と白鳥の騎士　罠にかけるつもりが食べられちゃいました
気高き花嫁は白銀王の腕で愛欲に震える

当麻咲来

王立魔法図書館の［錠前］に転職することになりまして
王立魔法図書館の［錠前］は淫らな儀式に啼かされて
失神するほど愛されて　悪魔は聖姫を夜ごと悦楽に堕とす
王立魔法図書館の［錠前］は執愛の蜜獄に囚われて

兎山もなか

異世界で愛され姫になったら現実が変わりはじめました。

七篠りこ

裏切り王子と夜明けのキスを　原作では断罪される予定の彼ですが、今のところ私を溺愛するのに夢中です

吹雪歌音

舞姫に転生したＯＬは砂漠の王に貪り愛される

葉月クロル

異世界の恋人はスライム王子の触手で溺愛される
異世界婚活！アラサーOLは美形魔導士に深く激しく求められる

日車メレ

墓守公爵と契約花嫁　ご先祖様、寝室は立ち入り厳禁です！
女魔王ですが、生贄はせめてイケメンにしてください
悪役令嬢、生存の鍵は最凶お義兄様のヤンデレパワーです

マチバリ

狐姫の身代わり婚 ～初恋王子はとんだケダモノ!?～

真宮奏

転生令嬢は腹黒騎士に攻略される

奏

狐姫の身代わり婚 ～初恋王子はとんだケダモノ!?～

やっと抱けた、
俺だけの
女だ
こんなに
愛されて
いるのに
私は影嫁
情熱的で
美しい
若き皇帝
×
運命の人の
愛妾になる
侯爵令嬢

本書は、電子書籍レーベル「ルキア」より発売された電子書籍『皇帝陛下と将来を誓いあいましたが、神託により愛妾になることになりました！』を元に加筆・修正したものです。

★著者・イラストレーターへのファンレターやプレゼントにつきまして★
著者・イラストレーターへのファンレターやプレゼントは、下記の住所にお送りください。いただいたお手紙やプレゼントは、できるだけ早く著作者にお送りしておりますが、状況によって時間が掛かる場合があります。生ものや賞味期限の短い食べ物をご送付いただきますとお届けできない場合がございますので、何卒ご理解ください。
送り先
〒160-0004　東京都新宿区四谷 3-14-1　UUR 四谷三丁目ビル２階
（株）パブリッシングリンク
ムーンドロップス 編集部
○○（著者・イラストレーターのお名前）様

皇帝陛下と将来を誓い合いましたが、
神託により愛妾になりました
２０２２年１２月１６日　初版第一刷発行

著……臣桜
画……天路ゆうつづ
編集……株式会社パブリッシングリンク
ブックデザイン……しおざわりな
（ムシカゴグラフィクス）
本文ＤＴＰ……ＩＤＲ

発行人……後藤明信
発行……株式会社竹書房
〒102-0075　東京都千代田区三番町８－１
三番町東急ビル６Ｆ
email：info@takeshobo.co.jp
http://www.takeshobo.co.jp
印刷・製本……中央精版印刷株式会社